탐라,
신들의
놀라운 세계

나지가 들려주는 제주도 신화 속으로

탐라, 신들의 놀라운 세계

이창윤 지음

제주 사람들의 삶의 이야기인 신화
투박하면서도 정겹던 제주어들

문득 일상에서 잊혀져 가는 제주 사람들의 오래된 삶의 기억과
정체성을 담고 있는 제주신화를 오래 기억하게 하고 싶었다.

· 책머리에 ·

"재미있는 이야기 해주세요"

 손녀의 말에 제주신화 이야기를 해주었다. 이야기가 끝난 후 '언제 신화 이야기를 한 적이 있었던가' 하는 생각이 들었다. 곰곰이 생각하니 일상에서 제주신화 이야기가 잊혀 있음을 알았다. 흔하게 들었던, 들려주던 옛날이야기인데. 언제부터일까……

 제주로 내려오는 비행기 안에서 제주신화를 생각하다 문득 일상에서 잊혀져 가는 제주 사람들의 오래된 삶의 기억과 정체성을 담고 있는 제주신화를 오래 기억하게 하고 싶었다. 더불어 아름다운 제주어도 함께.

 이 이야기들은 전해오는 제주의 신화 일부를 엮었다. 이야기들은 제주특별자치도가 누구나 사용할 수 있도록 제주의 설화(신화, 전설, 민담)를 기록, 정리한 《제주문화원형-설화편 1》 자료집을 참고하였다. 이야기들을 편집하면서 대화하는 부분은 제주어도 함께 썼다. '잊혀가는 제주신화와 제주어에 흥미롭고 재미있어하며 관심을 가지는 데 조금이라도 도움이 되지 않을까?' 하는 생각에서다.

먼 옛날 제주 사람들은 바람과 돌투성이 땅인 섬에서 바람에 맞서고 돌을 일궈 삶의 터전을 가꾸어야만 했다. 삶의 터전을 가꾸며 흘린 땀과 눈물을 독특한 섬의 문화로 꽃피웠다. 바로 18000신과 제주어다.

18000신들은 마을마다 자리를 잡았고, 사람들의 가슴에 깃들었다. 사람들은 신과 함께하며 녹인 삶을 후대로 전했다. 제주어로 입에서 입으로. '옛날 옛적 한 옛날에'로 시작되는 선조들의 이야기가 신화가 되고 전설이 됐다. 그러므로 제주의 신화와 제주어는 제주 사람들이 삶의 이야기자 아주 오랜 옛적부터 전해온 삶의 영혼이다.

이 이야기를 통해 제주신화를 오래 기억하였으면, 널리, 오래 오르내렸으면 좋겠다. 정감 있는 제주어를 재미있게 사용하는 데 도움이 되었으면 하는 소망을 품는다. 우리의 큰 재산인 신화와 언어를 기억하고 입에서 입으로 오르내리는 것보다 더 좋은 것은 없다고 본다.

　제주신화와 제주어가 사라지고 잊혀간다는 건 분명 슬픈 일이다. 제주 사람들의 삶의 이야기인 신화, 투박하면서도 정겨운 제주어들. 잊혀가는 신화 이야기와 소멸 위기에 놓인 제주어를 살리기 위해 모두 관심을 가졌으면 한다.

차례

책머리에

제주도를 만든 설문대 할망   8
바람과 풍농의 신 영등할망   31
한라산 수호신 궤네기또   40
사람의 출생을 맡은 삼승 할망   62
농사의 신 자청비   77
운명의 신 가문장아기   120
서천꽃밭의 꽃감관 한락궁이   141
바람운과 지산국   180
저승사자 강림이   193
사랑의 여신(女神) 산방덕의 눈물   218
탐라인의 탄생 - 땅속에서 솟아난 삼신인(三神人)   239
개과천선한 세민황제   255
글자 한 획에 3000년을 산 소만이   268
백마(白馬) 진상을 멈추게 한 양목사   278
무당이 된 양반   285
동지 벼슬을 제수받은 김동지 영감   296

이야기를 마치며

제주도를 만든
설문대 할망

옥황상제가 머무는 자미궁

자미궁은 하늘나라 궁전으로 신들의 왕인 옥황상제가 사는 곳이다.

옥황상제는 이곳에서 번개를 다스리는 번개장군, 벼락을 내리는 벼락장군, 불을 다스리는 화덕진군, 비바람을 주관하는 풍우도사를 거느리고 하늘과 땅의 질서를 바로잡았다.

그리고 신과 영혼들 사이에서 벌어지는 다툼과 갈등을 해결하고, 인간세계와 사람을 지키고 보호했다. 틈틈이 부하들을 인간세계로 내려보내 인간세계에서 벌어지는 모든 일들을 관찰 및 기록하게 하였다.

　이와 같이 옥황상제는 신들의 왕으로 모든 신들을 다스리며 비, 눈, 우박, 천둥, 번개와 같이 자연의 변화를 주관했다. 그리고 인간세계의 모든 생활을 지배했다. 즉 신들의 세상과 지상세상, 지하세상을 다스리고 지배하는 권한과 힘을 가진 우주 최고의 신이다.

　하지만 옥황상제는 곤룡포에 관을 쓰고 희고 긴 수염을 기르고 있으며 손에는 부채를 들고 있다. 상당히 친근한 할아버지 모습이다.

　"우당탕~ 탕, 탕! 쨍그랑, 쾅!"
　자미궁의 아침은 언제나 요란스럽다. 설문대가 뛰어다니며 물건들이 넘어지는 소리로 자미궁은 하루도 조용하게 넘어가는 날이 없었다.

　설문대는 옥황상제의 딸이다. 옥황상제의 막내 공주로 태어나 아버지의 귀염과 사랑을 독차지했다. 아버지가 우주 최고의 신이며, 그 신이 사랑하는 설문대라 누구도 함부로 할 수 없는 공주였다.

　설문대 공주는 틈만 나면 자미궁 여기저기를 정신없이 날뛰며 허둥지둥 돌아다녔다. 마음 내키는 대로 행동하다 보니 크고 작은 사건과 사고가 쉴 새 없이 발생하여 아버지 옥황상제의 속을 태웠다.

"설문대야, 이제는 좀 그만하여라. 머리가 어질어질하여서 못살겠구나!"

(설문데야, 이젠 ᄒ꼼 그만ᄒ라. 히여쁙ᄒ연 못살켜!)

설문대는 아버지 옥황상제가 타일러도 여전히 자미궁을 시끌벅적하게 돌아다녔다. 하지만 어쩌랴. 사랑하는 막내 공주인 것을……

지상 세계로 내려온 설문대 공주

자미궁에는 오직 한 사람, 옥황상제만 출입할 수 있는 비밀의 방이 있다. 이 비밀의 방은 옥황상제가 3권 천서(天書)를 보며 우주 만물의 생명 질서를 맡아보는 곳이다. 3권 천서(天書)란 하늘(天)의 비밀, 땅(地)의 비밀, 인간(人)의 비밀을 기록한 책이다.

우주의 비밀을 기록한 책을 보관한 곳이라 그 누구도 비밀의 방에 들어가서도 안 되었다. 아예 근처에 얼씬거릴 생각조차 해서는 안 되는 곳이었다. 하늘과 땅이 처음으로 생겨날 때부터 우주에 지켜지고 있던 법이었다.

어느 날, 그날도 공주는 자미궁을 이리저리 헤집고 다니다 들어가서는 안 된다는 방 앞을 지나가게 되었다. 공주는 문득 그 방이 궁금했다. 아버지 옥황상제가 있나, 없나 살피다 옥황상제가 잠시 자리를 비운 것을 보고 설문대 공주는 몰래 비밀의 방에 들어갔다.

비밀의 방은 지금까지 자미궁을 돌아다니며 보던 곳과는 전혀 달라 공주는 놀라기도 하고 신기해하였다. 구석구석 살피다 반짝이는 책을 보게 되었다. 금빛으로 빛나는 책이었다.

설문대는 호기심으로 눈이 반짝였다. 책을 한 장 한 장 넘기다 보니 여태껏 들어보지 못한 놀라운 내용들이라 흠뻑 빠져들고 말았다. 그렇게 비밀의 책을 통해 하늘과 땅의 이치를 훔쳐보며 시간 가는 줄 모르고 있었다.

옥황상제가 돌아와 보니 사랑하는 막내 공주 설문대가 우주의 법을 깨고 비밀의 방에 들어와 있지를 않은가. 더더욱 놀란 것은 비밀의 책을 보고 있으니…… 놀랍기도 하고 기가 막혀 가슴을 손으로 쳤지만 어찌하랴, 이미 쏟아진 물인 것을……

"설문대야, 여기는 누구도 들어와서는 안 되는 곳임을 모르느냐!"

(설문데야, 여기 누게도 들어왕은 안 뒈는 곳인 줄 몰람시냐!)

"……"

"네가 아무리 사랑하는 나의 막내 공주라 해도, 여길 들어왔으니, 우주의 법에 따라 천벌을 받아야 할 것이다. 네 방으로 돌아가 있거라!"

(느가 아멩 ᄉᆞ랑ᄒᆞ는 내 막냉이 공주엔 ᄒᆞ여도, 여기 들어와시난 우주의 법ᄄᆞ랑 천벌을 받아사 홀 꺼여. 늬 방으로 강 이시라!)

설문대가 돌아간 뒤에도 한참 동안 옥황상제는 비밀의 방에서 넋을 놓고 있었다. 설문대가 저지른 행동이 안타까워 어떻게 해야 좋을지 막막했기 때문이었다.

옥황상제는 아무리 사랑하는 막내딸 공주라 하더라도 어쩔 수 없었다. 비밀의 방에 들어온 걸 보고도 모른척하고 그대로 놔두면 우주가 혼돈 속에 빠져 해와 달, 별, 사람들이 혼란으로 우주의 질서가 무너지기 때문이었다.

우주의 법을 깨트린 공주를 신하들에게 알리고 처단해야만 하는 옥황상제의 마음은 어떠했을까……

옥황상제는 비통한 마음을 숨기고 신하들을 모이게 했다.

"오늘 설문대 공주가 비밀의 방에 들어가 우주의 법을 어기고 말았소! 잘 알겠지만, 비밀의 방은 이 우주에서 나만 들어갈 수 있소. 그런데 설문대 공주가 법을 어기고 거기 들어갔으니 그 죄를 물을 것이오"

(오늘 설문데 공주가 비밀의 방엘 들어산 우주의 법이 무너젓소! 잘 알암실테주만 비밀의 방은 이 우주에서 나만 들어가게 되

엇주. 기영훈디 설문데 공주가 법을 어견 그디 들어사시난 그 줴를 물어사커라)

신하들은 깜짝 놀랐다. 이 우주가 만들어진 후 지켜져 오던 법이 옥황상제의 막내 공주에 의해 깨졌으니 놀랄 수밖에 없었다. 서로 쳐다보며 웅성거렸다.

"허! 이럴 수가……"

"이 일을 어찌하면 좋을 것이오"

(이 일을 어떵흐민 좋크라)

"그러게 말이오. 그것도 참, 상제가 사랑하는 설문대 공주라니……"

(게메 말이라. 경흐지만 춤, 상제가 스랑흐는 설문데 공수라니……)

"법을 어길 수는 없는 법! 아무리 공주라도 법을 어겼으면 벌을 받아 마땅하오"

(법을 어길 순 웃인 것! 아멩 공주엔흐여도 법을 어겨시난 벌을 받안 마땅흐주)

신하들은 각각 자신의 의견을 말하느라 야단들이었다.

"여봐라! 가서 설문대 공주를 데려오너라"

(여봐라! 강 설문데 공주를 드라오라)

옥황상제가 신하들의 웅성거림을 들으며 공주를 그 자리에

제주도를 만든 설문대 할망

불렀다.

"공주야, 너는 이 하늘의 법을 어겼다. 네가 아무리 나의 딸, 사랑하는 막내 공주라 하더라도 비밀의 방에 들어간 자는 죽음을 피하지 못하는 우주의 법을 네 어찌 모르겠느냐!"

(공주야, 닌 이 하늘의 법을 어겻저. 느 아멩 내 똘, 스랑ᄒᆞ는 막냉이 공주옌 ᄒᆞ여도 비밀의 방에 들어산 자는 죽음을 피하지 몯ᄒᆞ는 우주의 법을 늬는 어떵ᄒᆞ연 몰람시냐!)

"아버지……"

"너의 죄를 묻지 않을 수 없구나!"

(느 줴를 묻지 아녈 수 엇저!)

"흑흑, 용서하여 주세요!"

(흑흑, 용서ᄒᆞ여 줍서)

"상제 마마! 설문대 공주의 목숨을 살려주되, 이 자미궁에서 지상 세계로 내쫓기는 게 좋을듯합니다"

(상제 마마! 설문데 공주의 목슴을 살려줭, 이 자미궁에서 지상 시상으로 내조치는 게 좋암직 ᄒᆞ우다)

신하들이 이구동성으로 외쳤다. 옥황상제는 신하들이 고마웠다. 신하들이 공주를 죽이라고 하면 어쩌나 내심 걱정했기 때문이었다.

"공주는 듣거라! 목숨은 살려주지만, 저 지상 세계로 내쫓을 것이니 그리 알라. 그곳에서 영원히 이 하늘나라를 그리워

하며 살아야 할 것이니라. 하지만, 너에게 죄를 용서받을 기회를 주겠노라. 네가 내려가는 지상 세계는 우주를 차지하려는 무리와 탐욕으로 부패한 무리가 있다. 네가 어긴 법으로 인해 그들의 욕심과 욕망, 시기와 질투, 미움과 증오로 지상 세계는 고통과 괴로움이 따른다. 또한 대홍수와 대화재, 흉년으로 굶어 죽고, 질병이 끓이지 않고 일어날 것이다. 그러니 너는 지상 세계에 위안과 희망을 주어야 한다. 그 길이 네가 이 자미궁으로 돌아올 수 있는 것이다"

(공주는 들라! 목슴은 살려줨주만, 저 지상 시상로 내조칠거난 경 알라. 그듸서 영원히 이 하늘나라를 뷔려부멍 살아사 홀 거여. 흐지만, 느신디 줴를 용서받을 기휠 주켜. 느가 느려 가는 지상 시상은 우주를 추지흐려는 무리영 탐욕으로 부패흔 무리가 잇저. 느 따문 무너진 법으로 흐연 그들의 욕심광 욕망, 시기왕 질투, 미움광 증오로 지상 시상은 고통과 궤로움이 뜨른다. 경흐곡 큰물이영 큰불로 난리나곡, 숭년들언 굶언 죽어가곡, 질벵이 끈이질 아녕 셍길거여. 경흐난 느가 지상 시상에 위안이영 희망을 줘사흔다. 그 질이 느가 이 자미궁으로 돌아올 수 잇인 거여)

"아바마마!"

"공주야……"

"흑흑"

"여봐라, 공주를 지상 세계로 보내라"

제주도를 만든 설문대 할망

(여봐라, 공주를 지상 시상으로 보내불라)

　사랑하는 막내 공주를 지상 세계로 보낸 옥황상제의 마음은 갈래갈래 찢어지는 듯 아팠다. 자미궁에서 모두가 부러워하는 공주로 제 마음대로 살다 저 인간 세상에서 어떻게 살아갈는지 걱정으로 괴로웠기 때문이다.
　그날 밤, 옥황상제는 설문대 공주의 단짝인 '영등'을 아무도 모르게 불렀다.
　"영등아! 네 단짝인 설문대 공주를 지상으로 내려보냈단다. 자미궁에서 잘 입고 잘 먹으며 좋은 생활을 보내다 지상에서 혼자 살아가려면 얼마나 고달프겠느냐. 그러니 네가 1년에 한 번은 설문대가 있는 지상을 풍요롭게 해주렴"
　(영등아! 늬 단짝인 설문데 공주를 지상으로 느려보냇저. 자미궁에서 잘 입곡 잘 먹으멍 살단 지상에서 혼차 살젠ᄒ민 얼메나 심들크니. 경ᄒ난 느가 ᄒ 해에 ᄒ 번일랑 설문데가 잇인 지상을 풍요롭게 ᄒ라)
　"어떻게 하여야 풍요롭게 하는지 걱정이 됩니다"
　(어떵 ᄒ여사 풍요롭게 ᄒ는지 ᄌ들안 점수다)
　"내가 가르쳐 줄 터이니 걱정하지 말라"
　(나가 골아주커메 ᄌ들지 말라)
　"예, 옥황상제 마마! 그리하겠습니다"

(예, 옥황상제 마마! 경호쿠다)

　영등이는 매년 음력 2월 초하루 제주 서쪽 한림읍 귀덕리로 섬에 들어와 섬 이곳저곳을 돌아다니며 넓은 들판에는 온갖 씨를 뿌려주었다. 바다에는 미역·다시마·소라·전복·해삼·문어·고동을 비롯하여 온갖 해산물이 많이 자라게 씨를 뿌려 사람들을 풍요롭게 해주었다. 그러다 2월 보름 제주 동쪽 우도를 통해 제주를 떠나 하늘나라에 올라가 옥황상제에게 설문대 공주와 지상 세계의 일을 말하였다.

탐라섬을 만든 설문대 공주

　지상 세계로 내려온 설문대 공주는 여기저기 돌아다녀 보아도 마땅하게 거처할 곳이 없었다. 워낙 키가 크고 몸집이 컸기 때문이다. 몸을 웅크려도 파고드는 바람에 덜덜 떨었다.
　"안 되겠다. 아무래도 내가 직접 지낼 곳을 만들어야지. 어디에 만들까?"
　(어떵ᄒ지, 나냥으로 잇일 곳을 멘들어사주. 어딜 멘들코?)
　아무리 둘러봐도 마땅한 곳이 없었다.
　설문대 공주는 한참을 생각하다 손뼉을 치며 활짝 웃었다.

"저 바다 한가운데 만들면 되겠네!"

(저 바당 흔가운디 멘들민 뒐루구나!)

바다에 거처할 곳을 만들기로 결심한 설문대는 콧노래를 흥얼거리며 바닷가로 갔다.

설문대는 바다 한가운데 거처할 곳을 만들기 시작했다. 바닷속 바위들을 날라다 쌓았다. 흙과 돌들을 치마폭에 담아 나르며 바다를 메웠다. 그렇게 하길 며칠. 마침내 타원형 모양의 섬이 바다에 만들어졌다.

섬 여기저기에는 설문대의 치마폭에서 떨어진 흙 부스러기와 돌멩이들이 쌓여 작은 봉우리들이 생겼다. 제주 사람들이 말하는 '오름'이다. 설문대는 올망졸망 생겨난 봉우리들이 보기 좋아 콧노래를 불렀다.

"섬 가운데 은하수에 닿을 만큼 높은 봉우리를 하나 만들어야지. 그래야 하늘나라 자미궁이 그리울 땐 봉우리에 올라가서 볼 수 있지"

(섬 가운디 미리내꼬장 가질 만큼 주짝흔 봉우릴 ᄒ나 멘들어사지. 경ᄒ여사 봉우리에 올란 조꼿디서 자미궁을 브레보주)

설문대는 하늘의 자미궁을 늘 잊지 못했다. 언젠가 아버지 옥황상제가 자기의 죄를 용서하고 자미궁으로 부르기만을 기다린 것이다. 그래서 더욱 열심히 흙과 돌을 날라 쌓아갔다.

드디어 섬 한가운데에 은하수에 닿을 수 있을 만큼 높은 산이 만들어졌다. 바로 한라산이다. 한라산을 중심으로 섬 곳곳에 설문대가 밟고 선 곳이나 흙과 돌을 손가락으로 쓸어 낸 곳은 계곡이 되고 폭포가 되었다.

"아, 이제 됐다!"

마침내 설문대는 자기가 거처할 곳을 다 만들었다. 만들고 보니 편안하게 다리를 뻗고 쉴 수 있어 기분이 좋았다. 그리고 무엇보다도 한라산이 너무나 아름다워 설문대는 매우 흡족하여 빙그레 웃었다.

어느 날 하늘나라의 신들이 지상 세계를 보니 푸른 바다 한가운데에 타원형 섬이 생기고 섬 가운데 아름다운 산이 높이 솟아 있어 놀랐다.

"옥황상제 마마! 큰일 났습니다. 지상 세계 바다 한가운데 섬이 생겼는데, 가운데 솟은 산이 은하수에 닿을 듯 높습니다"

(상제 마마! 큰일낫수다. 지상 시상 바당 흔가운디 섬이 생겨신디, 가운디 솟은 산이 미리내꼬장 왐직이 주짝흐게 잇언마씸)

"알고 있으니 놀라지들 마시오! 그 섬은 지상 세계로 내려간 설문대 공주가 머물려고 만든 섬이오"

(알암시난 놀란흐질 마라! 그 섬은 지상 시상으로 느려간 설문데 공주가 멘든 섬이오)

"예, 잘 알겠습니다"
(잘 알쿠다)

신들은 볼수록 섬이 아름다웠다. 섬 여기저기에 앙증맞고 아기자기하게 생긴 봉우리들이 푸른 바다와 어울려 평화롭기만 하였다. 지상낙원이었다. 하늘나라의 여러 신들이 아름다운 이 섬을 탐냈다.

한라산에서 천자또가 태어났고, 설매국에서 바람운이 태어났으며, 소천국과 백주또가 궤네기또를 낳아 한라산의 수호신이 되게 했다. 한라산 남쪽 마을에 고산국 자매가 깃들었다.

바다가 고향인 세찬 바람과 거센 파도가 날마다 섬으로 달려들었지만, 한라산이 떡 버티고 선 섬은 꿈쩍도 하지 않았다.

그리고 언제부턴가 이 섬에 사람이 살기 시작했다. 사람들은 거친 섬을 살기 좋은 삶의 터전으로 가꾸면서 설문대 공주를 '설문대 할망'이라 부르며 이 섬의 최고 수호신으로 받들었다. 이뿐만 아니다. 오름마다 마을마다 신들이 깃들었다. 무려 18000신들이 살고 있어 섬은 신들의 고향이 되었다.

하늘나라로 가기를 기다리는 설문대 할망

옷 한 벌 만들어 달라

설문대 할망은 얼마나 키가 컸던지 한라산을 베개 삼아 누우면 다리가 제주시 앞 관탈섬에 걸쳐졌다. 빨래할 때는 한라산을 엉덩이로 깔고 앉아 서귀포 앞바다 지귀섬과 제주시 앞바다 관탈섬에 발을 디뎌 우도를 빨래판으로 삼아 빨래했다.

우도는 원래 제주도와 따로 떨어져 있던 섬이 아니었다.

어느 날 설문대 할망이 성산읍 오조리 식산봉과 성산리 일출봉에 양다리를 걸치고 앉아 오줌을 쌌다. 그 오줌 줄기가 얼마나 세었는지 땅이 깊게 파이면서 강물처럼 흘렀다. 그 바람에 오줌 줄기가 흘렀던 곳으로 바닷물이 들어와 우도가 섬으로 따로 떨어져 나가게 된 것이다. 얼마나 오줌 줄기가 셌는지 바다가 깊이 파여 지금도 성산과 우도 사이 바다는 물살이 유난히 급하다고 한다.

그리고 성산일출봉을 오르다 보면 어마어마하게 크고 길쭉한 바위 두 개가 우두커니 서 있는 것을 볼 수 있다. 하나는 설문대 할망이 일출봉에서 바느질하다 등잔불이 낮아 바느질을 할 수 없게 되자 언덕만 한 바위를 하나 더 올려놓아 등잔을 높인 것이라 한다. 그래서 '등경돌'이라 부른다. 또 하나는 바느질 도구를 넣었던 곳이라 하여 '바농상지 돌'이라 한다.

이처럼 설문대 할망은 키가 너무 커서 속옷을 제대로 해 입을 수가 없었다. 대충 나뭇잎으로 몸을 가렸다. 그게 늘 걱정이었다.

"음, 안 되겠어. 무슨 방법이 없을까?"
(음, 어떵ᄒ지. 무신 방법이 웃인가?)
 그날도 속옷 걱정을 하다, 갑자기 한 생각이 떠올라 활짝 웃었다.
"음, 그렇게 하면 될걸! 사람들에게 속옷을 만들어 주면, 육지까지 다리를 놓아주겠다고 하면 될걸. 왜 그 생각을 못 했지……"
(아, 경ᄒ민 뒐걸! 사름덜신디 소중기 멘들아 주민 육지꼬장 드리를 놔주켄 ᄒ민 뒐걸. 무사 그 생각을 몯햇지……)
 사람들은 육지에 나가려면 이만저만 고생이 아니었다. 배를 타고 바다를 건너가야 하기에 늘 조바심과 두려움이 앞섰다. 거센 파도에 뱃멀미로 고생은 늘 있는 일이었다. 폭풍우로 배가 부서져 바닷물에 휩쓸려 목숨을 잃거나, 어디인지도 모르는 곳으로 표류하여 고향에 돌아오지 못하는 일이 자주 일어나 사람들은 바다가 두려웠다. 그래서 사람들은 육지를 편하게 오고 갈 수 있는 다리가 있었으면 했다.

할망이 사람들에게 말했다.

"내 부탁 하나만 들어달라. 그러면 그토록 원하는 다리를 육지까지 놓아줄게!"

(나 청 ᄒᆞ나만 들어드라. 경ᄒᆞ민 경 원하는 ᄃᆞ리를 육지ᄭᆞ정 놔주켜!)

"다리를 놓아준다고요?"

(ᄃᆞ리를 놔주크라 마씸?)

"정말이에요?"

(ᄎᆞᆷ말이우꽈?)

육지까지 다리를 놓아준다는 말에 마을 사람들은 귀가 솔깃했다.

"무슨 부탁인데요?"

(무싱것광?)

"부끄럽다만…… 명주로 내 속옷 한 벌을 만들어 달라!"

(부치럽다만…… 멩지로 나 소중기 ᄒᆞᆫ 벌을 멘들아 드라!)

"예? 명주로 속옷을 만들라고요?"

(양? 멩지로 소중기를 멘들아 마씸?)

"보다시피 내가 키가 아주 크다 보니 속옷을 온전하게 입어보지 못했지. 그러니……"

(밤주만 나 지레가 워낙 큰큰허난 소중기를 제라ᄒᆞ게 입어보질 못햇주게. 경ᄒᆞ난……)

"그런데 할머니, 명주 몇 필이면 될까요?"
(경혼디 할망, 멩지 멧 필이민 뒈쿠광?)
"백 필이면 되지"
(벡 필이민 뒈주)
"백 필을?"
(벡 필 마씸?)
"명주로 내 속옷 한 벌을 만들어 주면 다리를 놓아주마"
(멩지로 나 소중의 혼 벌을 멘들아 주민 드리를 놔주키어)
"그러세요. 옷 만드는 일 무슨 어려운 일 있겠습니까?"
(경흡서. 옷 멘드는 거 미신 심들일 잇수광?)

육지까지 다리를 놓아준다는 말에 사람들은 들떴다.
 그날부터 사람들은 돌아다니며 명주를 모으고 옷을 만들기 시작했다. 설문대 할망도 치마폭으로 흙과 돌을 나르며 다리를 놓아갔다.
 그런데 사람들이 명주를 모아보니 백 필이 있어야 하는데 구십구 필밖에 되지 않았다.
"이런, 어떻게 하지. 한 필이 모자라!"
(아이고게, 어떵호지. 혼 필이 모자람서!)
"그러게, 이 일을 어떻게 해야 할지……"
(게메, 이 노룻을 어떵호여사 홀지……)

"다리를 놓아 육지에 편안하게 다닐 수 있구나, 기꺼워하고 있는데……"

(ᄃ리를 낳 육지를 펜안ᄒ게 뎅길 수 싯구나, 지꺼전 ᄒ여신디……)

"어디 잘 찾아보세요! 이제는 다리로 걸어서 편안하게 육지에 다닐 수 있게 되어 우리 평생소원이 이루어지는가 하며 잠도 못 자며 아주 좋다고 했는데……"

(어듸 잘 춫아봅서! 이젠 ᄃ리를 걸엉 펜안ᄒ게 육지에 뎅길 수 잇게 뒈언 우리 펭셍소원이 이루어점꾸나 ᄒ명 좀도 못 자명 ᄉ뭇 좋텐ᄒ여신디……)

"모두 옷 만들려고 무척 애쓰셨는데……"

(몬 옷 멘들젠 폭삭 속앗신디……)

결국 사람들은 명주 한 필이 부족하여 할망의 속옷을 만들지 못했다. 그러자 할망은 다리를 놓다가 중단해 버렸다. 설문대 할망이 다리를 놓다 만 흔적이 제주시 조천리와 신촌리 바닷가에 바위섬들로 남아 있다.

설문대 할망의 큰 키

설문대 할망은 큰 키 때문에 속옷 한 벌 제대로 입어보지도 못했을 뿐만 아니라 목욕 한번 시원하게 못 하였다.

마을 사람들에게 명주로 속옷을 만들어 주면 육지까지 다리를 놓아주겠다고 했었다. 그렇지만 키가 워낙 크다 보니 속옷에 필요한 명주 백 필을 모으지 못해 결국 옷을 만들지 못해 풀이 죽어 있었다.

한탄하며 며칠을 보내다 목욕이라도 하여 마음을 풀어보려고 생각했다. 사람들에게 물었다.

"어디 가서 목욕할 만한 곳이 있을까?"

(어디 강 몸곰을 디 이시카 이?)

"글쎄요. 할머니 키가 아주 크다 보니······"

(게메 마씸, 할망 지레가 원체 큰큰허단 보난······)

"저기 용소에 가보세요. 거기 물이 깊다고 합니다"

(저듸 용소엘 강 봅서. 거기 물이 지프덴 골읍디다)

"용소가 깊다고!"

(용소가 지프다고!)

할망은 한달음에 용소로 달려갔다. 그런데 물이 겨우 발등에 찼다.

"아이고, 요것밖에 안 되는구나······"

(아고게, 요거박엔 안 뒘신디······)

실망을 한 할망은 돌아와 사람들에게 말했다.

"용소에 갔는데, 물이 발등에 겨우 차기에 그대로 왔지"

(용소엘 가신디 물이 발등에 제우 차난 그냥 완)

"정말이에요?"

(기꽈?)

"더 깊은 곳은 없을까?"

(더 지픈 된 어신가?)

"아, 참, 서홍리 홍리물도 깊다고 합니다"

(아, 촘, 서홍리 홍리물도 지프덴 헙디다)

"정말, 그러면 거기 가봐야겠네"

(기, 경호민 거기 강 봐사커라)

할망은 다시 기대하며 홍리물을 찾아갔다. 그런데 물에 들어섰더니 겨우 무릎까지 왔다.

"아이고, 여기도 이 정도밖에 안 되는데……"

(여긔도 요끄지 박엔 안 뒘신디……)

할망은 겨우 세수만 하고 돌아갔다.

설문대 할망은 제주 섬 안에 깊다는 물들을 찾아보았으나 목욕을 할 만한 곳이 없었다. 할망은 땀을 뻘뻘 흘리며 사람들에게 다시 물었다.

"아이고, 시원하게 조금이라도 앉아서 목욕할 곳이 어디 없을까?"

(아이고게, 씨원ᄒ게 ᄒ꼼이라도 앚안 몸금을 디 어듸 어신가, 원?)

사람들은 한탄하는 설문대 할망이 안쓰럽기만 했다. 그때 한 사람이 말했다.

"참, 물장오리에 가서 보세요. 그곳 물이 제일 깊다고 말들을 합니다만……"
(춤, 물장오리에 강 봅서. 그듸 물이 질루 지프뎅 말들을 골암수다만……)
"정말 그렇게 깊어?"
(춤말 경 지편?)
"옛날부터 이 섬에서 제일 깊다고 사람들이 말하는데요"
(옛날부떠 이 섬에서 질루 지프뎅 사름덜이 골안마씀)
"예, 맞아요! 아무래도 거기 가야겠습니다"
(양, 맞아 마씸! 아멩ᄒ여도 거기 가사쿠다게)
"그러면 거기 가볼까? 이번에 정말 깊었으면 좋겠는데……"
(경ᄒ민 그듸 강 보카? 이번일랑 춤말 지퍼시민 졸크라……)
"그러게 말이에요. 빨리 가서 보세요!"
(게메, 양. 흔저 강 봅서!)
"이번에는 정말 깊었으면 좋겠어. 말해주어서 고마워"
(경ᄒ고말고, 춤말 지펀시민 졸크라. 골아주난 고맙다, 이)
"아닙니다. 시원하게 목욕하고 오세요"
(아니우다. 시원ᄒ게 몸금앙 옵서)

그러나 물장오리에 도착하여 발을 넣는 순간 설문대 할망은 쏙 빠지더니 그만 빠져서 나오지 못하고 말았다. 그 물은 밑이 뚫려 있었기 때문이었다.

설문대 할망이 며칠째 보이지 않자 사람들은 궁금했다.
"할머니가 안 보이는데?"
(할망이 안 보염신게?)
"정말 요즘 못 보았지!"
(춤말 요즘 못 봔!)
"물이 깊어 좋다고 하면서 아직도 목욕하고 있는지 몰라!"
(물이 지펀 좋안 아직ㄲ정 몸 곰안신가 원!)
"그래도 그렇지. 며칠인데"
(경헤도 경흐지. 이거 메칠째라)
"아마도 오늘은 오겠지"
(아며도 오널사 올테주)
"글쎄, 아무래도 이상해"
(게메, 아멩헤도 숭상 흐게)

사람들은 할망이 계속 보이지 않자 서로 만나기만 하면 할망을 찾았다. 그러다 소문이 돌았다.
"할머니가 물장오리에 빠져서 나오질 못했다고 하는데!"
(할망이 물장오리에 빠정 나오질 몯ㅎ엿젠 헴신게!)
"정말, 거참. 물장오리가 깊기는 깊은 모양이라. 그처럼 키가 큰 할머니가 빠져서 나오질 못하고 있으니. 그 깊이를 알 수 없겠어!"

(기, 거참. 물장오리가 지프긴 지픈 모양이라. 경 지레가 큰 할망이 빠정 나오질 몯헴시난. 그 지피를 알 수 어시켄게!)

그 후부터 물장오리를 사람들은 밑이 터져 깊이를 알 수 없는 '창 터진 물'이라 불렀다.

설문대 할망이 창 터진 물에서 빠져나오지 못하자 옥황상제는 설문대가 너무나 가여워서 자미궁에 가까운 한라산 백록담에 바위로 변하게 했다. 자미궁에 오지 못하는 설움을 조금이라도 달래주려고 한 것이다.

서귀포시 중문동 쪽에서 한라산을 바라보면 정말 백록담이 사람이 누워 있는 모습이다. 동쪽으로 누워 하늘을 보고 있는 모양이다. 영원한 그리움인 어머니 모습인데, 마치 설문대 할망이 자미궁을 못 잊어 하늘로 오르기를 기다리고 있는 것처럼 보이는 건 우연이 아닐지도 모른다.

바람과 풍농의 신
영등할망

지상에 내려온 영등할망

영등할망은 비바람을 다스리는 신이다.

자미궁에 살다 옥황상제의 명으로 지상 세계로 내려오게 되었다. 설문대 공주가 지상 세계로 내려가 혼자 살게 되자 옥황상제는 설문대의 단짝인 영등이를 지상 세계로 내려보내 서로 위로하며 살게 한 것이다.

영등할망이 사는 곳은 사람들이 알 수 없었다. 다만 추측으로 제주 섬 서북쪽 먼바다 어딘가 외딴섬, 무서운 외눈박이 거인들이 살고 있는 외눈박이 섬 근처로만 알고 있었다.

여기는 늘 먹구름이 잔뜩 끼어 앞을 볼 수 없다고 한다. 거친 비바람과 엄청나게 큰 파도와 거센 물결 때문에 갈 수 없는 곳이라 전하여 왔다. 혹시나 그 섬에 가보려고 하여 가까이라도 가면 천둥이 치고 벼락이 떨어지며 거친 바람과 거센 파도에 배가 부서지거나 침몰되었다.

더구나 외눈박이 거인들은 이마 한가운데 큼지막한 눈이 하나 달렸고 몸집이 거대하여 보기만 해도 아주 무서운 괴물로, 사람도 잡아먹는다고 했다. 그래서 사람들은 더더욱 그 근처에 갈 엄두도 못 가졌다. 그러다 보니 지금까지 어떤 배도 그 근처에도 가보질 못했다.

어느 날 어부들이 고기잡이를 나갔다가 거친 풍랑을 만났다. 어부들이 탄 배는 거센 파도에 휩쓸려 표류하다 외눈박이 거인들이 사는 섬으로 가고 있었다.

마침, 근처 바닷가에 있던 영등할망이 배가 외눈박이 섬으로 떠내려가는 것을 보았다. 외눈박이 섬으로 가면 외눈박이 거인들에게 사람들이 잡아먹히게 될 것이 틀림없었다.

영등할머니는 "저 사람들을 구해주어야 하지" 하며, 커다란 바위 위에 가 앉으니 배가 그 안으로 들어갔다. 할머니가 그 사람들을 전부 커다란 바위 안으로 숨겨버렸다.

(영등할망은 "저 사름덜을 구제해서 살리라 흐며" 큰 왕석 우

이 가 앚아시니 베가 그 쏙으로 들어갔다. 할망이 그 사름덜을 문 왕석 소곱데레 곱져부렷다)

잠시 후 외눈박이 거인들이 눈에 불을 켜고 어부들을 잡아먹으려고 왔다. 방금 전만 해도 배가 보였는데 어디로 갔지? 두리번거리며 찾았다.

"어이, 영등할망! 방금 떠내려온 배 한 척 못 보았소! 오늘 오랜만에 배불리 먹으려나 했는데…… 어디로 갔지?"

(양, 영등할망! 아까 이드로 온 베 혼 척 몯 봐신가! 오늘 오랜만에 베불리 먹을까 ᄒ엿는디…… 어듸 갔지?)

"배, 무슨 배! 난 못 봤는데……"

(베, 무신 베! 난 몯 봐신디……)

"정말 못 봤소!"

(춤말 몯봔!)

"그럼, 못 봤지. 아무것도 못 보았어!"

(기, 몯 봣주게. 무스것도 몯 봐서!)

"그럴 리가 없는데, 이쪽으로 왔는데……"

(경홀리가 어신디, 이드로 와신디……)

"나도 그런 걸 찾으려고 앉아 있는데"

(나도 그런 걸 봉글랴고 나앚아신디)

영등할망의 말에 외눈박이들은 "에잇, 그것참!" 하고 투덜거리며 돌아갔다.

위험에 빠진 어부들을 구한 할망은 어부들을 제주 섬으로 돌려보내면서 간곡히 말했다.

"자, 무서운 외눈박이들이 돌아갔으니 어서 고향으로 돌아들 가시오. 그런데 배를 타고 가면서 고향 제주 섬에 도착할 때까지 '관세음보살, 관세음보살!'을 부르며 가야 하네. 잊지 말고!"

(자, 무습은 외눈박이들이 가시난 흔저 고향으로 돌아들 가라. 경흔디 베 탕 가멍 고향 탐라섬엘 갈때ᄁᆞ장 '관세음보살, 관세음보살!' 불르멍 가산다. 잊지 말라!)

"알았습니다. 할머니! 구해줘서 고맙습니다! 관세음보살 부르는 거 잊지 않겠습니다"

(알앗수다. 할망! 구ᄒᆞ여 줭 고마와마씀! 관세음보살 불르는 거 잊지 아녀쿠다)

영등할망에게 굳게 약속을 한 어부들은 고향 제주 섬으로 배를 저어 갔다. 오는 내내 "관세음보살, 관세음보살"을 열심히 불렀다. 그렇게 "관세음보살"을 열심히 부르며 돌아오던 어부들은 멀리 제주 섬이 보이자 살았다고 환호했다.

"다 왔으니 이젠 관세음보살을 아니 불러도 되어!"

(근당ᄒᆞ여시난 이제랑 관세음보살을 불르지 말주!)

관세음보살 부르는 걸 멈추어 버린 그 순간, 갑자기 거대한 폭풍우가 휘몰아쳐 어부들이 탄 배가 다시 외눈박이들이 사는 곳으로 떠내려갔다. 다행히도 영등할망이 아직 그곳을 떠나지 않고 있었다.

영등할망을 본 사람들은 할망에게 빌었다.

"할머니, 제발 살려주세요!"

(할망, 제발 살려줍서!)

다시 돌아온 어부들을 보자 할망은 왜 내 말을 어겼냐며 나무랐다.

"그러니까 내가 뭐라고 하더냐?"

(계메 나가 무싱거엔 ᄒ여니?)

어부들은 할망에게 제발 집으로 돌아갈 수 있도록 도와달라고 빌었다. 할망은 이번에는 꼭 집에 도착할 때까지 "관세음보살" 부르는 것을 멈추지 말라며 다시 한번 어부들을 구하고 제주 섬으로 배를 돌려보내 주었다.

어부들은 그 은혜에 어쩔 줄 몰라 하며 할망에게 물었다.

"이 은혜를 어떻게 갚을까요?"

(이 공을 어떵 가프코 마씀?)

"난 2월 초하루에 제주 섬에 들어가 섬을 한 바퀴 돌아다니다 온다. 그리 알고 나를 위하라"

(난 영등돌 초ᄒ르에 탐라섬엘 강 섬을 ᄒ바퀴 돌아뎅기당 온다. 경 알앙 날 위하라)

사람들은 할망하고 헤어진 후 할망의 말대로 '관세음보살'을 열심히 부르며 무사히 집으로 돌아왔다.

어부들은 자신들을 구해준 은혜에 감사하며 '영등당'을 짓고 할망을 기리는 제사를 지내기 시작했다.
　그 후부터 바다에 나간 사람들은 배가 폭풍우를 만나 표류하다 겨우 목숨을 건지고 고향으로 돌아오면 영등할망이 바람으로 조류를 바꿔 돌아오게 됐다고 말하며 영등할망에게 고마워하였다.

　나중에야 외눈박이 거인들은 영등할망이 사람들을 숨겼다 보낸 것을 알았다. 거인들은 불같이 화를 내며 득달같이 영등할망에게 달려들었다.
　"이놈의 할머니가 터무니없는 거짓말로 우릴 속였으니 어디 우리 손에 죽어보라"
　(이 할망이 그령청훈 그짓말로 우릴 쏙여시난 어디 우리 손에 죽어봐라!)
　거인들은 영등할머니를 장도칼로 죽여 세 토막으로 나눠 바다에 던져버렸다. 머리는 우도로 떠오르고 다리는 한수리 바닷가로 떠오르고, 몸뚱어리는 성산일출봉에 떠올랐다.
　그 후 옥황상제는 영등이가 측은하여 계속 비바람을 부리는 신의 업무를 맡겨 사람들에게 음식을 받으며 살아가도록 했다.
　또한 사람들은 바다에서 물귀신이 되는 걸 막아준 영등할머니의 은혜를 잊지 못해 우도에서 1월 그믐날 제를 지내고, 2월 초하룻날 한수리 바닷가에서, 성산일출봉은 초닷새에 영등제를 지내기 시작했다.

영등할망은 옥황상제의 명으로 1년에 한 번씩 제주 섬을 다녀간다. 음력 2월 초하루가 되면 한림읍 귀덕리 '복덕개'로 들어와서 제주도를 돌아다니다 2월 보름이 되면 성산읍 우도를 거쳐서 돌아갔다.

제주도에 들어와서는 한라산 영실에 있는 오백장군을 만나고 섬 구석구석을 돌아다녔다. 땅엔 온갖 씨를 뿌려주고, 바다에는 미역·다시마·톳·소라·전복·고동을 비롯한 해산물들을 많이 자라게 씨를 뿌려주며.

사람들은 영등할망이 고마웠다. 풍요롭게 먹고살게 해주니 2월을 '영등달'이라고 부르며 영등굿을 하고 영등할망을 대접한다. 초하룻날은 영등할망을 맞는 영등 환영제를 하고, 12일에서 15일 사이에는 영등할망을 보내는 영등 송별제를 하여 감사함을 전한다. 굿은 주로 마을 단위로 하며, 바다와 밭에 풍요를 기원한다.

영등할망을 기리는 영등굿

영등굿은 현재 제주칠머리당굿으로 제주시 사라봉에서 매년 재현되고 있다. 이때 속이 비어 있는 고동이 있으면 영등할망이 다녀간 증거라고 한다.

영등할망이 제주에 머무는 보름 동안 해녀들은 몸가짐을 조심한다. 배를 타고 바다에 나가서는 안 되고, 물질이나 농사일을 해서도 안 되며, 집안일을 해서도 안 되었다. 어기면 부정을 타 액운이 따른다고 믿기 때문이다. 그래서 이 시기에 지붕을 고치면 비가 새고, 장을 담그면 구더기가 끼고, 밭에 씨를 뿌리면 흉년이 든다고 한다. 심지어 빨래를 하면 벌레가 생긴다고도 했다.

영등할망이 다녀가는 기간은 예측할 수 없을 만큼 변덕스러운 날씨와 혹한이 계속된다. 영등 기간이 끝나갈 때쯤 비가 오기도 하는데, 이를 영등할망의 눈물이라고 하고, 이 무렵에 부는 모질고 차가운 바람을 영등바람이라고 한다.

영등할망은 제주도를 방문할 때는 딸이나 며느리를 데리고 들어온다고 하였다. 영등 기간에 날씨가 좋으면 딸을 데리고 들어온 것으로 한 해 동안 풍년이 들 징조라고 했다. 그러나 날씨가 나쁘면 며느리를 데리고 들어온 것인데, 이때는 한 해 농사를 걱정하였다고 했다. 또 날씨가 따뜻하면 옷 없는 영등할망이, 추우면 좋은 옷을 입은 영등할망이, 비가 오면 우장 쓴 영등할망이 온 것이라고 말하기도 하였다.

한라산 수호신
궤네기또

소천국과 백주또

궤네기또는 소천국과 백주또의 아들이다.

옛날 아주 먼 오랜 옛날 제주 땅 알송당에서 소천국이 태어났고, 강남 천자국 하얀 모래땅에서 백주또가 태어났다.

소천국과 백주또는 원래 땅속 나라의 신이었다. 컴컴한 땅속 나라가 싫어 옥황상제에게 밝은 지상 세계에 살게 해달라고 100일 동안 기도를 했다. 옥황상제는 그 정성이 지극함을 알고 그들을 지상을 다스리는 신으로 태어나게 한 것이다.

어느 봄날 백주또는 봄바람에 마음이 들떴다. 누군가 자기를 기다리는 것 같아 가슴이 두근거려 일이 손에 잡히지 않았다. 여행을 떠나기로 했다. 그것도 바다 건너 한라산이 있는 아름다운 제주 섬으로.

제주 섬에 온 백주또는 신났다. 바다가 검푸른가 하면 파랗고, 파란가 하면 금빛 은빛으로 반짝이며 반겼기 때문이다. 그런가 하면 오름을 돌아 불어오는 경쾌한 바람결이 온몸을 가볍게 하였다.

백주또는 시원하고 아름다운 제주 섬 풍광에 푹 빠졌다. 섬이 아름다운 매력에 반해 발걸음도 사뿐사뿐 거닐며 섬 여기저기를 구경했다. 구석구석 걸으며 섬의 환상적인 경치에 날이 가는 줄 몰랐다.

그러던 어느 날, 송당 마을에 이르렀다. 길을 묻기 위해 마침 지나가는 사람을 불렀다. 바로 소천국이었다.
"저기요, 여기에 가려면 어떻게 가지요?"
(양, 이듸 가젠흐민 어떵가코마씸?)
"그쪽요? 이리로 곧장 가면 됩니다!"
(거기 마씸? 일로 구짝 가당보믄 뒈어마씸!)
길을 가르쳐 주는 소천국을 보자 백주또는 가슴이 쿵쾅거리고 얼굴이 달아올랐다. 조각 같은 얼굴에 키가 크고 늠름

한 소천국의 모습에 가슴이 쿵 하며 몸이 전기에 감전된 듯 떨렸다.

 소천국도 갸름한 얼굴에 앵두같이 빨간 입술과 몸매가 날씬한 백주또를 보자 가슴이 벌렁벌렁 뛰었다. 빼어나게 아름다운 백주또 모습에 정신이 혼미했다.

 "저……"

 서로가 얼굴을 붉히며 둘이 동시에 불렀다. 둘은 첫눈에 그만 서로 반해버렸다.

 "우리 이렇게 만난 것도 인연이니 결혼하여 잘 삽시다!"

 (우리 영 만난 것도 인연이난 절혼 행 잘 삽주!)

 소천국이 백주또에게 같이 살자고 했다. 그렇지 않아도 소천국을 보자마자 사랑의 화살을 맞은 백주또는 고향으로 가지 않고 소천국과 결혼하여 제주 섬에 살기로 했다.

 소천국과 백주또는 결혼하여 딸 쌍둥이 일곱에 아들 다섯을 낳았다. 그리고 백주또는 또 아이를 가졌다.

 소천국은 빈둥빈둥 놀기만 하였다. 게다가 음식을 얼마나 잘 먹는지 한번 먹을 때마다 열 사람의 몫을 먹었다. 이대로 가다가는 온 식구가 굶어 죽을 것만 같았다. 생각다 못한 백주또는 남편 소천국을 살살 구슬려 농사를 짓도록 했다.

 "여보, 아인 이렇게 많은데 놀기만 하면 어떻게 삽니까? 커가는 아이들이라 식욕이 왕성하여 먹어도 금방 배고프다 하지, 뱃속이 아기도 곧 낳아야 하는데, 아이들을 어떻게 키웁니까! 가슴 아니 찢어지겠습니까? 농사라도 지어야 하지 않아요?"

 (양! 아원 영 ᄒᆞ영 이신디 놀만ᄒᆞ민 어떵 살쿠광? 크는 아의돌이라 식욕이 왕셍ᄒᆞ연 먹어도 금세 베고프덴 ᄒᆞ지, 벳소곱에 애기도 곧 낳아사 ᄒᆞ는디. 아의돌 어떵 질룹닙광! 가심 아니 찢어지쿠광? 경ᄒᆞ난 농시라도 짓어사 ᄒᆞ지 아녀쿠광?)

"농사는 어떻게 하는 건데?"

(농ᄉᆞ는 어떵 ᄒᆞ는 건디?)

"내가 가르쳐 줄 테니 그리하면 됩니다"

(나가 골아 주민 경ᄒᆞ서)

"알았어요, 그렇게 할게!"

(알암서, 경ᄒᆞ주!)

그날부터 소천국은 곧 땅을 일구기 시작했다.

하루는 땀을 뻘뻘 흘리며 밭을 갈고 있었다. 마침, 지나가던 노인이 배가 너무 고프니 먹을 게 있으면 좀 달라고 했다.

소천국은 노인이 먹으면 얼마나 먹으랴? 생각하고 밭 귀퉁이에 있는 점심으로 가져온 소쿠리를 가리키며 먹으라고 했다. 소쿠리 안에는 밥 열 그릇에 국 열 그릇이 있었다.

노인은 배고픈 김에 소쿠리에 있던 밥과 국을 전부 먹어버리고 "잘 먹었다!"며 가버렸다. 그런 줄도 모르고 밭을 갈다 소천국이 배가 고파 점심을 먹으려고 소쿠리를 보니 텅텅 비어 있지를 않은가.

"괘씸한 노인이네. 다 먹고 가면 난 어떻게 하라고……"
(고약흔 하르방이네. 믄 먹엉 가불민 난 어떵 흐렌……)

중얼거리며 그 자리에 털썩 주저앉았다.

소천국은 배가 너무 고파 눈앞이 뱅뱅 돌아 미칠 지경이었다.

"에라, 모르겠다. 소라도 잡아먹어야지!"
(에라, 몰르키어. 쉐라도 잡안먹어사주!)

소천국은 앞뒤 가리지 않고 밭을 갈던 소를 한 손으로 때려잡아 통째로 구워 먹어버렸다. 그래도 배가 고팠다. 먹을 게 없을까 이리저리 살펴보니 마침 근처에 풀을 뜯고 있는 소가 보였다.

"옳지, 저 소도 잡아먹어야겠다!"
(에라, 저 쉐도 잡안먹어불주!)

소천국은 그 소도 얼른 잡아먹어 버렸다.

얼마 후 빈 그릇을 가지러 온 백주또가 보니 밭을 가는 소가 보이지 않았다. 주변에 소머리 두 개가 보여 남편 소천국에게 물었다.

"아니, 이 소머리는 무엇이며 우리 소는 어디 있어요?"
(양, 이 쉐 대가린 무스거며 우리 쉐는 어디 잇수광?)

"응, 나, 너무 배가 고파 잡아먹었지!"

(어, 나, 막 베 고판 잡안 먹어부런!)

"뭐라고요? 가져온 점심을 먹어도 배가 고팠단 말이에요?"

(무싱거마씸? 그정온 정심을 먹어도 베가 고팟단 말이우꽈?)

"아, 그거. 지나가던 어떤 노인네가 배가 고프다 하기에 먹으라 했더니 염치없이 다 먹고 가버렸어. 난 배가 매우 고파 어떻게 할 수 없어 밭 갈던 소를 잡아먹었지. 그래도 배가 고프니 저기 풀 먹던 소마저 잡아먹으니 이제야 기운이 막 나네"

(아, 그거. 지나가던 어떤 하르방이 베 고프덴 ᄒ난 먹으렌 헤신디 염치읏이 ᄆ, 먹언 가 부런. 난 베가 막 고판 어떵 홀수읏이 밧 갈던 쉐를 잡안 먹엇주. 경 ᄒ여도 베가 고프난 저듸 풀 먹던 쉐도 잡안 먹으난 이제사 기운이 막 남서)

"아니, 우리 소를 잡아먹은 건 그렇다고 해도, 남의 소를 잡아먹으면 소도둑놈 아니에요?"

(아니, 우리 쉐를 잡안먹은 건 경ᄒ여도, 놈의 쉐를 잡안 먹으민 쉐 도독놈 아니우꽈?)

"그러면 어때, 배가 너무 고픈데?"

(경ᄒ민 어떵, 베가 막 고픈디?)

"이제 보니 당신은 도둑놈이네. 난 도둑놈이랑은 못 살지, 못 살아!"

(이제 보난 이녁은 도독놈이네. 난 도독놈이랑은 못 살주, 못

살아!)

 백주또는 기가 막혔다. 남이 소까지 잡아먹은 소천국에게 벌컥 화를 내며 도둑놈과는 살 수가 없으니 헤어지자고 말하고 집으로 돌아왔다.
 그날로 부부는 헤어졌다.
 집을 나온 소천국은 산과 들로 노루나 멧돼지를 사냥하며 혼자 살았고, 백주또는 홀로 농사를 지으며 아이들과 살았다.

용왕 막내딸과 결혼을 한 궤네기또

 얼마 뒤 백주또는 아이를 낳았는데 아들이었다.
 백주또는 아들을 궤네기또라 이름 지었다. 궤네기또는 무럭무럭 자라났다.
 궤네기또가 대여섯 살이 되던 어느 날이었다. 궤네기또가 밖에서 놀다 울면서 집으로 들어왔다.
 "어머니, 왜 나에겐 아버지가 없어요?"
 (어멍, 무사 난 아방이 엇수광?)
 "왜 뛰어놀다 갑자기 아버지를 찾니?"
 (무사 가달질 ᄒ당 갑제기 아방 타령햄시니?)
 "애들이 막 조롱하지 않아요. 아비 없는 호래자식이라고……

흑흑!"

(아의들이 막 놀렴수게. 아방 엇는 호로즈식이엔…… 흑흑!)

"왜 아버지가 없니. 아버지가 있으니 울지 말라"

(무사 아방이 엇으니. 아방 이시난 울지 말라)

백주또는 궤네기또에게 아버지가 저 건너 산에 살고 있다고 말했다.

궤네기또는 아버지를 만나러 가자고 백주또를 졸랐다. 백주또는 궤네기또를 데리고 소천국을 찾아갔다.

"어찌 왔는가!"

(어떵 와서!)

"당신 보고파 온 줄 알아요, 아들이 아버지 찾으니 왔지!"

(이녁 보구정 와시카부덴. 아들이 아방 촛으난 왓주!)

"뭐, 아들이라고?"

(무스거, 아돌이라고?)

"당신 떠날 때 뱃속에 있던 아이라"

(이녁 나갈 때 벳소곱에 이신 아이라)

"……"

"궤네기또야, 인사해라. 네 아버지다!"

(궤네기또야, 절흐라. 느 아방이어!)

궤네기또는 잠시 망설였다. 처음 보는 아버지가 낯설기만 했다. 눈을 동그랗게 떠 주춤거리다가 소천국에게 달려가 안겼다.

"아버지!"

(아부지!)

궤네기또는 아버지가 매우 반가웠다. 소천국의 코를 만지고 귀를 잡아당기며 어리광을 부렸다. 그러다 소천국의 수염을 뽑았다. 그렇지 않아도 궤네기또가 맘에 들지 않았는데 수염까지 뽑으니 소천국은 노기가 충천하였다.

"에끼, 이놈! 아무리 어리다고 하지만 아비의 수염을 뽑다니. 괘씸한 놈 같으니라고……"

(허쑹언, 이놈! 아멩 어리덴 ᄒ여도 아방의 쉬염을 뽑아. 궤약ᄒ 놈 같으니라고……)

"아버지가 반가워 어리광을 부리다 그렇게 된 걸 왜 그래요?"

(아방이 반가왕 어리광 부리당 경 된 걸 무사 경ᄒ여?)

"듣기 싫어! 이 자식을 임신한 때도 일이 글러서 살림이 분산되더니, 태어나도 이런 나쁜 행동을 하니, 죽여야 하되 차마 죽일 수는 없고, 내 저놈을 내쫓아버릴 것이니 그리 알아!"

(듣기 실어! 이 ᄌ식 벤 때에도 바웨영 살림을 갈라산게 마는, 나도 이런 낫분 헹동을 ᄒ니, 죽일려 ᄒ뒈 ᄎ마 죽일 수는 엇고, 저놈을 내조칠거난 경 알아!)

소천국은 백주또가 말려도 궤네기또를 돌 궤짝에 담아 제주 섬 앞바다에 힘껏 던져버렸다.

돌 궤짝은 물 위에서 수년, 물 밑에서 수년 동안을 떠다니다 동해 용궁의 산호 가지에 걸렸다. 그날부터 용궁에 변괴가 일어났다. 밤에는 웅장한 파도 소리에 궁전이 흔들리고, 낮에는 글 읽는 소리가 요란했다.

용왕이 딸들에게 가서 무엇인지 보라고 말했다. 큰딸과 둘째 딸이 갔다 와서는 아무것도 아니라 했다. 그러나 막내딸이 갔다 와서는 말했다.

"아버지, 수상한 돌 궤짝이 산호 가지에 걸려 있습니다"

(아부지, 숭상흔 돌 궤착이 무낭 가지에 걸어전 이선마씸)

"돌 궤짝이 있다고?"

(돌 궤착이 싯다고?)

용왕은 딸들과 함께 가보니 정말 돌 궤짝이 있었다. 큰딸과 둘째 딸이 돌 궤짝을 내려놓으려고 했지만 꿈쩍도 하지 않았다. 막내딸이 가볍게 들어 내려놓았다.

용왕이 돌 궤짝을 열어보라고 딸들에게 말했는데, 큰딸과 둘째 딸은 열지를 못했다. 막내가 꽃당혜 신은 발로 '툭' 차니 돌 궤짝이 열렸다. 상자 안에는 기골이 장대한 소년이 글을 읽고 있었다.

"그대는 누구이며, 어디서 왔는고?"

(닉는 누게며 어듸서 완?)

"예, 저는 궤네기또라 하며, 해동국 제주 섬에서 왔습니다"

(예, 제는 궤네기또라 ᄒᆞ며, 해동국 탐라섬에서 왓수다)

"무슨 일로 왔는가?"

(어떵ᄒᆞ연 왓는고?)

"강남 천자국에 변란이 났다고 하여 변란을 막으러 가다 하늘의 뜻에 따라 용왕국에 들렀습니다"

(강남 천조국에 변란이 낫젠 ᄒᆞ곤테 변란 막으렌 가단 하늘의 뜻에 ᄄᆞ랑 요왕국에 들럿수다)

용왕은 궤네기또의 범상치 않은 용모에 마음이 끌려 딸의 배필로 삼으려 했다. 큰딸과 둘째 딸은 궤네기또가 싫다고 했지만, 막내딸은 남편감으로 좋다며 활짝 웃었다.

궤네기또는 용왕의 막내딸과 결혼하여 살았다.

하루는 궤네기또가 식사를 하지 않았다. 진수성찬으로 차려도 먹지를 않았다.

"서방님, 무엇을 먹고 싶습니까?"

(양, 무스거 먹구정ᄒᆞ우꽈?)

"고향에서는 돼지도, 소도 통째로 먹고 했는데, 그렇게 먹고 싶소"

(고향에선 도새기도, 쉐도 통체로 먹곡 ᄒᆞ여시난, 경 먹고 시편)

아내는 아버지 용왕에게 궤네기또의 말을 하자, "과연 천하대장군이로고" 탄복하며 돼지와 소뿐만 아니라 먹고 싶은 것은 실컷 먹게 하도록 했다.

그것도 하루 이틀이지 날마다 돼지와 소를 비롯해 여러 가지 음식을 마음껏 먹게 하다 보니 용궁의 식량이 씨가 마를 지경이었다. 용왕은 사위의 식성에 놀라기만 했다. 신하들도 걱정이 이만저만이 아니었다.

"마마, 용궁의 식량 창고가 바닥나 큰일입니다"

(마마, 요왕국의 양석 궤팡이 바닥낭 큰일낫수다)

"허허, 큰일이로고!"

용왕은 고심하다 궤네기또와 막내딸을 불렀다.

"사위의 먹성이 이리 클 줄 몰랐구나. 사위 식사량을 감당하다가는 나라가 망하겠으니 너희 부부는 당장 여기를 떠나라!"

(사우 먹성이 영 클 줄 몰랏저. 사우 먹성을 대다간 나라가 망흐크난 느네덜은 혼저 여기를 떠나라!)

용왕은 궤네기또가 타고 온 돌 궤짝에 궤네기또와 막내딸을 넣어 물 밖으로 띄워 보냈다.

강남 천자국에 도착한 궤네기또

궤짝은 여러 해 파도에 실려 떠돌다 강남 천자국에 도착했다. 바로 궤네기또 어머니 백주또가 태어난 곳이다.

그때 강남 천자국 왕은 낮잠을 자고 있었는데 꿈속에서 금빛 찬란한 해가 바닷가에 떠오른 것을 보고 놀라 깨어났다.

꿈이 하도 신기해 신하에게 바닷가에 나가보라 했다.

바닷가를 다녀온 신하가 알 수 없는 돌 궤짝 하나가 하얀 모래밭에서 빛을 내고 있다고 말했다.

왕은 '이상한 일이군' 생각하며 신하들과 함께 모래밭으로 가서 보니 정말 돌 궤짝에서 빛이 나오고 있었다.

신하에게 돌 궤짝을 열라고 했으나 도무지 열리지 않았다. 제사장에게 물어보니 왕이 의관을 갖추고 네 번 절해야 열릴 것이라 했다. 왕이 정성껏 절하자 돌 궤짝이 열리며 기골이 장대한 장수가 아리따운 여인과 나왔다.

"그대들은 누구며, 어디서 왔느냐?"

(늬들은 누게며, 어듸서 왓는고?)

"예, 저는 해동국 제주 섬 궤네기또이며, 이 여인은 동해 용왕의 막내딸로 제 아내입니다"

(예, 제는 해동국 탐라섬 궤네기또이며, 이 여즈는 동이바당 요왕의 막내똘로 지 각시우다)

"뭣 하러 왔는고?"

(어떵호연 왓는가?)

"이 나라에 전쟁이 일어난다고 하여 나라를 구하러 왔습니다"

(이듸 전쟁이 일어난덴 호난 나라를 구호젠 왓수다)

"뭣이? 전쟁이 일어난다고?"

(무스거? 전쟁이 일어나?)

"제가 적들을 물리치겠으니 걱정하지 마십시오"

(제가 적들을 물리칠거난 주들지 맙서)

마침 그때 이웃 나라가 강성하여 천자국을 무찔러 나라를 합치려고 하고 있었다.

얼마 뒤 정말 이웃 나라가 쳐들어왔다. 왕은 궤네기또를 대장군으로 임명하고 무쇠 투구 갑옷과 큰 칼을 내리며 적을 물리치도록 했다. 궤네기또는 군사들을 이끌고 한달음에 전쟁터로 달려갔다.

적장은 머리에 뿔이 나고 커다란 몸집에 왕방울 같은 눈알을 굴리는 무시무시한 장수였다. 무서운 적장을 중심으로 좌우에 머리가 둘 달리고 셋 달린 괴물 장수가 부하들을 이끌고 있었다.

며칠을 싸웠다. 적들은 만만치 않았다. 싸움은 계속되었다. 서로 뒤섞여 승패를 가름할 수 없을 만큼 전쟁은 치열하였다.

하지만 궤네기또가 누구인가. 부모가 땅의 신이고 아내가 용왕의 딸이 아닌가. 땅의 신들이 보살피고 용왕이 보살피는 대장군이라 어찌 적이 견딜 수가 있으랴.

최후의 일전을 벌였다. 적의 우두머리 장수들이 연이어 궤네기또의 칼에 목숨을 잃었다. 우두머리를 잃은 적들은 무기들을 던지고 땅에 무릎을 꿇고 항복하였다.

강남 천자국은 다시 평온을 찾았다.
강남 천자국 왕이 크게 기뻐하며 궤네기또에게 신하들을 통솔하는 영상(領相)으로 임명하여 정치를 맡기려고 하였다. 궤네기또는 정중하게 거절했다.
"그렇다면, 원하는 바가 무엇이오?"
(기영ᄒ민, 원ᄒ는 게 무스건고?)
"이제 천자국의 전쟁이 끝났으니 저희 의무는 끝났습니다. 저는 해동국 제주 섬으로 돌아가겠습니다"
(이젠 천ᄌ국의 전쟁이 ᄆ치시난 제가 홀일은 ᄆ 헤십주. 제는 해동국 탐라섬으로 돌아가쿠다)
"한 번 더 생각해 주면 안 되오? 그대가 원한다면 내 뒤를 이어 이 천자국을 다스리도록 하겠소!"
(ᄒ번 더 셍각해 보민 안 뒈커라? 이녁이 원ᄒ민 나 뒤를 잇언 천ᄌ국을 다스리ᄃ록 ᄒ크메!)
"아닙니다. 저는 그저 고향 땅으로 돌아가고 싶을 뿐입니다"
(아니마씸. 제는 그냥 고향 ᄄ으로 돌아가고플 뿐이라마씸)
왕이 여러 차례 만류해도 궤네기또는 해동국 제주 섬으로 돌아가겠다고 했다. 궤네기또는 대여섯 살 때 헤어진 부모님이 보고 싶었던 것이었다.

왕은 아쉬웠지만 고향으로 돌아가겠다는 궤네기또를 막을 수 없었다. 왕은 큰 배와 군사를 내주면서 해동국 제주 섬으로 돌아갈 수 있도록 하였다.

할로영산 수호신이 된 궤네기또

궤네기또는 아쉬워하는 왕을 뒤로하고 군사를 이끌고 제주로 출발했다. 배가 파도를 헤치며 망망대해를 건너 제주 섬에 이르니 그 기세가 하늘을 찌르고 땅을 흔들었다. 섬에 있던 소천국과 백주또는 "이 무슨 일이지?" 의아해하며 하인에게 알아보도록 했다.

잠시 후 돌아온 하인이 말했다.

"소천국 주인님이 죽으라 하며 돌 궤짝에 넣어 바다에 던진 궤네기또가 군사를 이끌고 오고 있습니다! 혹시 주인님을 해치러 온 게 아닐까요?"

(소천국 주인이 죽으렌 ᄒ명 돌 궤짝에 낭 바당에 던진 궤네기또가 군사를 이끌엉 왐수다! 혹시 주인님을 헤크지 ᄒ레 온 거 아니우꽈?)

"무슨 소리! 그럴 리가?"

(무신 소리! 경흘리가?)

말이 채 끝나기도 전에 궤네기또가 군사를 이끌고 마을 입구에 도착했다. 그 기세에 놀라 '정말 해치러 왔나 보다' 하며 소천국과 백주또는 허겁지겁 도망쳤다.

소천국은 송당리 뒷산으로 도망치다 돌부리에 발이 걸려 넘어지면서 바위에 머리를 부딪쳐 죽고, 백주또는 앞산으로 도망치다 치맛자락이 발끝에 걸려 넘어지면서 나무 그루터기에 머리를 부딪쳐 죽고 말았다.

뜻하지 않게 부모님이 돌아가자, 궤네기또는 몹시 슬펐다. 소와 돼지를 잡고 하얀 시루떡을 하여 부모의 제사를 지냈다. 부모의 제사를 지낸 후 궤네기또는 함께 온 군사들을 강남 천자국으로 돌려보냈다.

그 후 궤네기또는 아내와 제주 섬 곳곳을 돌아다니며 구경했다. 그렇지만 여전히 마음이 허전하고 쓸쓸하기만 했다.

그러던 어느 날 김녕 마을에 들어섰는데, 평생 먹을 걱정 없는 보기 드문 명당 터가 보여 눌러살기로 했다. 그리고 마을 사람들을 위해 궂은일을 마다하지 않고 앞장섰다.

그러다 궤네기또가 죽었다.

마을 사람들은 궤네기또가 살던 집이 천하명당임을 알고 차지하려고 했다. 궤네기또는 괘씸하여 비와 바람의 변화를 변덕스럽게 하여 마을 사람들을 혼란스럽게 하였다.

마을에서는 점을 쳐보니 궤네기또가 옥황상제의 명으로 신으로 좌정해서 내리는 조화임을 알았다. 사람들은 놀라 궤네기또 묘를 찾아가 절을 하며 용서를 빌었다.

"비나이다. 신이시어 노여움을 푸소서. 속 좁았던 우리를 용서하십시오. 우리 마을의 안녕을 기원합니다. 어떻게 위로를 합니까?"

(빌엄수다. 신이여 노염 풀어줍서. 쏙 좁은 우릴 용설해줍서. 우리 무슬의 안녕을 빌엄시난, 어떵 빌민 뒈쿠광?)

"나는, 소도 한 마리 먹고, 돼지도 한 마리 먹으니 그리 알라!"

(난 쉐도 통으로 먹곡, 돗도 통으로 먹으난 경 알라!)

"가난한 사람들이 어찌 소를 올릴 수가 있겠습니까? 집집에서 매해 돌아가며 돼지를 올리겠습니다"

(가난흔 사름덜이 어떵 쉐를 바칠 수 잇수광? 집집이서 매해 돌아가멍 돗을 바찌크메 경알아줍서)

"너희들의 살림살이를 아니 그리하도록 하라!"

(니들 살렴살이를 알암시난 경ㅎ도록ㅎ라!)

마을 사람들이 궤네기또가 살던 곳을 깨끗하게 청소하여 돼지를 잡아 제사를 지내니 마을에 내려졌던 변덕스럽단 비와 바람의 조화가 사라졌다.

그 후부터 1년에 한 번씩 돼지를 통째로 바치며 제사를 지냈다.

궤네기또는 신통력으로 마을에 가뭄이 들면 비를 내리게 하여 풍년이 들게 하고, 사람들이 바다에 나가 고기잡이를 할 때는 풍랑을 잠재워 주었다.
　궤네기또는 한라산 수호신으로 좌정했는데, 궤네기또에게는 일곱 명의 누이와 다섯 명의 형제가 있었다. 그들이 자식들을 낳고 또 낳고 낳아 삼백일흔여덟 가지로 벌어졌습니다. 이 자손들이 날로 늘어나 마침내 제주 땅에 18000신들로 좌정했다. 이는 옥황상제의 뜻이었다.

옥황상제 최측근 궤네기또

　옥황상제는 지상 세계를 관장하는 신들을 1년에 한 번씩 불러 지상 세계의 일들을 논의하기로 했다.
　신하가 여쭈었다.
　"언제 모이라 할까요?"
　(어느제 모이렌 ᄒᆞ코마씸?)
　"대한 후 닷샛날부터 입춘 전 사흘까지 이레 동안 모이도록 하라. 이때는 새로운 한 해가 시작되는 시기인 농한기로 한가로운 때이니 사람들이 이사를 하거나 집을 고치거나 하면 농번기에 일손을 뺏기지 않으니 얼마나 좋으냐. 이때 신들이 자리를 비워주면 사람들이 더욱 좋지 않겠느냐?"

(대한 후 닷쇄부터 입춘 전 사을꼬지 일뤠 동안 모이렌 ᄒᆞ라. 이 땐 새로운 ᄒᆞᆫ 해가 시작ᄒᆞ는 농한기로 한걸ᄒᆞᆫ 때난 사ᄅᆞᆷ덜이 이사를 ᄒᆞ거나 집을 고치거나 ᄒᆞ민 농번기에 일손을 뻬여앗질 아년 얼메나 좋크냐. 이땐 신들이 자리를 비오줭 사ᄅᆞᆷ덜이 ᄉᆞ뭇 좋지 아녀크냐?)

"그렇습니다. 사람들이 신들에게 들이는 정성도 가끔은 쉬고, 신들에게 의지하지 않고 스스로 뭔가를 결정하는 것도 좋은 일입니다. 그러니 신들을 통솔하는 일을 누구에게 맡겨야 하지 않겠습니까?"

(마자마씸. 사ᄅᆞᆷ덜이 신들신듸 들이는 정성도 ᄒᆞ쏠은 쉬곡, 신들신듸 의지ᄒᆞ지 마랑 이녁냥으로 무스거를 결정ᄒᆞ는 것도 좋은 일이우다. 경ᄒᆞ니 신들을 관장하는 일을 누게신듸 마탄ᄒᆞ렌 ᄒᆞ지 안으쿠광?)

"한라산 수호신 궤네기또에게 일을 맡기도록 하라!"

(할로영산 수호신 궤네기또신듸 일을 마트렌ᄒᆞ라!)

신들을 불러 모으는 일을 옥황상제는 궤네기또에 맡겼다. 신하는 자기에게 그 임무를 맡기기를 은근히 고대했었다. 내심 고대하던 신하는 어깨가 축 내려갔다.

신들을 통솔하는 일은 아무나 할 수 없는 일이었다. 오직 옥황상제의 측근, 측근에서도 가장 신임이 두터운 신하가 맡을 수 있었다. 그러기에 신하들은 암암리에 서로를 견제하고 있었다. 그런데 예상치도 못한 궤네기또가 옥황상제의 최측근임을 안 신하들은 자연스럽게 궤네기또에게 고개를 숙여야 했다.

궤네기또는 옥황상제의 명을 받들어 지상의 신들을 통솔했다.
지상의 신들도 궤네기또에게 잘 보여야 했다. 그렇지 않으면 하루아침에 맡은 자리에서 물러날 수 있기 때문이다.
"모두 오셨습니까? 자미궁에 올라갈 시간이 되었습니다"
(믄딱 왓수광? 자미궁에 올라갈 시간이 뒈엇수다)
"예, 다 모였습니다"
(예, 믄 모엿수다)
"빨리 갑시다. 옥황상제님을 기다리시게 해서는 안 되잖소"
(흔저 갑주. 옥황상제님을 지달리게 헨 안 뒙주)
지상에 내려와 있던 신들이 지난 1년 동안의 일들을 옥황상제에게 보고하기 위해 자미궁으로 가기 위해 궤네기또 앞에 모인 것이다.
"궤네기또! 지상에 내려갔던 신들이 다 모였느냐?"
(궤네기또! 지상에 누려간 신들이 믄 모여시냐?)
"예, 옥황상제 마마, 모두 모였습니다"

(예, 옥황상제 마마. 믄 모엿수다)

"반갑소! 지난 1년 동안 인간 세상을 다스리느라 고생들 했소"

(반갑소! 지난 훈 해 사름 시상을 다스리젠 고생들ᄒ여서)

"옥황상제 마마! 오랜만에 뵙습니다"

(옥황상제 마마! 오랜만에 봠수다)

"그대들을 자미궁에 오도록 한 것은, 지난 1년 동안 지상에서 한 일을 들어보고자 함이니 기탄없이 말씀들을 하시오!"

(그대들을 자미궁에 오렌 훈 건, 지난 훈 해 동안 지상에서 훈 일을 들어보젠 ᄒ거난 기탄엇이 말들을 ᄒ도록 ᄒ여!)

지상에 내려가 있던 18000신들은 1년에 한 번 자미궁에 모여 옥황상제에게 지상의 일들을 보고하였다.

옥황상제는 신들의 공과(功過)를 따져 잘한 신에게는 계속 지상의 일들을 맡기고, 잘못한 신은 새로운 신으로 교체하여 지상으로 내려보냈다.

제주 섬 사람들은 신들이 하늘나라 자미궁으로 가는 기간을 '신구간(新舊間)'이라 한다. 신들이 자리를 비운 사이에 사람들은 집을 고치거나, 이사를 하며 집안의 궂은일들을 처리한다. 이 풍습은 지금도 전승되고 있는 것은 물론이다.

사람의 출생을 맡은 삼승 할망

동해 용왕 딸과 한라산 산신 딸

옛날에 동해 용왕 부부는 자식이 없어 늘 걱정이었다.

용왕 부부는 세월이 흘러갈수록 애가 탔다. 옥황상제에게 자식을 원하는 기도를 드리기로 했다. 자미궁에 가장 가까운 한라산에 올라가 석 달 열흘간 기도를 드렸다. 그 후 용왕 부인이 딸을 낳았다.

용왕 부부는 늦게 얻은 딸을 아주 귀하게 여기며 키웠다. 너무 귀하게 키우다 보니 버릇이 없었다. 마음에 안 들면 막무가내로 앙탈을 부렸다. 툭하면 손에 잡히는 대로 물건들을 집어 던지며 용궁 안을 어질러 놓기 일쑤였다.

이처럼 자기 하고 싶은 대로 하며 융통성이 없어 생떼를 쓰니 용왕 부부는 걱정이 많았다.

"이거 큰일인데. 오냐오냐하다가 딸이 생떼만 늘어서 어떻게 하면 좋을지······"

(이거 큰일 나서. 호호ᄒᆞ당 뚤이 셍떼만 늘언 어떵ᄒᆞ민 좋크라······)

"이 내 속으로 난 자식을 어찌할 수 있습니까! 아무리 버릇이 나쁘고 잘못을 저질렀다 하더라도 어떻게 얻은 딸인데······"

(이 나 쏙으로 난 ᄌᆞ식을 어떵 홀 수 잇수광! 아맹 버르장머리 엇고 잘못을 저질럿뎅 ᄒᆞ여도 어떵 얻은 뚤인디······)

"그대로 놓아두면 안 되니, 인간 세상에 가서 세상 물정 알라고 무쇠 상자 속에 넣어 동해로 띄워 보내면 어떨까?"

(그냥 내불민 아녀뒈난, 사름 시상에 강 시상 물정 알렌 무쉐 설캅 속에 낭 바당데레 띄와불민 어떵ᄒᆞ코?)

"자기 팔자이니 그렇게 하세요!"

(지 팔ᄌᆞ난 경흡주!)

딸이 들어갈 궤짝을 짜는 동안 딸은 불안하여 어머니에게 매달렸다.

"어머니! 인간 세상 가서 무엇을 하며 살란 말입니까?"

(어멍! 사름 시상에 강 무스걸 ᄒᆞ멍 살코마씸?)

"그러니 뭐라고 했니. 조금 생떼 그만하라고 하지 않았니. 말하면 들어야지. 네 팔자니 할 수 없다. 이번에는 말하는 걸 들어야 한다. 인간 세상에는 아직 아이를 낳게 하고 길러주는 삼승 할머니가 없으니 삼승 할머니로 살라. 그러면 존경받으며 살게 된단다"

(경ᄒᆞ난 뭿엔골아니. ᄒᆞ쏠 셍떼 그만ᄒᆞ렌 ᄒᆞ지 아녀ᄒᆞ여냐. ᄀᆞ건 들어사주. 느 팔ᄌᆞ난 ᄒᆞᆯ수엇다. 이번인 ᄀᆞ건 잘 들라. 사름 시상엔 아직 셍불왕이 엇으난 셍불왕으로 들어상 살라. 경ᄒᆞ민 대접 받으멍 산다)

"어떻게 하는 건데요?"

(어떵ᄒᆞ는 것광?)

"남자와 여자가 결혼하여 살면 아이가 생기는데 열 달이 되거든 태어나도록 해주라.

(남ᄌᆞ영 여ᄌᆞ가 겔혼ᄒᆞ연 살민 애기가 셍기난 열 ᄃᆞᆯ이 뒈민 낳게ᄒᆞ라)

"어떻게 태어나도록 합니까?"

(어떵 낳도록 ᄒᆞ코마씸?)

그때 용왕이 나타나 호령했습니다.

"무얼 꾸물거리느냐. 당장 떠나지 않고!"

(무싱걸 뭉케염시냐. ᄒᆞ저 떠나지 아녀ᄒᆞ곡!)

딸은 즉시 궤짝에 실리고 자물쇠가 채워진 채로 용궁 밖으로 버려졌다.

궤짝은 바다에서 떠다니길 여러 해. 그러다 어느 날 한라산이 있는 제주 섬 어느 바닷가에 닿았다.
그때 마을에 살고 있던 부부가 자식을 갖게 해 달라고 산신과 용왕에게 빌고 있었다. 궤짝을 발견한 부부는 자물쇠를 열었다. 궤짝 안에서 예쁜 소녀가 나왔다.
"넌 누구냐? 사람이냐, 귀신이냐?"
(닌 누게냐? 사름이냐, 구신이냐?)
"나는 동해 용왕의 딸로 인간 세상에 생불왕이 없어 아이를 낳게 해 주는 삼승 할망이 되려고 왔노라!"
(난 동이바당 요왕 똘로 사름 시상에 셍불왕이 엇으난 애기를 ᄀ지게 ᄒ는 삼싱할망이 뒈젠 왓저!)
소원이 이루어진 부부는 두 손을 모으고 간청했다.
"아이고, 삼승 할망! 우리에게 지금까지 아이가 없는데, 이렇게 비니 아이 하나 태어나도록 하여주세요"
(아이고게, 삼싱할마님! 우린 아직ᄁᆞ장 애기가 엇언 이추룩 빌엄시난 애기 ᄒ나 ᄀ지게 ᄒ여줍서)
"그렇게 하지!"
(경ᄒ마!)

용왕의 딸은 부부의 집으로 가서 부인의 배를 만져 아이를 가지게 했다.

한 달, 두 달…… 자꾸만 배가 커져서 열 달이 되었다. 그러나 큰일이 생겼다. 용왕의 딸은 아이를 어떻게 낳게 하는지를 몰랐다. 어머니에게 미처 그 말을 듣기도 전에 쫓겨났던 것이었다.

열 달이 지나고 열두 달이 지났다. 이제는 뱃속의 아기와 부인이 죽을 지경에 이르렀다. 용왕의 딸은 겁이 나서 어찌할 바를 모르다가 그만 부인과 아기가 목숨을 잃고 말았다.

용왕의 딸은 겁이 나서 처음 당도했던 바닷가로 가 통곡을 했다. 어머니를 부르며 어떻게 해야 하느냐고 땅을 치며 울고, 바닷물을 치며 울었다.

아내마저 잃게 된 남편은 너무나 원통해서 한라산에 올라가 제단을 마련하고 옥황상제에게 호소했다.

"옥황상제님, 원통하옵니다! 아기를 낳게 할 줄도 모르는 어떤 삼승 할망 때문에 아내와 아기가 목숨을 잃고 말았습니다. 상제님! 제발 인간 세상에 생불왕인 삼승 할망을 보내주시어 아기들을 잘 낳게 하여주시옵소서"

(옥황상제님, 원통홉니다! 애기를 낳게 홀줄도 몰른 어떤 삼싱 할망 따문에 각시ᄒ곡 애기가 죽엇수다. 상제님! 제발 사름 시상

에 생불왕인 삼승할망을 보내줭 애기를 잘 낳게 ᄒᆞ여줍서)

그의 소원이 얼마나 지극정성이었던지 옥황상제가 사연을 듣고는 탄식했다.

"어허, 저런! 누굴 지상으로 보내어 삼승의 일을 맡겨야 할꼬?"

(어허, 저런! 똑ᄒᆞ지고! 누겔 지상으로 보내언 삼싕의 일을 마트게 ᄒᆞ코?)

옥황상제는 신하를 불렀다.

"지금 지상 인간 세상에서 아이를 잘 낳게 해달라며 삼승할망을 보내달라고 하는구나. 누가 삼승 할망 일을 잘 해낼 수 있는지 말해보시오"

(지금 지상 사름 시상에서 애기를 잘 낳게 ᄒᆞ여드렌ᄒᆞ멍 삼싕할망을 보내드렌 헴저. 누게가 삼싕할망의 일을 잘 홀수이신지 말ᄒᆞ라)

"한라산 산신에게 딸이 있사온데 그에게 맡기심이 어떻겠습니까?"

(할락산 산신신듸 ᄄᆞᆯ이 이신디 그에게 마트게 ᄒᆞ민 어떵허쿠광?)

"당장 가서 산신의 딸을 데려오라"

(ᄒᆞ저 강 산신의 ᄄᆞᆯ을 드려오라)

한라산 산신 딸이 사자를 따라 자미궁에 올라와 옥황상제를 만났다.
"음, 영특하게 생겼구나. 내 너에게 인간 세상의 삼승의 일을 맡기려 한다"
(음, 오망지게 셍겻구나. 나가 느신듸 사름 시상의 삼싱의 일을 마끼젠 헴저)
"옥황상제 마마! 마마께서 저에게 삼승의 일을 맡기려 하시나, 미욱한 제가 어찌 생불을 주고 환생 주는 법을 알 수 있겠습니까?"
(옥황상제 마마! 마마께서 제게 삼싱의 일을 마끼젠 헴주만, 미련흔 즈가 어떵ᄒ영 생불을 주곡 환생 주는 법을 알 수 이시쿠광?)
"내가 가르쳐 줄 터이니 걱정하지 말라"
(나가 골아주크메 즈들지 말라)
산신의 딸에게 아기가 태어나게 하는 일을 가르쳐 삼승 할망이 되도록 했다.

삼승 할망 임무를 맡은 산신의 딸은 지상으로 내려왔다.
한라산 삼승 할망이 바닷가를 지나다가 슬피 우는 여인을 발견했다. 드디어 첫 일을 시작할 기회가 왔다고 생각했다.
"아기가 없어 울고 있다면 걱정하지 말라. 아기를 낳게 해주마! 난, 한라산의 삼승 할망이여!"

(애기가 엇언 울엄시민 즈들지 말라. 애기 낳게 헤주켜! 난, 할락산의 삼싱할망이여!)

깜짝 놀란 용왕의 딸이 다그쳤다.

"뭐라고? 삼승 할망에게 아이를 낳으라고? 네가 감히 이 삼승 할망을 놀리려 드느냐? 어디서 건방지고 주제넘게 행동을 해!"

(무싱거? 삼싱할망신디 애기를 낳으라고? 느가 감히 이 삼싱할망을 놀리젠 허느냐. 어디서 까불어!)

용왕의 딸이 한라산 삼승 할망의 머리채를 감아쥐며 욕설을 마구 퍼부었다.

"손을 놔! 자미궁에 계신 옥황상제에게 여쭈어보면 될 게 아니냐?"

(손 노라! 자미궁에 잇인 옥황상제신디 물어보민 될 게 아니냐?)

"그러자. 가서 여쭈어보자!"

(경허여. 강 물어보자!)

두 삼승 할망이 한라산 꼭대기에 올라가 무릎을 꿇고 엎드려 말했다. 누가 진짜 삼승 할망인지 판가름 내달라고.

옥황상제는 곧바로 꽃씨를 주며 말했다.

"꽃씨 한 개씩 줄 것이니 서천 서역국의 모래밭에 심어라!"

(꽃씨 흔 알씩 주쿠메 서천 서역국의 모래밧에 싱그라!)

두 삼승 할망은 모래밭에 꽃씨를 심었다. 그러자 곧 새싹이 돋아나고 가지가 뻗기 시작했다.

동해 용왕의 딸이 심은 씨앗에서는 뿌리도 하나, 가지도 하나, 꽃망울도 하나가 돋아나서 꽃 한 송이가 피었는데 시들시들했다. 그런데 한라산 삼승 할망이 심은 씨앗에서는 여러 개의 뿌리가 내리고, 여러 개의 가지가 뻗어 나와 수많은 꽃이 피었다.

옥황상제는 꽃을 보고는 말했다.

"한라산 산신의 딸은 이승의 삼승 할망 되고, 용왕의 딸은 저승의 삼승 할망 되어 사람들을 도우라"

(할락산 산신의 똘은 지상 시상의 삼싱할망이 뒈곡, 요왕의 똘은 저싱 시상의 삼싱할망이 뒈언 사름덜을 도웨라)

그 순간 저승의 삼승 할망은 이승의 삼승 할망의 꽃가지 하나를 꺾어버렸다.

"왜 내 꽃가지를 꺾느냐?"

(무사 내 꼿곡지를 꺽언?)

"흥, 아이가 태어나 100일이 지나면 깜짝깜짝 놀라는 병에 걸리게 하리라"

(흥, 애기가 태어낭 벡일이 지나민 꼼짝꼼짝 놀라는 빙에 걸리게 허커라)

그래서 오늘날에도 아이가 앓거나 잘 자라지 않으면 저승의 삼승 할망을 위하여 음식상을 차려놓고 비는 풍습이 이어지고 있다.

또한 아이가 태어나 100일이 되면 잔치를 벌여 아기의 장수와 건강, 그리고 액운 방지를 기원한다.

이승의 삼승 할망은 한라산 아래에 사당을 짓고 들어앉았다. 한 손에는 번성 꽃을 또 한 손에는 환생 꽃을 들고 앉아서 사람들에게 아이를 잉태하게 해주고 태어나는 것을 도와주고 있다.

아기가 태어나 3일이 되면 산모가 쑥물로 목욕하고 아기에게 젖을 먹이고, 삼승 할망이나 무녀를 모셔다 무병 생육을 기원하며 '사흘메'라는 쌀밥을 하여 가족들도 먹고 이웃에게도 나누어 준다. 첫이레가 되면 사흘째와 같이 '일뤳메'라는 할망상을 차려 기원하고 이웃에게 나누어 주었다.

또 아기가 출생하면 "새끼 맨다"고 금줄을 집 대문간에 달아 부정한 사람의 출입을 금지했다. 일반인의 출입은 이레가 지나야 이루어졌다. 이후 100일이 되면 할망상을 차렸으며, 돌이 되면 '할망상'을 차려 기원할 뿐 아니라 돌잔치를 차려 축하했다.

무릎을 꿇은 마마신

어느 날, 삼승 할망이 급하게 해산시켜 줄 사람이 있어 빨리 가다가 마마신의 행차와 마주쳤다. 마마신은 아이들에게 천연두를 내리어 수명을 빼앗거나 흉하게 만드는 악신이다.

그렇지 않아도 삼승 할망은 마마신을 만나면 당부하리라 하고 있었다.

"마마신이여! 제가 잉태시켜 태어난 아이들에게 병을 주지 않았으면 합니다"

(마마신이여! 지가 아의베게ᄒ연 난 아의들신디 벵을 주지 아녀헤시민 헴수다)

마마신은 눈을 부릅뜨고 소리쳤다.

"이게 무슨 일이냐! 감히 여자가 내 행차를 멈추다니. 여자라 하는 건 꿈에만 나타나도 나쁜 기운이 깃드는데, 남자 대장부 가는 길에 여자가 웬 소란이냐. 괘씸하다! 앞으로 더욱 괴롭히고 상처를 주리라"

(이거 무스것이냐! 감히 여ᄌ가 나 행츠를 멈추게 ᄒ다니. 여ᄌ라 ᄒ는 건 꿈에만 시꾸와도 새물인디, 남ᄌ 대장부 행츳질에 여ᄌ라 ᄒ게 웬일이냐. 궤약ᄒ구나! 앞으로 하영 괴롭히곡 상처를 주커라)

"저런 괘씸한 놈 같으니. 나에게 언제 한번 굴복 사정할 때가 있으리라"

(저런 궤약혼 늠 같으니. 나신듸 언제 혼번 빌 때가 잇일거라)

삼승 할망은 분노를 참으며 지나갔다.

교만한 마마신은 더욱더 혹독하게 아이들에게 병을 주었다. 삼승 할망에게 본때를 보여주기 위해서였다. 그래서 태어난 아이들의 얼굴을 더욱 엉망으로 만들어 놓았다.

삼승 할망은 화가 났다. 그 길로 생불꽃을 하나 가지고 마마신의 집으로 가서 마마신의 아내를 임신하도록 했다.

그러나 열 달이 지났는데도 아이를 낳을 수가 없었다. 몇 번이고 죽을 지경에 달했다. 남편인 마마신에게 말했다.

"난 이제 죽을 지경이 되었으니 삼승 할망을 한 번만 불러주세요"

(나 이젠 죽젠 이시저시헴시난 삼싱할망 혼 번만 불러줍서)

마마신은 하는 수 없이 삼승 할망을 찾아갔다. 할망은 마마신을 쳐다보지도 않았다. 할 수 없이 마마신은 댓돌 아래 무릎을 꿇고 말했다.

"제 아내가 임신하여 열 달이 지났는데도 출산을 못해 아내와 아기 목숨이 경각에 달렸습니다. 부디 아기를 낳도록 도와주십시오"

(지 각시가 아의를 ᄀ정 열 둘이 지나신디도 아의가 안 나왕 각

시광 아의가 몬 죽게 뒈시난 제발 아의를 낳게 ᄒ여줍서)

 삼승 할망은 눈도 거들뜨지 않았다. 마마신은 입이 바짝 타오르고 어찌해야 좋을지 몰라 안절부절 어찌할 바를 몰랐다.
 그런 모습을 보던 할망이 말했다.
 "너의 집으로 나를 청하려거든 네가 머리를 깎고 고깔을 쓰고 버선발로 다시 와서 엎드려 빌라"
 (느네 집의 날 청ᄒ젠 ᄒ민 늬 머리 까그곡 고깔도 쓰곡 보선발로 다시왕 빌라)
 할 수 없이 마마신은 삼승 할망이 시키는 대로 하여 다시 할망을 찾아가 엎드렸다.
 "그만하면 하늘 높고 땅 낮은 줄 알겠느냐? 뛰는 재주가 좋다고 해도 나는 재주가 있다고 한다"
 (그만 ᄒ면 하늘 노프고 따 ᄂ자운 줄 알암시냐? 뛰는 제쥐가 좋댕 ᄒ여도 느는 제쥐가 싯젠 ᄒ여라)
 "예, 잘못했습니다"
 (예, 잘못 헷수다)
 삼승 할망은 다시 말했다.
 "나를 청하려면 너희 집까지 명주로 내가 걸어갈 길을 만들라!"
 (날 청ᄒ커건 느네 집꼬장 멩지로 나가 걸엉갈 질을 멘들라!)
 하는 수 없이 마마신은 삼승 할망이 말한 대로 길에 명주를 깔아 길을 내었다. 명주를 밟고 간 삼승 할망은 마마신 부인의 배를 두어 번 쓸어내렸다. 그러자 옥동자를 낳았다.

아이가 나온 후 삼승 할망은 마마신에게 말했다.

"이보시오, 당신 자식이 소중하면 남의 자식도 소중한 법이오. 하늘의 이치에 따라 태어나는 아이들에게 무슨 죄가 있소. 아이들이 잘 자라서 부모 형제는 물론 이웃들을 사랑하고 도우며 살아갈 수 있도록 도와주어야 합니다. 그래야 이 세상은 평화롭고 행복한 세상이 되는 것이랍니다. 이상한 병으로 아이들을 괴롭히며 저세상으로 데려갈 생각만 하지 마시고요!"

(양, 이녁 ᄌᆞ식이 소중ᄒᆞ민 놈의 ᄌᆞ식도 소중ᄒᆞ거라. 하늘의 이치에 ᄄᆞ랑 난 아의덜에게 무신 줴가 이선. 아의덜이 잘 컹 부모성제는 물론이곡 이웃들을 ᄉᆞ랑ᄒᆞ곡 도웨멍 살도록 도웨줘사 ᄒᆞ니다. 경해사 이 시상은 평화롭곡 행복한 시상이 뒈는 것이주. 이상ᄒᆞᆫ 벵으로 아의덜을 괴롭히멍 저시상으로 ᄃᆞ령갈 생각만 ᄒᆞ지 맙서!)

"잘못했습니다. 명심하겠습니다"

(잘못ᄒᆞ엿수다. 멩심ᄒᆞ쿠다)

그날로부터 잘못을 뉘우치는 자는 머리를 깎고 맨발로 대죄하였으며, 아이를 원하는 사람은 명산대찰에 가서 흰 천을 깔고 기도하는 풍습이 생기게 된 것이다.

삼승 할망은 생불꽃·환생꽃을 가지고 분주히 돌아다니며 아기의 임신과 출생을 도와주고, 또 열다섯 살까지 키워주는 일을 맡는다고 하여 삼승 할망에게 비는 굿을 하는데 이를 '불도맞이'라고 한다.

농사의 신
자청비

김진국 부부

 옛날 한 마을에 커다란 기와집에 떵떵거리며 사는 김진국 대감이 있었다. 그는 부인과 호의호식하며 살았다. 재물은 창고마다 넘쳐나고 하인들도 그 수가 많아 누가 누구인지 모를 지경이었다.
 아무 걱정 없이 살 것 같은 김진국 대감 부부에게 큰 고민이 있어 틈만 나면 한숨을 내쉬었다. 부부 나이 쉰 살이 가까워지고 있는데 자식이 없었기 때문이다.
 어느 날 김진국 대감이 길을 가고 있었는데 다 쓰러져 가는 초가집에서 웃음소리가 나왔다.

"하하하"

"헤헤헤"

"호호호"

"이건 엄지손가락, 집게손가락, 가운뎃손가락, 약손가락, 새끼손가락 이렇게 말해"

(이건 어금손가락, 안쥐왜기손가락, 상손가락 노니왜기손가락, 새끼손가락 영 골아)

무슨 일인가 하여 김진국 대감이 초가집 안을 살펴보았다. 방인지 마루인지 알 수 없었지만 바람을 겨우 피할 만한 곳에서 거지 부부가 아이를 놀리며 웃고 있었다. 배고픈 줄도 모르고 해가 지는 줄도 모른 채 서로 장난하며 놀고 있는 모습을 한참 엿보다 떠났다.

집으로 돌아온 김진국 대감의 한숨은 크기만 했다. 아내가 상다리가 휘어지도록 음식을 차려 가져왔지만, 숟가락을 들 생각이 나지 않았다. 아내가 놀라서 이유를 물어도 한숨만 내쉬었다. 아내가 재차 왜 그러냐고 물었다.

"아까 길을 가다 다 쓰러져 가는 초가집 앞을 지나는데 집 안에서 웃음소리가 나기에 엿보았소. 거지 부부가 아이와 노는데 배고픈 줄도 모르고 해가 지는 줄도 모른 채 다정하게 웃고 지내는 걸 보다 왔소. 아무리 입에 풀칠하기도 어려운 가난한 집이라도 자식과 웃으며 행복하게 지내고 있는데, 우리 먹고, 입고, 잠자리 걱정 없는 부자이지만 아이 웃음소리는커녕 울음소리도 없으니 무슨 낙이 있어 음식을 먹겠소"

(ᄒᆞ끔인측 질을 가단 몬 멜라져 가는 초집 앞을 지남신디 집의서 우습은 소리가 들려완 엿보아서. 게와시 두갓세가 아희덜광 놀암신디 베고픈 줄도 몰으곡 해 주물는 줄도 몰랑 다정ᄒᆞ게 웃으멍 사는 걸 보단 완. 아멩 입에 풀칠ᄒᆞ기도 어려운 가난ᄒᆞᆫ 집이라도 ᄌᆞ식광 웃으멍 행복ᄒᆞ게 지냄신디, 우린 먹곡, 입곡, 잠잘 데 걱정 엇는 부제지만 아희 웃음소리는커녕 울음소리도 엇으난 무신 낙이 이선 음식을 머커라)

"……"

"우리가 커다란 기와집에 재물이 넘쳐나고 하인들이 많이 있어도 무슨 소용이오. 새도 새끼를 낳아 벌레를 먹이고 거지부부도 아이를 놀리느라 배고프고 해 지는 줄도 모르는데, 우린 자식 하나 없으니, 새만도 못하고 거지만도 못하니 부자가 무슨 소용이 있으며 우리 신세가 기가 막힐 뿐이오"

(우린 큰큰ᄒᆞᆫ 지에집에 지물이 넘쳐나곡 ᄃᆞ사리들이 하영잇인들 무신 소용이라. 셍이도 새끼를 낳 벌레를 멕이곡 게와시 두갓세도 아희들을 놀리느라 베고프곡 해 주물는줄도 몰람신디, 우린 ᄌᆞ식 ᄒᆞ나 엇으난, 셍이만도 못ᄒᆞ곡 게와시만도 못ᄒᆞᆫ 부제가 믜신 소용 잇으멍 우린 신세가 기가멕힐 뿐이라)

대감의 말은 들은 아내는 말을 잃어버렸다. 부부가 서로 바라보며 한숨만 쉬었다.

다음 날도 부부가 한숨만 쉬며 멍하니 하늘만 바라보고 있었다. 그때 마침 스님이 시주를 청하러 들어왔다. 한숨만 쉬는 대감 부부를 보게 되었다.
"무슨 근심거리라도 있습니까?"
(무신 조들일이라도 잇수광?)
김진국 대감 부부는 자식 없는 사연을 스님에게 말했다.
"우리 절 부처님이 영험합니다. 시주를 준비하여 절에 오셔서 석 달 열흘 100일 동안 정성을 다하면 자식을 얻을 수 있을 것입니다"
(우리 절 부체님이 영험홉주. 시주를 출령 절엘 왕 석 둘 열흘 벡일끄지 정성 드리믄 조식을 얻을 수 잇수다)
"그게 정말입니까!"
(그거 춤말이꽈!)
대감 부부가 동시에 외쳤다. 스님이 빙그레 웃고는 가던 길을 떠났다.
"아이고 영감, 죽을 때 가지고 가지도 못할 재산은 뒀다 뭐 합니까. 우리 정성 한번 들여봅시다!"
(아고 영감, 죽으멍 그경도 못홀 제산은 뒷당 뭐허쿠과. 우리 정

성 훈번 들여봅주!)

자청비 태어나다

다음 날 대감 부부는 정성을 다하여 시주를 들고 절을 찾아갔다. 부처님께 시주를 하고, 부부는 100일을 정성껏 기도하여 집으로 돌아왔다.

얼마 뒤 정성껏 한 기도 덕분인지 부인의 배가 불러오기 시작했다. 어느덧 열 달이 되어 아내가 딸을 낳았다. 부부는 이름을 '자청비'라 지었다.

그런데 이상하게도 같은 날 같은 시간에 하녀 정술데기도 아들을 낳았다. 대감은 아이 이름을 '정수남'이라 지었다.

자청비는 부모의 극진한 사랑 속에 건강하고 씩씩하게 자랐다. 똑똑하여 하나를 가르치면 열을 알았다. 대감 부부는 물론 하인들도 모두 칭송이 자자했다.

"어쩌면 저리도 아름답고 영리할까!"

(어떵ᄒᆞ민 저영도 곱들락ᄒᆞ곡 요망지코!)

반면에 한날한시에 태어난 하인 정수남은 허우대만 멀쩡할 뿐 게을렀다. 틈만 나면 잠만 자고 빈둥거렸다. 그러나 먹는 것은 어찌나 재빠른지 마파람에 게 눈 감추듯 했다. 집안 모두가 한 소리였다.

"어휴, 툭하면 드러눕기나 하는 저 게으른 녀석. 먹을 것밖에 몰라!"

(아이고, ᄒ쏠ᄒ민 걸러져둠서 일어나지 안는 저 간세다리. 식충다리!)

자청비가 열다섯 살이 된 어느 날, 마을 밖 시냇가를 거닐고 있을 때였다. 때마침 지나가던 멋진 총각이 자청비에게 먹을 물을 좀 달라고 했다. 자청비는 시냇물 위쪽의 물을 바가지에 뜨더니 풀잎을 띄워 건넸다. 총각이 의아한 표정으로 쳐다보기에 자청비가 말했다.

"물을 빨리 먹다 체하면 약도 없다 합니다"

(물을 급하게 먹당 체ᄒ민 약도 엇던 ᄒ연마씀)

"아, 그렇습니까! 그리 깊은 뜻이 있는 줄도 모르고……"

(경ᄒ우꽈! 경 지픈 뜻이 싯는 줄도 몰르고……)

"천천히 마시세요. 그런데 어딜 그리 급하게 가십니까?"

(천천히 먹읍서. 경ᄒ디 어딜 경 재기 감수광?)

"아, 저 아래 훈장 선생에게 글공부하러 갑니다"

(저 아래 훈장 선셍신디 글공비ᄒ래 감수다)

"누구세요?"

(누게과?)

"난 문곡성이라고 합니다"

(난 문곡성이엔 협주)

"그렇습니까, 마침 잘됐습니다. 나하고 꼭 닮은 남동생이 있는데 글공부하러 가려는 참입니다. 벗 삼아 같이 가면 어떻습니까?"

(경ᄒ우꽈, 마침 잘 뒛수다. 지영 똑 달믄 남동승이 이신디 글공비ᄒ레 가젠 헴수다. 벗 삼앙 ᄀ치 가민 어떵허쿠광?)

"저도 혼자라 적적했는데 잘되었습니다. 같이 가죠"

(지도 혼차라 웨로와신디 잘 뒈엇수다. ᄀ찌 갑주)

자청비는 문곡성을 처음 보자마자 첫눈에 반하여 문곡성과 헤어지기가 싫었다. 어느새 문도령을 사랑하게 된 자청비는 그대로 헤어지기가 안타까웠다.

문곡성 또한 자청비의 총명함에 감탄함은 물론, 행동거지 하나하나 말 한마디 한마디가 마음에 쏙 들었다. 자청비와 함께 있고 싶었는데 마침 자청비랑 닮은 동생과 함께 간다니 즐겁기만 했다.

자청비와 문도령

자청비는 얼른 집으로 돌아갔다. 문곡성을 대문 밖에 기다리게 했다.

"어머니, 아버지 저도 글공부시켜 주세요!"

(어멍, 아방 지두 글공비 시켜줍서!)

"갑자기 글공부라니? 여자가 무슨 공부란 말이냐!"

(그령청ᄒ게 글공비라니? 여ᄌ가 무신 글공비허켄 헴시냐!)

"공부하는 데 남자 여자가 무슨 상관있습니까? 그리고 자식이라곤 저 하나뿐인데 부모님 돌아가시고 기일제사 땐 누가 축과 지방을 제대로 씁니까?"

(공비ᄒ는디 남ᄌ 여ᄌ가 무신 상관이우꽈? 경ᄒ곡 ᄌ식이라곤 지 ᄒ나뿐인디 어멍아방 돌아가민 기일제ᄉ 때 누가 축영 지방이라도 절로 쓰우꽈?)

"그것도 맞는 말이구나. 누구에게 글공부를 배우려고?"

(경ᄒ긴 ᄒ다. 누게신디 글공비를 베우젠 헴시?)

"저 아래 훈장 선생이 명망이 높으니 가서 배우겠습니다"

(저긔 훈장 선셍이 명망이 노프난 강 베우쿠다)

"그렇게 해라. 열심히 배워야 한다"

(경ᄒ라. 열심히 베워사 ᄒ다)

"예!"

부모님께 허락받은 자청비는 남자 옷으로 갈아입고 나왔다.

"문도령이시죠. 누님에게 들었습니다. 기다리게 해서 미안합니다. 나는 자청입니다"

(문도령이우꽈. 누님신디 들엇수다. 지달리게헨 미안허우다. 난 자청이우다)

"누님하고 얼굴이 똑같습니다"

(누님ᄒ곡 ᄂ시 똑 ᄀ트우다)

"당연하지요. 한 부모에게서 난 자식인데 어찌 안 닮겠습니까"

(ᄀ를 말이우꽈. ᄒᆫ 어멍아방신디서 난 ᄌ식인디 어떵 안 달므쿠광)

"하긴, 그렇군요. 어서 글공부하러 갑시다"

(ᄒ긴 경ᄒᆸ주. 재기 글공비ᄒ러 갑주)

자청비는 문도령과 함께 훈장 선생을 찾아갔다.

3년을 기약하고 공부를 시작했다. 둘은 같은 방에서 자고 먹었다.

자청비는 총명하여 선생이 하나를 가르치면 열을 깨달아 선생의 귀여움을 받았다.

그런데 자청비는 여자라는 것을 감추느라 애먹었다. 특히 같은 방에서 자고 먹는 문도령은 '자청 도령이 여자가 아닐까?' 하고 남보다 더 의심했다.

날이 가고 달이 갈수록 문도령은 의심하는 눈초리가 심해져 갔다. '오늘은 기필코 확인해 봐야지' 하며 기회를 엿보고 있었다.

하루는 잠을 자는데 자청비가 방 가운데 쳐놓은 가리개 사이에 물바가지를 놓고서 숟가락과 젓가락을 걸쳐놓았다.

"무슨 일이오?"

(무신 일로?)

"글공부 올 때 아버지가 잠을 잘 때 바가지에 물을 떠 옆에 놓고 숟가락과 젓가락을 걸쳐놓아 잠을 자되 숟가락과 젓가락이 떨어지도록 잠을 자면 글공부가 떨어진다고 하더군"

(글공비 올 때 아방이 좀 잘 때 박세기에 물을 떠당 옆뎅이에 낭 수까락광 저봄을 걸청 좀을 자뒈 수까락광 저봄이 털어지게 자민 글이 뒤진덴 ᄒ연)

물바가지 때문에 문도령은 자청비에게 다가갈 수가 없었다. 혹시 숟가락과 젓가락이 떨어질까 하여 함부로 옆으로 돌아눕지도 못했다.

그렇게 여러 날이 지나니 문도령은 잠을 제대로 자지 못해 공부 시간에 꾸벅꾸벅 졸았다. 그로 인해 점점 성적이 떨어졌다. 그렇지만 자청비는 편안하게 잠을 자며 공부도 열심히 하니 늘 1등이었다. 자청비의 글공부는 선생도 혀를 내두를 지경이 되었다.

문도령은 자청비를 무엇으로든 하나를 이겨서 기를 꺾어놓고 싶었다. 무엇보다 자청비가 여자인지, 남자인지 확인하고 싶었다. 그래서 하루는 시합을 요청했다.

"공부는 네가 잘하지만, 딴 재주는 나에게 질걸. 달리기해 볼까?"

(공비는 느가 잘 ᄒ주만, 똔 제쥐는 나신듸 질걸. 둘음박질 ᄒ카?)

"좋아!"

달리기 시합도 문도령이 졌다. 문도령은 분함을 참지 못하여 큰 소리로 말했다.

"오줌 멀리 보내기 하자!"

(오줌 골길낙 허자!)

자청비는 난감했다. 그렇다고 피할 수도 없었다. 어떤 묘책이 없을까 궁리하는데 마침 대나무 대롱이 보였다. '옳지' 속으로 쾌재를 불렀다.

"문도령, 네가 먼저 허라!"

(문도령 늬가 믄저 허라!)

문도령이 바지춤을 내리며 눈을 돌리자, 자청비는 얼른 대나무 대롱을 바지 속 다리 사이에 끼어놓았다. 그런 줄도 모르고 문도령은 1m 나간 오줌 줄기를 보며 회심의 미소를 지었다.

그때 자청비가 배 아래에 힘을 주어 오줌발을 쏘아 보내니 무려 2m나 나갔다. 다리 사이에 끼어놓은 대나무 대롱 때문이었다. 하는 시합마다 지자 문도령은 더 이상 자청비가 여자라는 것을 의심하지 않았다.

정체를 밝힌 자청비

 공부를 한 지 3년이 되어가던 어느 날이었다.
 문도령이 아침에 방문을 열고 나오는데 새 한 마리가 편지를 떨어뜨리고 갔다. 문도령이 읽어보니 집에서 보낸 편지였다. 서수왕 딸을 며느리로 맞이하기로 했으니, 하늘나라로 돌아오라는 편지였다.
"음, 자청아, 난 그만 집에 가야겠다"
(음, 자청아, 난 이젠 집의 가젠)
"갑자기 왜?"
(갑제기 무사?)
"사실 나는 하늘에서 내려왔어"
(사실 난 하늘에서 느려완)
"······"
"집에서 편지가 왔는데, 서수왕 딸과 결혼하라고 하는구나"
(집의서 펜지 와신디, 서수왕 똘신디 장개가렌)
"뭐라고? 그럼 나도 공부 그만하고 집에 갈래. 네가 없으면 무슨 재미로 공부를 해. 마침 배울 만큼 다 배웠으니. 같이 떠나자"

(무싱거? 게민 나도 공비 그만 ᄒᆞ영 집에 가키여. 늬가 엇으민 무신 ᄌᆞ미로 공비를 ᄒᆞ여. 마침 베울 만큼 다 베워시난. ᄀᆞ치 가게)

서당을 떠나 둘이 처음 만난 시냇가에 이르렀을 때 자청비가 말했다.

"우리 그동안 공부하느라 목욕 한번 실컷 못했으니 목욕하고 갈까?"

(우린 그동안 공비ᄒᆞ젠 ᄒᆞᆫ번 실컷 몸ᄀᆞ마 보질 몯ᄒᆞ여시난 몸ᄀᆞᆷ안 가카?)

"좋아! 우리 풍덩 물속에 뛰어들어 시원하게 목욕이나 하고 가자"

(좋아! 우리 풍덩 물ᄉᆞ곱에 뛰어들엉 씨원ᄒᆞ게 몸ᄀᆞᆷ안 가게)

"난 위쪽에서 씻을 것이니 넌 여기서 씻어"

(난 우에서 싯으커메 닌 여긔서 싯으라)

위쪽으로 간 자청비는 물소리만 첨벙첨벙 내며 아래쪽을 살폈다.

문도령은 옷을 벗어 던지고 물에 들어가더니 물 만난 고기마냥 이리저리 헤엄치며 돌아다녔다. 자청비는 한참을 바라보다가 한숨을 쉬고는 물가에 있는 버드나무 잎을 뜯었다. 나뭇잎에 몇 글자를 써서 아래쪽으로 보내고는 집으로 향했다.

물결에 흘러온 버드나무 잎을 발견한 문도령이 주워서 보았더니 글씨가 쓰여 있었다.

"눈치 없는 문도령아, 멍청한 문도령아, 3년간 같은 방을 쓰고도 남녀를 구별도 못 하는 문도령아!"
(눈치 엇인 문도령아, 멍청훈 문도령아 삼년간 훈방을 쓰멍도 남즛여즛 구벨 몯후는 문도령아!)

"아!"
문도령은 그제야 모든 걸 깨달았다. 그랬구나. 자청 도령이 여자였구나.
퍼뜩 놀란 문도령이 물에서 나와 옷을 겨우 걸치다시피 하여 위쪽을 보니 자청비가 저 멀리 가고 있었다.
문도령은 발바닥이 안 보이게 달려갔다.
숨을 헐떡이며 자청비를 붙들었다.
"자청 도령, 아니, 자청 아가씨!"
"숨넘어가겠어요. 진정하시죠. 그동안 속여서 미안합니다. 난 자청비라 합니다. 문도령을 처음 만난 순간 당신이 좋아서 당신과 함께 있고 싶어서 그랬습니다"
(숨넘어 가쿠다. 진정헙서. 그동안 쏙연 미안허우다. 난 자청비우다. 문도령을 체얌 본 순간부터 이녁이 좋안 이녁과 흠께 싯젠

경흐엿수다)

"아닙니다. 여자인 줄을 모른 내가 바보입니다"

(아니우다. 여ᄌ인줄 몰른 나가 바보우다)

"하늘도 알고 땅도 알고 문도령도 알았으니 이제 누굴 속이겠습니까. 우리 집으로 가서 쉬었다 가세요"

(하늘도 알고 따도 알고 문도령도 알암시난 이젠 누겔 쏙이쿠광. 우리 집에 강 쉬엇당 갑서)

문도령은 헤벌쭉 웃으며 고개를 끄덕였다.

집에 도착하여 문밖에서 문도령을 기다리게 한 자청비는 부모님께 인사를 하였다.

"아버지, 어머니 글공부 마치고 돌아왔습니다"

(아부지, 어머니 글공비 마천 돌아완 마씸)

"귀한 내 딸아, 3년간 글공부하느라 고생 많았구나"

(귀한 내 뚤아, 삼 년간 글공비흐느라 고셍 많앗저)

"아버지, 어머니 3년 동안 저와 함께 공부한 친구가 같이 오다가 발가락을 다쳐 걷기가 불편합니다. 그러니 나하고 함께 있다가 내일 가도록 하면 어떨까요?"

(아부지, 어머니 삼 년간 ᄀ치 공비흔 친구가 흔듸 오단 발고락을 다천 걷기가 불펜헨 마씸. 경흐난 나흐곡 ᄀ찌 싯당 늴날랑 가게 흐민 어떵흐쿠광?)

"그러렴. 같이 공부했다니 당연히 쉬게 해야지. 네 방에서 같이 지내고 내일 가도록 하여라"

(경ᄒ라. ᄒᆞᄃᆡ 공비ᄒᆞᆫ ᄉᆞ인데. 느 방에서 ᄀ치 싯당 늴날랑 가렌 ᄒᆞ라)

부부의 연을 맺은 자청비와 문도령

자청비가 문밖으로 나와 문도령을 데리고 방으로 들어가니 문도령이 두리번거리며 방을 살펴본다. 깔끔한 방에서 기분 좋게 하는 향긋한 냄새가 났다.

자청비는 저녁상을 직접 준비하여 문도령과 함께 먹는데 둘은 밥을 먹는지 국을 먹는지 반찬을 먹는지 몰랐다. 떨리는 마음을 어찌하지 못하여 밥을 뜬다며 국을 뜨고 국을 뜬다며 밥을 뜨니 숟가락이 춤을 추고 반찬이 어디 있는지 젓가락이 장단을 추었다.

먹는 둥 마는 둥 시늉하다 이내 상을 물리고 이부자리를 펴기가 무섭게 둘은 가슴속의 불을 활활 불태웠다.

짧은 밤이 지났다. 어느새 희끄무레한 창밖으로 새벽을 알리는 닭이 힘차게 울었다. 자청비가 말했다.

"이제 떠날 때가 되었습니다. 이렇게 가면 언제 오시렵니까?"

(이젠 갈 때가 뒈엇수다. 영 가민 언제 올것광?)

문도령은 씨앗 하나와 빗 하나를 주며 말했다.

"이 씨앗을 봄에 심어 박이 열려 가을에 딸 때쯤이면 돌아와요. 그리고 이 빗은 우리가 부부라는 증표이니 잘 간직하길 바라오"

(이 씨를 봄에 싱경 박이 열련 ᄀ슬에 탈 때 쯤이민 돌아오주. 경 ᄒ곡 이 얼레긴 우리가 두갓세임을 징멩ᄒ난 잘 간직ᄒ여사 ᄒ여)

둘은 손을 붙잡고 눈물을 흘리며 헤어짐을 아쉬워했다.

가을이 가고 겨울이 지나 기다리던 봄이 왔다.

자청비는 뒤뜰에 씨앗을 심었다. 얼마 후 싹이 트더니 줄기를 뻗으며 무럭무럭 자랐다. 여름이 되자 담장을 따라 올라온 줄기에 박이 주렁주렁 달렸다. 날이 가며 덩달아 열매가 커지더니 딸 때가 되었다. 그러나 문도령은 아무런 소식이 없었다.

오늘내일하며 문도령이 돌아오기를 기다리던 자청비가 어느 날 담장 밖을 내다보니 한 부부가 지나가고 있었다. 남자는 지게에 꽃을 꽂고 여자는 머리에 꽃을 꽂아 남자의 뒤를 따르는데 서로 다정하게 바라보며 노래를 흥얼거리며 걸어갔다.

자청비는 왠지 마음이 뒤숭숭하여 집안으로 고개를 돌렸다. 마침 하인 정수남이 담장 옆에 퍼질러 앉아 옷을 뒤척이고 있었다.

"이 게을러 빠진 놈아, 너는 밥만 퍼먹고 무얼 하느냐. 길가에 저 사람들 나무를 한 짐 하여 오는 것도 안 보이느냐? 나가서 나무라도 한 짐 해 와!"

(이 게을렁 터진 놈아, 닌 밥만 퍼 먹언 무스걸 ᄒ느냐. 질에 저 사름덜 낭을 훈 짐 ᄒ영 오는 걸 안 보염시냐? 강 낭이라도 훈 짐 ᄒ영 와!)

자청비의 느닷없는 야단에 정수남이는 멍했으나 이내 심통 맞은 표정으로 대꾸했다.

"그렇게 야단치지 마시고 소 아홉 마리와 도끼를 주시면 내일 저 깊은 산속으로 가서 겨울 석 달 내내 땔 나무를 하여 오겠습니다"

(경 야단치질 맙서. 쉐 아홉 마리에 도치를 주민 닐 저 지픈 산중으로 강 겨우내 땔 낭을 ᄒ영 오쿠다)

"게으른 놈이 말은 잘한다. 좋다. 그리할 테니 어디 한번 보겠다"

(게을렁 터진 놈이 말은 잘 혼다. 경ᄒ라. 경홀테니 어디 보주)

다음 날 정수남이는 소 아홉 마리를 이끌고 도끼는 허리에 차고 집을 나섰다. 마을 뒤에 있는 깊은 산중으로 올라온 정수남이는 다리도 아프고 하여 잠깐 쉬었다 일을 하리라 마음먹었다.

소들을 나무에 매어두고 낮잠을 자기 시작했다. 그러나 잠깐 눈을 붙였다 일어나려 했는데 그만 깊은 잠에 빠져들고 말았다. 호랑이가 와서 물어가도 모를 정도로 코를 드르렁거리며 잔 것이다.

가까스로 잠에서 깨어나 보니 해가 저물고 있었다. 큰일났다 하면서 일어섰는데 배에서 꼬르륵 소리가 났다.

"잠은 잘 잤는데, 배가 몹시 고픈데…… 에잇, 저놈의 소라도 한 마리 잡아먹어야겠군"

(흔즘 잘 자신디, 베가 막 고픈디…… 에라 저늠의 쉐라도 흔 마리 잡안먹어사주)

정수남은 마른 나뭇가지를 모아 불을 지피고는 소 한 마리를 잡아먹었다. 그런데도 배가 고파 또 한 마리를 잡았다. 그리고 또, 또, 하며 잡아먹다 보니 아홉 마리 소가 온데간데없어졌다.

"아, 잘 먹었다. 모처럼 배부르게 먹었더니 기분은 좋은데, 집에 가서 뭐라고 하지?"

(아, 잘 먹엇네. 모처럼 베불렁 기분은 좋다만 집엔 강 무스거엔 ᄒ지?)

걱정하며 정수남이는 소가죽을 짊어지고 산에서 내려왔다. 마침 연못가를 지나는데 예쁜 오리들이 노닐고 있는 것이 보였다.

"옳지, 그렇게 하면 될걸. 아가씨가 고운 것을 좋아하니 저

오리 하나를 잡고 가서 화를 면해야 하겠군"

(맞아, 경후민 뒐걸. 애기씨가 곱들락 훈 걸 좋안후난 저 올리 후나 잡앙 강 홰를 면해사주)

정수남이는 허리에 찼던 도끼를 꺼내 오리에게 던졌다. 그러나 오리는 날아가 버리고 도끼는 물속으로 빠지고 말았다. 도끼를 찾으려고 소가죽을 내려놓고 물속으로 들어갔다. 이리저리 뒤졌으나 도끼를 찾지 못하여 물 밖으로 나왔다. 그런데 그사이 어떤 도둑이 내려놓은 짐을 가지고 도망간 뒤였다.

"어허, 이 일을 어찌할까?"

(어허, 이 일을 어떵호코?)

정수남이는 풀이 푹 죽어 날이 다 저물어 집에 도착했다. 자청비 눈에 띄지 않으려고 안절부절못해 장독대에 숨었다. 마침, 하녀 정술데기가 장독대에 간장을 가지러 왔다가 정수남이가 숨어 있는 것을 보았다.

"아가씨, 나무하러 간 정수남이가 장독대에 숨어 있습니다"

(애기씨, 낭 후레 간 정수남이가 장독대에 숨언 잇수다)

"뭣이, 나무하러 간 정수남이가 거기 있다고?"

(무싱거, 낭후러 간 정수남이가 그듸 싯다고?)

자청비가 얼른 장독대에 가보니 과연 정수남이 웅크려 있었다.

"아니 이놈아, 여기서 뭐 하는 거야? 소와 나무는 어디 있는 거야?"

(아니 이눔아, 이디서 무싱거 흐느냐? 쉐와 낭은 어듸 잇지?)

"나무를 하려고 살피다 보니 소를 잃어버려 그대로 왔습니다"

(낭 ᄒ젠 술피단 보난 쉐가 엇어젼 그냥 왓수다)

"그러면 그렇지. 뭐 소와 도끼를 주면 나무를 해 와? 네 이놈! 나를 기만한 죄 용서하지 않겠다"

(경ᄒ민 경ᄒ주. 무싱거 쉐영 도치영 주민 낭을 ᄒ영와? 네 이놈! 날 기만ᄒ 줴 용서홀 수가 엇다)

"아가씨 그리 나무라지 마세요. 산속 깊이 들어가 한 연못가에 이르러보니 전에 아가씨랑 같이 왔던 도령이 예쁜 아가씨들이랑 놀고 있기에 구경하다 소를 잃어버리고 말았습니다"

(애기씨, 경 나무라지 맙서. 산중 지피 들어강 ᄒ 물가에 가난 전에 애기씨랑 ᄀ치 온 도령이 곱들락ᄒ 애기씨들광 눌암시난 구경ᄒ단 쉐가 엇어져 부럿수다)

"무슨 말이냐. 참말로 문도령을 보았느냐?"

(무신 말이냐. 춤말로 문도령을 봐시냐?)

"가보시면 될 거 아닙니까"

(강보민 될 거 아니우꽈)

"그래, 내일 날이 밝으면 같이 가보자"

(기여, 닐 늘 볼그민 ᄀ치 강 보자)

정수남이를 죽인 자청비

다음 날 아침 자청비는 정수남이를 데리고 산속의 연못을 찾아갔다. 연못에는 오리 몇 마리만 보였다.

"문도령이 어디 있단 말이냐?"

(문도령이 어듸 이시냐?)

"물속을 한번 들여다보세요. 물그림자 속에 문도령이 아가씨들과 노는 데 정신이 팔린 모습이 보이지 않습니까?"

(물스곱을 흔번 들여당 봅서. 물굴메 쏙에 문도령이 애기씨들광 놀메타는 모습이 안보염수광?)

"네가 나를 놀려?"

(늬가 날 놀려?)

"아가씨, 그러지 말고 우리 부부로 삽시다"

(애기씨, 경ᄒ지마랑 우리 두갓세로 삽주)

정수남이가 음흉한 눈빛으로 말하며 자청비에게 다가왔다. 인적도 없는 산속에 둘뿐이니 자청비는 난감했다. 일단 정수남이를 구슬려 놓은 후 생각하기로 했다.

"잠깐, 우리 둘뿐인데 서두를 필요가 없지 않으냐. 쉴 자리를 만들라"

(ᄒ쏠시라. 우리 둘뿐이난 경 와릴 거 엇다. 쉴 자리나 멘들라)

정수남이는 싱글벙글 웃으며 나뭇잎을 따고 풀들을 뜯고

다래 줄을 잘라 제법 푹신한 자리를 만들었다.

"자, 다 되었으니 어서 이리로 와. 촛대 같은 허리 안고 사랑놀이 하자"

(자, 믄 뒈시난 흔저 일루 와. 촷대ㄱ튼 준둥 안앙 ㅅ랑놀음ㅎ게)

"먼저 내 허벅지를 베고 누워봐"

(믄저 나 잠지 베엉 누라)

정수남이가 자청비의 다리를 베고 누웠다. 푹신하고 묘한 향기에 정신이 아득해지며 그만 스르륵 잠이 들어버렸다.

자청비는 얼른 옆에 있는 다래 줄로 정수남이를 꽁꽁 묶어 연못으로 밀어버렸는데, 정수남이는 꼼짝없이 물에 빠져 죽고 말았다.

자청비가 혼자 집에 돌아오는 것을 본 부모님이 물었다.

"어찌하여 혼자 오느냐. 함께 간 정수남이는 어떻게 하고?"

(어떵ㅎ연 혼차 왐시니. ㄱ치간 정수남이는 어떵ㅎ곡?)

자청비가 자초지종을 말하자 부모가 야단쳤다.

"그게 무슨 말이냐. 수남일 죽이다니?"

(그거 미신 말이라. 수남일 죽엿다니?)

"아버지, 어머니는 자식보다 하인 수남이가 더 소중해요?"

(아방 어멍은 ㅈ식보단 ㄷ사리 수남이가 더 중ㅎ우꽈?)

"하인은 죽을 때까지 우리를 위해서 일하지만, 너는 시집가

버리면 그만이다. 그걸 몰랐더냐?"

(두사린 죽을 때 ᄁᆞ정 우릴 위해 일ᄒᆞ지만, 닌 시집가민 그만이여. 그걸 몰람시냐?)

"그러면 그놈이 하던 일을 제가 할게요"

(경ᄒᆞ민 그늠이 ᄒᆞ던 일을 지가 헙주)

"그래라. 어디 보자. 할 수 있을까?"

(경ᄒᆞ라. 어디 보저. ᄒᆞ여지카?)

다음 날부터 밭을 일구고, 씨를 뿌리고, 소와 말들을 먹이기 시작했다.

그러나 여자의 몸으로 남자 하인이 하던 일을 아침 일찍부터 저녁 늦게까지 하기는 너무 벅찼다. 며칠이 지나니 손이 부르트고 발등이 퉁퉁 붓고 온몸이 쑤셔 움직이기도 힘들었다. 일을 견디지 못하여 자청비는 집을 떠나기로 했다.

다음 날 새벽 자청비는 남자 옷으로 입고 정처 없이 집을 떠났다.

이곳저곳으로 기약 없이 걷고 또 걸었다. 그렇게 한량없이 걷기만 했다. 며칠을 무턱대고 발 가는 데로 길을 가다 보니 신기한 꽃들이 많은 곳에 이르렀다.

아름다운 꽃향기를 맡으며 계속 걸어가다 보니 마을이 나타났는데 길가에서 어린아이 둘이 부엉이 한 마리를 놓고 실랑이를 벌이고 있었다.

"얘들아, 왜 다투니?"

(느네들은 무사 경 드탐시니?)

"이 부엉이를 내가 먼저 잡았는데, 저 애가 먼저 잡았다고 하여 다투어요"

(이 부엉샐 나 몬저 심언신디 저 애가 심고렌허연 드탐수다)

아이들은 서로 자기가 먼저 잡았다고 계속 우겨대었다.

자청비는 그 부엉이를 보자 문득 자기에게 억울하게 죽은 '정수남이가 한이 맺혀 부엉이로 태어났구나' 하는 생각이 들었다.

"얘들아, 그 부엉이를 내게 주면 돈을 줄 테니 나누어 가지고 다투지 말라"

(느네들 그 부엉샐 날 주민 돈을 주쿠메 갈랑가정 드투질 말라)

"그렇게 하세요"

(경흡서)

"그런데, 여기는 어디니?"

(경흔디, 여기는 어드니?)

"서천꽃밭 옆 동네랍니다"

(서천고장밧 옆 므을이우다)

"무엇이라고? 서천꽃밭!"

(무스거? 서천고장밧!)

서천꽃밭이란 말에 자청비는 귀가 번쩍했다.

서천꽃밭은 사람을 살리고 죽이고 울리고 웃게 하는 꽃들이 있는 곳이라고 어릴 때부터 들었기 때문이다. 죽은 정수남이를 살리고 집에 데려가면 부모님이 용서해 줄 거라는 생각에 귀가 번쩍했다.

자청비는 부엉이를 가지고 서천꽃밭으로 갔다. 가면서 부엉이에게 말했다.

"정수남아, 미안하구나. 내 너를 반드시 다시 사람으로 살려 줄 테니 나를 용서하렴"

(정수남아, 미안ᄒ다. 나가 늬를 꼭 따시 사름으로 살려줄 거난 날 용서ᄒ렴)

부엉이가 말을 알아들었는지 고개를 숙였다. 그러자 자청비는 더욱 가슴이 아팠다.

꽃밭 가까이에서 자청비는 부엉이를 꽃밭으로 날렸다. 그리곤 꽃밭으로 들어갔다. 그때 꽃감관 한락궁이가 자청비를 보았다.

"누구인데 함부로 들어오는가?"

(누겐데 함부로 들어ᄉ는고?)

"이 옆을 지나가는데 부엉이가 날고 있어 활을 쏘아 잡으려 꽃밭에 왔습니다"

(이 주짓을 지나감신디 부엉새가 놀암시근테 살을 쏘앙 잡젠 고장밧에 들렷수다)

날아다니는 부엉이를 쏘겠다니 활 솜씨가 대단하다고 생각한 꽃감관이 말했다.

"그렇지 않아도 요새 부엉이 한 마리가 날아들어 여기저기 날아다니며 꽃밭을 망치고 있어 골치가 아픕니다. 부엉이를 잡아주시오. 그러면 원하는 걸 전부 들어주리다"

(경안ᄒ여도 요즘 부엉새 ᄒ 마리가 놀아왕 고장밧을 이레 화륵 저레 화륵 놀앙뎅경이선 골치가 아프우다. 부엉샐 잡아줍서. 경ᄒ민 원ᄒ는거 ᄆ 들어주쿠다)

그날 깊은 밤에 자청비는 꽃밭 뒷동산에 올라 부엉이를 불렀다.

"부엉이가 된 정수남아, 네가 나 때문에 원한이 맺혔구나. 그 원한을 풀어줄 테니 이리 와서 내 품에 안기라"

(부엉새가 됀 정수남아, 늬가 나 따문에 원혼이 맺엇구나. 그 원혼을 풀어 줄거난 이리왕 나 젯가슴에 안지라)

그러자 어둠 속에서 부엉이가 날아오더니 자청비 품에 안겼다.

자청비는 부엉이를 쓰다듬어 주다 화살 하나로 부엉이 가슴팍을 찔렀다. 부엉이는 퍼덕이다 죽었다.

"서럽고 불쌍한 정수남아, 미안하다. 나 때문에…… 오늘 밤이 지나면 사람으로 환생할 것이니 걱정하지 마라"

(설룬 정수남아, 미안ᄒ다. 나 따문에⋯⋯ 이 밤이 지나믄 사름으로 환셍 홀거난 ᄌ들메 말라)

다음 날 아침 지청비는 죽은 부엉이를 들고 꽃감관에게 가니 꽃감관이 활짝 웃으며 말했다.

"무엇이든 말하세요. 약속대로 원하는 걸 들어줄 것이오"

(아무거나 말헙서. 약속ᄒ데로 청을 몬 들어주쿠메)

"여기 사람을 살리고 죽이고, 웃고 울게 하는 꽃들이 있다고 하니 그 꽃을 주었으면 합니다"

(이듸 사름을 살리곡 죽이곡, 웃고 울게 ᄒ는 고장이 잇덴ᄒ난 그 고장을 줍서)

"내 그 꽃을 줄 테니 꼭 필요한 곳에만 사용해야 합니다"

(나가 그 고장을 주쿠메 꼭 써사홀 곳에만 써사홉니다)

"예. 명심하겠습니다"

(네, 멩심ᄒ쿠다)

한락궁이 꽃감관에게 꽃을 얻고 자청비는 서둘러 길을 떠났다. 정수남이를 살리기 위해 한시가 급했기 때문이다.

밤낮을 쉬지 않고 걸어 마침내 정수남이가 죽은 마을 뒷산 연못에 다다랐다. 연못은 물이 빠지고 잡초만 무성했다. 잡초들을 헤집고 정수남의 시체를 찾았다.

자청비는 시체 위에 가져온 뼈 오를 꽃, 살 오를 꽃, 피 오를 꽃, 숨 오를 꽃을 뿌렸다. 잠시 후 정수남이가 머리를 박박 긁으며 일어났다.

"아이고, 아가씨 낮잠을 너무 오래 잤습니다. 죄송합니다. 어서 집으로 가시지요"

(아이고게, 애기씨 낮줌을 하영 잣수다. 죄송ᄒ우다. ᄒ저 집으로 갑주)

길을 서두르는데 고분고분한 게 예전의 정수남이 아니었다.

정수남이를 데리고 집으로 돌아온 자청비를 보자 부모는 깜짝 놀랐다.

"자식보다 더 아까워한 하인 정수남이를 살려서 데리고 왔습니다"

(ᄌ식보단 더 아까워ᄒᆞᆫ 드사리 정수남이를 살련 드련 왓수다)

"뭐라고? 네가 사람을 죽였다 살렸다 한다고. 허, 괴이하고 요망한 년이로구나. 너를 집에 두었다가는 또 어떤 변괴가 일어날지 두렵다. 당장 나가라"

(무싱거? 느가 사름을 죽였당 살렸당 ᄒᆞᆫ다고. 허, 궤상ᄒᆞ고 요망한 년이로구나. 늴 집에 두엇당 또 무신 변괴가 생길지 두렵다. ᄲᆞᆯ리 기여나라)

자청비는 눈물이 비 오듯 쏟아졌다. 정수남이를 죽여도 살려도 부모에게 쫓겨나니 서럽고 서러울 뿐이었다.

문도령을 다시 만난 자청비

집을 나온 자청비는 그저 발 가는 대로 터벅터벅 걸어갔다. 반쯤 정신이 나가 지금 어디에 있는지, 어디로 가는지 몰랐다. 눈물이 멈추면 걷고 눈물이 흐르면 길가에 멍하니 섰다. 자청비는 이제 더 나올 눈물도 없는지 눈이 붉게 충혈되었다.

자청비는 힘겹게 다시 걸었다. 한 걸음 한 걸음 걷다 보니 마을이 보여 그리로 걸어갔다. 그때 어디선가 베틀 소리가 들려왔다. 소리 나는 곳을 바라보니 마을에 좀 떨어진 곳에 초가집이 보였다.

자청비는 반가운 마음에 초가집을 찾아갔다. 문을 두드리니 할머니가 나왔다.

"아니, 고운 여즈가 어쩐 일이오?"

(아니, 곱들락흔 여즈가 무신 일이라?)

"지나가다 베틀 소리가 들려 찾아왔습니다. 잠깐 쉬었다 갈 수 있는지요?"

(지나감신디 베클 소리가 낭 들럿수다. 흐끔 쉬었당 가도 뒈쿠광?)

"아무렴. 어서 들어와요"

(경호고말고. 혼저 들어오주)

집 안에는 할머니 혼자인지 다른 사람은 보이지 않았다. 베틀에는 고운 명주가 있었다.

"할머니 혼자 사세요?"

(할망 혼차 살암수광?)

"혼자 살아요"

(혼차 살암서)

"할머니, 참 곱게 명주를 짜셨네요. 제가 좀 짜도 되겠습니까?"

(할망, 촘 곱들락ᄒ게 멩지를 짬수다 양. 제가 ᄒ꼼 짜도 뒈쿠광?)

"젊은 여자가 명주를 짠다고? 어디 한번 해보아요"

(어린 여주가 멩지를 짠다고? 경호여봐)

자청비가 베틀에 앉아 손을 놀리는 것을 보고 할머니는 놀랐다.

"어쩜 이렇게도 곱게 짤까! 손재주가 아주 좋아요. 솜씨가 보통이 아닌 걸"

(어쩌믄 영도 곱들락ᄒ게 짜코! 손제쥐가 막 좋은게. 제쥐가 보통이 아니라)

할머니는 솜씨 좋은 자청비를 그냥 보내기가 아쉬웠다. 그래서 자청비에게 물어보았다.

"이런 재주를 가진 사람을 어떻게 그냥 보내리. 나에겐 자식이 없으니, 수양딸로 들어오면 어떨까?"

(영혼 제쥐를 아진 사름을 어떵 기냥 보내어. 난 주식이 엇으나, 쉬양똘로 들민 어떵ᄒ크라?)

"그러지요"

(경흡서)

그날부터 자청비는 할머니를 어머니로 모시며 살았다. 그러다 어느 날이었다.

"어머니는 이 고운 명주는 어디에 쓸 건가요?"

(어멍은 이 곱들락흔 멩진 어듸 쓸 거우꽈?)

"응, 하늘나라 문도령이 결혼할 때 쓸 거란다"

(응, 하늘나라 문도령이 장게갈 때 쓸 거여)

뜻밖에도 문도령이 결혼한다는 말에 자청비는 놀랐다. 자청비가 눈물을 주르르 흘렸다. 얼른 눈물을 훔치고는 명주 끝에다 '가련하다 자청비. 불쌍하고 불쌍하다 자청비'를 새겨 넣었다.

며칠 후 할머니가 하늘나라 문도령 집에 명주를 가져가니 모두가 곱다며 칭찬했다. 그때 문도령이 명주 끝에 새겨진 글을 보고 깜짝 놀랐다.

"할머니, 이 명주 누가 짰어요?"

(할망, 이 멩지 누게가 짯수광?)

"내가 데리고 사는 수양딸이 짰습니다"

(나가 두란 사는 쉬양뚤이 짠 마씀)

그간 자청비를 잊고 있던 문도령은 명주에 새겨진 글을 보자 불현듯 자청비가 보고 싶어 안달이 났다.

"할머니, 내일 밤에 내가 찾아간다고 그 수양딸에게 꼭 전해 주세요"

(할망, 닐 밤에 나가 춫아간덴 그 쉬양뚤에게 꼭 글아줍서 양)

문도령은 할머니가 돌아간 후, 자청비를 만날 생각을 하니 마냥 들떠 일이 손에 잡히지 않았다. 자청비랑 보내던 그 시절이 아른거렸기 때문이었다.

칼날 다리를 건넌 자청비

한편, 할머니가 돌아와 문도령이 내일 밤에 온다고 말을 전하며 어떤 사이냐고 물었다. 자청비는 그동안의 일을 모두 할머니에게 말했다.

자청비 역시 마음이 바빠졌다. 어떻게 하루를 보냈는지 기억도 없는데 밤이 되었다. 보름달이 훤히 비추는데 방문 밖에 인기척이 났다.

"거기 누구요?"

(거기 누게과?)

"하늘에서 온 문도령이오!"

(하늘에서 온 문도령이라!)

"문도령이라면 내게 준 게 있는데 그게 무엇인지 말해보세요"

(문도령이엔ᄒ민 나신디 준 게 이신디 그게 무스거우꽈?)

"박씨와 빗을 주었소"

(박씨영 얼레기를 줫주)

문도령이 틀림없었다. 자청비는 반가워 와락 문을 열었다. 마당에 그리도 기다리고 기다리며 보고 싶었던 문도령이 환한 달빛 아래 서 있었다. 자청비는 우당탕 뛰어나갔다.

"도련님!"

"낭자!"

둘은 얼싸안고 떨어질 줄 몰랐다.

잠시 후 방으로 들어간 둘은 그동안 쌓인 회포를 푸느라 날이 밝는 줄도 몰랐다. 멀리서 새벽을 알리는 닭 울음소리가 들려왔다.

"자청비, 나를 따라 하늘나라로 갑시다. 이젠 더 이상 헤어질 수 없어요"

(ᄌ청비, 나영 ᄀ치 하늘나라로 가주. 이젠 더 이상 갈라질 수

엇언)

"저도 도련님과 헤어질 수 없어요"

(지도 도령님광 갈라질 수 엇수다)

문도령은 자청비를 데리고 하늘나라로 갔다.

문도령은 부모에게 자청비를 인사시키며 자청비와 결혼하겠다고 말했다. 그러자 문도령 부모가 깜짝 놀랐다.

"어허, 그게 무슨 말이냐. 낼모레 서수왕 딸과 결혼을 앞두고?"

(뭐, 그게 무스거엔 골암시니. 닐모레 서수왕 뚤과 혼례를 앞둼?)

"우린 글공부할 때 같은 방에서 먹고 자며 공부했습니다. 그리고 이미 우리는 한 몸이 된 사이입니다"

(우린 글공비홀 때 혼방에서 먹곡 자명 공비ᄒ엿수다. 경ᄒ곡 이미 우린 혼 몸이 뒛수다)

"뭣이, 이미 한 몸이 되었다고? 그래도 내 며느리는 아무나 될 수 없다. 내 며느리 될 자격은 불구덩이 위에 칼날 다리를 놓아서 그 다리를 맨발로 건너와야 내 며느리가 될 자격이 있다"

(무싱거, 이미 혼 몸이라고? 경ᄒ여도 내 메누린 아모나 될 수 엇다. 내 메누리 될 ᄌ슴은 불구덩이 위에 칼놀 ᄃ리를 놓 그 ᄃ리를 멘발로 건너와사 내 메누리가 될 ᄌ슴이 잇저)

문도령 부모는 하인을 시켜 커다란 구덩이를 파고 활활 불을 피워 칼날 다리를 놓게 하였다. 그리고 서수왕 딸을 불러 오게 했다.

자청비와 서수왕 딸에게 말했다.

"누구든 이 다리를 맨발로 넘어오는 사람이 내 며느리다"

(누게든 이 드리를 멘발로 넘어오는 사름이 나 메누리이어)

그러자 서수왕 딸은 울면서 말했다.

"나는 죽으면 죽었지, 이 시뻘겋게 된 칼날 다리를 건널 수 없습니다"

(지는 죽으믄 죽엇지, 영 시뻘건 흔 칼놀 드리를 건널 수 엇수다)

자청비는 다리 앞에 서서 속으로 옥황상제에게 간절하게 빌었다.

"옥황상제님, 저 다리를 건너 문도령과 결혼하게 하여 주십시오"

(옥황상제님, 저 드리를 건넝 문도령과 절혼흐게 흐여줍서)

자청비가 버선을 벗고 하얀 발을 드러내며 칼날 다리 앞에 섰다. 그때였다. 갑자기 시커먼 구름 한 조각이 오더니 다리 위로 장대비를 뿌리며 지나갔다. 다리 밑에 불길이 잦아진 틈을 타 자청비는 칼날 다리를 성큼성큼 걸어가서 문도령 부모에게 절을 했다.

"하늘도 너를 허락하는구나. 네가 내 며느리다!"

(하늘도 닐 허락헴저. 늬가 나 메누리여!)

세경신이 된 자청비

　파혼을 당한 서수왕 딸은 분하고 창피하여 방 밖으로 나오질 않았다. 식음을 전폐하고 누워 있길 보름이 되었다.
　부모가 방문을 떼어내고 들어가 보니 딸은 피를 토해 죽어 있었다. 방안에는 못 보던 새 한 마리가 눈물을 흘리고 있다가 서수왕 부부에게 날아들었다. 서수왕 딸이 너무나 원통하여 새로 환생한 것이다.
　서수왕 부부의 가슴은 찢어질 듯 아팠다. 치밀어 오르는 분노를 달래느라 가슴이 새카맣게 탔다. 서수왕 부부는 새를 쓰다듬으며 앞으로 부부 사이에 분란을 일으키며 살아가라고 죽은 딸을 달래주었다.
　이후부터 다정한 부부간에도 이 새가 들면 안 좋은 일이 생겼다. 그래서 결혼할 때 서수왕 딸을 대접하고 달래기 위해 신부가 상을 받으면 맨 먼저 음식을 조금씩 덜어 상 밑으로 놓는 풍습이 생겨났다.

　자청비와 문도령은 결혼하여 남들이 시샘할 정도로 사이좋게 지냈다.
　자청비는 시부모를 공경하며 모시는 것은 물론 모든 사람에게 상냥했다. 자청비가 예의 바르고 착하다는 소문이 하늘나라에 퍼졌다.

그러다 보니 자청비와 문도령을 시기하는 무리가 생겨났다.

"음, 내 누이를 죽게 만든 놈, 내 너를 가만두지 않겠다"

(나 누의 동승을 죽게흔 놈, 나가 널 그만두지 안 홀 것이다)

서수왕 아들은 원통하게 죽은 누이를 위해 복수를 벼르게 된 것이다.

문도령을 죽이기 위해 간계를 꾸몄다.

하루는 서수왕 아들이 문도령에게 술을 하자고 했다. 아무것도 모르고 서수왕 아들이 부르자 누이를 파혼한 죄도 있어 문도령은 술집으로 갔다.

"술 한잔하려고 불렀소"

(술이나 흔잔 먹젠 후연 불런)

"제가 먼저 이런 자리를 마련해야 하는데…… 고맙습니다"

(지가 먼저 영 후여사 후는디…… 고마와마씀)

술상 옆에는 아름다운 여인이 앉아 있었다. 서수왕 아들은 미리 여인을 매수하여 흉계를 꾸며놓고 있었다.

문도령은 '저렇게 아름다운 여인이 따르는 술은 술맛도 더 좋겠지……' 속으로 말하며 앉았다.

"자, 한잔 드시게!"

(자, 흔잔 먹주!)

문도령은 권하는 술을 거절하지 않고 술잔을 비웠다. 술잔이 몇 번 오고 갔는데 갑자기 머리가 어지러워지며 눈앞이 뱅뱅 돌다 픽 쓰러지고 말았다. 그 술은 서수왕 아들이 여인을 매수하여 미리 독을 넣었기 때문이다.

"죽었구나! 오늘에야 누이의 죽음을 복수했다"

(죽엇구나! 오늘사 죽은 누의동생 복수ᄒ여젓구나)

서수왕 아들이 쾌재를 불렀다. 밖에 기다리고 있던 사람들을 불러 시체를 길가에 버리게 하였다.

한편 자청비는 남편 문도령이 서수왕 아들이 술 한잔하자며 불러서 간다며 나가자 무슨 음모가 있음을 눈치챘다.

밤늦도록 남편이 돌아오지 않자 자청비는 '무슨 일이 일어났구나?' 하며 남편을 찾아 나섰다. 얼마를 갔을까, 길에 쓰러져 죽은 남편을 발견했다. 울며 죽은 남편을 업어 왔다. 방안에 죽은 남편을 눕혔는데 앞날이 캄캄했다.

정신을 차리고 옷가지와 짐을 정리하기 시작했다. 짐들 속에 낯익은 보따리 하나가 있었다. 문도령과 함께 하늘나라에 올 때 가지고 온 것인데 그동안 까맣게 잊고 있었던 것이었다. 반가움에 얼른 풀어보니 이게 어인 일인가. 보따리 속에 서천 꽃밭에서 가지고 온 꽃들이 있었다.

자청비는 죽은 남편 가슴 위에 피 오를 꽃, 숨 오를 꽃을 놓고 "깨어나라" 외쳤다. 그때 남편 문도령이 크게 하품하며 일어났다.

"어, 그놈의 술이 독하긴 독하군. 내 어젯밤에 어떻게 왔지요"
(어, 믜신 술이 경 독훈지. 나 어저괴밤에 어떵 완)

자청비가 죽었던 남편을 살려냈다는 말이 이 집 건너고 저 집 건너며 나라 안으로 퍼져 나갔다. 드디어 옥황상제의 귀에까지 들어갔다.
"자청비가 죽은 남편을 살려냈다고? 지혜가 슬기롭고 덕망이 높다고 하니 요직에 등용하여야 하겠군"
신하를 시켜 자청비를 불러오도록 했다.
"효부로구나. 죽은 남편을 살려냈을 뿐만 아니라, 평소 시부모를 공경하며 이웃들과 화목하게 지낸다고 하더구나"
(효부로구나. 죽은 남펜을 살려낼 뿐만 아니라, 느량 시부모를 공경후며 이웃들광 화목후게 지냄젠 후더구나)
"과찬입니다"
"자청비야, 너를 요직에 등용하려고 하니 나를 도와 천하를 안정시키도록 하라"
(자청비야, 느를 요직에 등용훌까 후니 날 도왕 천하를 안정시키도록 후라)
"상제 마마! 저는 학문이나 세상의 일을 뚫어 보는 데 미흡할 뿐 아니라, 일개 아녀자에 지나지 않으므로 미욱한 제가 무엇을 알겠습니까. 더구나 요직은 가당치가 않습니다. 권력에 물들면 욕심이 생기기 마련입니다. 결국 그 탐욕을 억누르지 못하여 세상을 어지럽히게 됩니다. 세상을 경영하는 일에 더 이상 무슨 말을 하겠습니까. 그저 남편이랑 알콩달콩 살게 하여 주십시오"

(상제 마마! 제는 흑문이나 시상의 일을 붸려보는 데 미흡ᄒ오며, 일개 아녀자에 지나지 않안 부작흔 제가 무스걸 알쿠광. 경ᄒ곡 요직은 가당치가 아녀ᄒ우다. 권력에 물들민 욕심이 셍기기 마련입주. 결국 그 탐욕을 부리질 못ᄒ영 시상을 어지럽히게 됩니다. 시상을 경영ᄒ는 일에 더 이상 무스거엔 ᄒ쿠광. 경ᄒ난 서방이영 알콩달콩 살겔ᄒ여줍서)

"허, 너의 뜻이 가상하구나. 내 곁에 너 같은 신하가 몇 사람만 있어도…… 그럼 필요한 게 있으면 말하라"

(허, 늬 뜻이 가상ᄒ다. 나 좃디 늬 ᄀᆞ튼 신하가 몇 사ᄅᆞᆷ만 이서도…… 경ᄒ민 필요한 게 이시민 말ᄒ라)

"지상 세상에 땅을 일구어 농사를 지으며 살 수 있도록 오곡 씨앗을 주십시오"

(지상 시상에 따을 일구어 농ᄉᆞ지으멍 먹곡 살 수 잇도록 오곡 씨앗이나 줍서)

"오곡 씨앗을 내릴 터인즉, 땅에 내려가 농사신이 되어라!"

(오곡 씨왓을 내어주쿠메 따을 내령강 세경신을 마트라!)

자청비는 오곡(쌀, 보리, 조, 콩, 기장) 씨앗을 가지고 문도령과 인간 세상으로 내려왔다. 땅을 파고 오곡 씨앗을 뿌렸다.
 자청비는 남편과 농사를 지으며 행복하게 살았다.

 어느 날 밖에 보니 누더기를 걸치고 며칠은 굶은 듯 배가 등허리에 붙은 꼴로 이리저리 기웃하고 있는 사람이 보였다. 자세히 보니 정수남이었다. 자청비는 부모님이 궁금하여 정수남에게 달려갔다.
 "정수남아, 오랜만이로구나. 우리 부모님은 어떠며, 이게 무슨 꼴이니?"
 (정수남아, 오랜만이여. 우리 어멍 아방은 어떵ᄒ곡, 이게 무신 꼴딱지니?)
 "아가씨, 이거 얼마 만입니까? 주인님은 죽어 명부에 가고, 난 갈 곳이 없어 이 모양 이 꼴입니다"
 (아기씨! 이게 얼메 만이우꽈? 주인님은 죽언 멩왕가곡, 난 갈 듸 엇언 이 모냥 뒈엇수다)
 "……"
 "아가씨, 몹시 배가 고프니 뭘 좀 먹게 해주세요"
 (아기씨, 막 베고프난 요기나 ᄒ꼼 ᄒ게 헤줍서)
 "아무렴. 저 밭을 바라보라. 농부가 소로 밭을 갈고 있으니 거기 가서 얻어먹고 오렴"
 (경ᄒ라. 저 밧디 바레어보라. 농부가 쉐로 밧을 갈암시녜. 그

디 강 얻어먹엉 오라)

정수남이가 밭으로 가 음식을 부탁했는데 농부가 거절하자 자청비에게 그대로 왔다고 말했다. 그러자 자청비는 밭을 갈고 있던 농부에게 갑작스레 발작으로 쓰러지게 하고 그 밭에는 흉년이 들게 하였다.

"그러면 저쪽 밭을 보라. 두 늙은이가 땡볕에 구부리고 앉아 호미로 깃은 김매고 있구나. 저쪽에 가서 얻어먹고 오라"

(경ᄒᆞ민 저 밧디 보라. 두 늙은이가 ᄌᆞ작벳디 조침 앚안 골겡이로 짓은 검질메고 있구나. 저긔강 얻어먹엉 오라)

그 밭에 간 정수남이가 식사하고 오자 자청비는 그 밭에는 풍년이 들도록 했다.

자청비와 문도령은 농사의 신인 세경신이 되고 정수남이는 가축의 신이 되었다.

인간 세상의 농경신이 된 자청비는 마음씨가 고약한 부자 밭에는 흉년이 들게 만들고 마음씨 고운 가난한 밭에는 풍년이 들게 만들어 주었다. 그래서 사람들은 농사를 지을 때 자청비에게 생산과 풍요를 기원한다.

사람들은 문도령은 상세경, 자청비를 중세경, 정수남이를 하세경이라 불렀다.

운명의 신
가믄장아기

용왕의 딸

옛날 남해 용왕에게 딸이 있었다. 딸은 마음이 착했을 뿐만 아니라 총명했다. 용왕 부부는 딸을 애지중지하며 키웠다. 그런데 용궁을 자주 빠져나가 속을 태웠다. 용왕이 딸에게 엄한 당부를 했지만 소용없었다.

딸은 틈만 나면 바깥세상을 구경하러 용궁을 빠져나왔다. 물고기들과 바닷속을 이리저리 돌아다니는가 하면, 산호초 속에서 놀기도 하였다.

그러다 하루는 물 밖으로 나왔는데 바다 한가운데 높은 산이 솟아 있는 아름다운 섬이 보였다. 딸은 섬 가까이 다가가 섬 주위를 돌며 구경하다 용궁으로 돌아갔다.

하지만 한가운데 높이 솟아오른 산이 있는 섬이 자꾸 눈에 아른거려 매일 딸은 용궁을 몰래 빠져나와 섬 주변에서 놀았다.

그런데 섬에 사는 사람들이 빈곤하게 살아가고 있는 모습이 보여 안타깝기만 했다. 바닷속에 무궁무진하게 먹을 것들이 있는데 왜 바닷속에 들어오려고 안 하는지 속이 탔다.

"바다의 전복·해삼·소라·문어·고둥·미역·톳·모자반들을 가져가면 먹고살기에 도움이 되련만…… 내가 그 방법을 알려줘야 하겠다!"

(바당의 셍복·해슴·구젱기·물꾸럭·보말·메역·톨·물망들을 케어당 먹으민 살렴살이가 펜안홀 걸…… 나가 그 방법을 골아줘사주)

마침내 딸은 용왕에게 인간 세상으로 나가게 해달라고 말했다.

"아버지, 저기 바다 한가운데 높은 산이 솟아 있는 세상으로 나가 살게 해주세요"

(아부지, 저듸 바당 흔가운디 주짝흔 산이 잇인 시상으로 나강 살게 흐여줍서)

"뭐라고? 바깥세상에 나가 살겠다고. 웬 정신 나간 소리냐?"

(무싱거? 바깟시상에 나강 살커라. 무신 머리가 뒤허끄지게 헴시니?)

"바깥세상 사람들이 불쌍합니다. 사람들이 잘 사는 길을 알려주기 위해 인간 세상에 살고 싶습니다. 바닷속의 전복·해삼·문어·소라·고둥·미역·톳·모자반을 먹는 걸 알려주고 싶습니다"

(바깟시상 사름덜이 불쌍ᄒ우다. 사름덜이 잘 사는 법을 골아주젠 사름 시상에 살고 시퍼마씸. 바당쏙의 셍복·해슴·물꾸럭·구젱기·보말·메역·톨·몰망들을 케어당 먹으민 살렴살이가 펜안헤질 거 아니우꽈)

"아니 된다!"

"허락해 주세요. 늘 남을 도와주며 살라 하지 않았습니까?"

(경ᄒ여줍서. 늘량 ᄂᆞᆷ을 도웨명 살렌 ᄒᆞ지 아녓수광?)

딸은 허락할 때까지 식음을 전폐하고 방 밖으로 나오지를 않았다. 용왕 부부는 딸이 굶어 죽을까 봐 덜컥 겁나기도 했다.

결국 용왕은 딸의 고집을 꺾지 못하여 인간 세상으로 나가 살 것을 허락했다. 용왕의 허락을 받은 딸은 인간 세상의 가장 빈곤한 거지 부부의 막내딸로 환생하여 이 땅에 태어났다.

사람으로 태어난 용왕의 딸 가믄장이

한라산 중턱 마을에 거지 부부가 두 딸을 낳아 목구멍에 겨우 풀칠하며 어렵게 살고 있었다. 하루는 부부가 자다가 큰 전복이 집으로 들어오는 꿈을 꾸었다. 잠에서 깨어난 부부는 같은 꿈을 꾸었음을 알고 놀랐다.

이윽고 아내가 아이를 배고 열 달이 되어 예쁜 딸을 낳았다. 부부는 막내딸을 '가믄장아기'라 불렀다. 첫째는 '은장아기' 둘째는 '놋장아기'였다.

그런데 이상하게도 막내딸 가믄장아기가 자라면서부터 집안이 잘 풀리기 시작했다. 하는 일마다 잘되어 밭과 논이 생기고 소와 말들이 늘어났다.

살림살이가 펴지기 시작하더니 얼마 안 되어 큰 부자가 되었다. 커다란 기와집에 수만 석지기 밭이 생기고 창고에 재물이 넘쳐났다.

지난날 거지 생활을 하던 때를 까마득히 잊은 부부는 인색하고 여간 거만한 게 아니었다. 부자가 되었단 소문을 듣고 찾아오는 거지들을 문전박대했다. 거지들이 가지 않으면 발길질하여 내쫓았다. 거지들의 쪽박을 깨버리며 욕을 하기도 했다. 심지어 도움을 준 동네 사람들에게도 인심이 고약하였다. 그러니 원망하는 소리가 여러 사람의 입에 오르내려 떠들썩했다. "개구리 올챙이 적 생각 못 한다"며 부부에게 손가락질하며 욕을 했다.

집에서 쫓겨난 가믄장이

어느 날 부부는 딸들을 불렀다.

"큰딸, 은장아, 넌 누구 덕에 호의호식하며 잘 살고 있니?"

(큰뚤 은장아, 느는 누게 덕에 먹곡 입곡 잘 살암시니?)

"아버지, 어머니 덕으로 잘 살고 있습니다"

(아방 어멍 덕이웨다)

"참으로 기특하다"

(츰으로 기뜩ᄒ다)

다음은 둘째 놋장아기에게 물으니 첫째 은장이와 똑같은 말을 했다. 부부는 흡족해하며 셋째 가믄장이에게 물었다.

"막내 가믄장아, 넌 누구 덕에 잘 살고 있니?"

(족은뚤 가믄장아, 닌 누게 덕에 먹곡 입곡 잘 살암시니?)

"아버지와 어머니 덕이기도 합니다만, 무엇보다도 제 덕으로 잘 살고 있습니다"

(아방 어멍 덕도 잇주마는, 무스것보단 지 덕으로 잘 살암수다)

"뭐라고? 뭐, 자기 덕으로 산다고? 이런 불효막심한 것! 부모 덕에 사는 줄도 모르고. 꼴도 보기 싫으니 이 집에서 당장 나가거라! 자기 덕에 산다니 어디 나가 네 덕으로 잘 살거라!"

(무스거? 뭐, 느 덕으로 산다고? 이런 불효막심ᄒ 것! 아방어멍 따문에 잘 사는 줄도 몰르곡. 꼴도 보기 싫으니 이 집의서 뿔리

기어나라! 지 덕에 산다니 어디 나강 잘 살거라!)

　가믄장이는 바로 그 자리에서 쫓겨났다.

　아무리 불효자식이라지만 막상 집을 나가니 부부는 안쓰러워 은장이를 불렀다.
　"은장아, 얼른 가서 가믄장이를 불러오라. 와서 식은 밥이라도 먹고 가라 하라"
　(은장아, 흔저 강 가믄장이를 불렁 오라. 왕 식은 밥이라도 먹엉 가랭ᄒ라)
　은장아기는 속으로 "흥"하며 나갔다. 가믄장이가 남달리 영리하고 부지런하여 부모님의 사랑을 독차지하여 동생을 미워했다. 다시 오면 혹시 마음이 변하여 그대로 있게 할지도 몰라서다. 그러면 가믄장이에게 부모의 사랑을 다시 빼앗길까 하여 이참에 아주 멀리 가버렸으면 했다.
　그때 가믄장이는 보따리를 들고 대문 문턱을 넘어서고 있었다.
　"서러운 동생아, 빨리 가라! 아버지 어머니가 널 때리려 나오고 있단다"
　(설룬 아시야, 흔저 가불라! 아방 어멍이 느 뜨리레 나왐저)
　언니의 속셈을 알았기에 가믄장이는 슬펐다. 그 순간 언니가 미워져서 욕을 했다.

"아버지, 어머니가 아무리 화났다 해도 그럴 리가 없지요. 언니가 거짓말하는 거 알고 있으니, 동생이 대문 문턱을 넘어서면 지네로 환생하여 사세요"

(아방 어멍이 아멩 화낫뎅 ᄒ여도 경흘리가 엇수다. 성님이 그짓갈 ᄒ는거 알암시난, 성님은 동승이 대문 툭을 넘어사건 주넹이로 낭 삽서)

가믄장이가 문턱을 넘어서자마자 은장이는 지네로 변하여 문턱을 받치고 있던 돌 밑으로 들어갔다.

아무리 기다려도 큰딸이 돌아오지 않았다. 이번에는 놋장아기에게 나가서 가믄장이를 불러오라고 했다. 놋장이도 언니 은장이와 같은 생각을 하고 있었다.

"서러운 동생아, 빨리 도망가라! 아버지 어머니가 널 때리려 쫓아오고 있단다"

(설룬 아시야, 혼저 도망가불라! 아방 어멍이 느 ᄄᆞ리레 나왐저)

"흥, 모르는 줄 알고! 둘째 언니도 그리하면 안 됩니다. 큰언니처럼 거짓말하고 있으니 집 뒤 거름더미에 버섯으로 태어나 사세요!"

(흥, 몰람시카부뎅! 셋성도 경ᄒ민 안되어 마씸. 큰성추룩 그짓갈 ᄒ염시난 집 뒤 걸름에 버섯으로 낭 삽서!)

놋장아기가 뭐라고 말하려는데 순간 버섯이 되어버렸다.

참으로 이상한 일이었다. 딸들이 돌아오지를 않았다. 돌아와도 한참 돌아와 있어야 하는데…… 부부는 더 이상 기다릴 수가 없었다. 부부가 불안한 생각에 정신없이 대문가로 달려갔다.

　허둥대며 달리다 문턱에 걸려 넘어지면서 남편은 대문 옆에 세워둔 작대기에 눈이 찔려 눈이 멀었고, 아내는 문고리에 눈이 찔려 앞을 못 보게 되었다.

　그렇게 눈이 먼 부부는 앉은 채로 먹으며 생활하다 보니 재산이 줄어들기 시작하였다. 결국 세월이 얼마 지나지 않아 그 많던 재산을 탕진하여 마침내 부부가 한 지팡이를 짚고 이 동네 지 동네로 동냥하는 본래의 거지 신세로 돌아가고 말았다.

약초꾼과 결혼한 가믄장이

　가믄장이는 정처 없이 걸어갔다. 발길 닿는 대로 산 넘고 물 건너가다 보니 해가 서산머리에 얹혀 있었다. 마침, 지나가는 사람에게 마을로 가는 길을 물었다. 산모퉁이 하나를 돌아가면 마을로 가는 길이 나타날 것이라고 했다. 산모퉁이를 다 돌아왔을 때는 불타오르던 황혼이 스러지고 땅거미가 지고 있었다.

　하룻밤 잠을 자고 갈 집을 찾는 게 급했다. 발걸음을 서두르며 이리저리 살펴보니 마을 어귀에 집이 보였다. 가믄장이는 반가워 한걸음에 달려갔다. 집은 겨우 바람이나 막을 수 있을까 말까 하는 다 쓰러져가는 초라한 초가집이었다.

"여기서라도 하룻밤 자고 가야지"

(여긔서라도 ᄒᆞ를 밤만 줌장 가사주)

가믄장이는 집으로 들어갔다. 마당에 백발이 성성한 노부부가 있었다.

"지나가는 사람인데, 날이 어두워 갈 곳이 없으니 하룻밤 머물다 갈 수 있는지요?"

(지나가는 사름이우다. 놀이 어둑언 갈듸가 엇이난 ᄒᆞ를밤 머물럿당 가지쿠광?)

"거참, 어떻게 하지? 방 하나뿐이라, 우리 식구 전부 여기서 자는데…… 이따가 우리 아들 삼 형제가 오면 같이 자야 하기에 방이 없어요"

(그것춤, 어떵ᄒᆞ지? 방 ᄒᆞ나뿐이라, 우리 식솔 믄 여기서 줌신디…… 이땅 우리 아들 식성제가 오민 ᄀᆞ치 줍자사 ᄒᆞ연 누울 디가 엇언)

"날은 어둡고……, 방이 없으면 부엌이라도 좋으니 하룻밤만 자고 가게 해주십시오"

(눌은 어둥……, 방이 엇건 정짓간이라 좋으난 ᄒᆞ를 밤만 장 가게 ᄒᆞ여줍서)

128　　운명의 신 가믄장아기

"그렇다면 그렇게라도 하던지…… 쯧쯧"

(경호민 경호던지…… 쯧쯧)

"고맙습니다!"

(고마와마씸!)

가믄장이가 부엌으로 들어가 잠시 쉬고 있는데 그 집 아들들이 돌아왔다. 아들들은 산에 가서 산열매도 따고 약초도 캐어다 팔면서 살았다.

큰아들이 부엌을 힐끔 들여다보니 웬 여자아이가 보여 이마를 찡그리며 말했다.

"죽어라고 산열매 따고, 약초 캐어다 팔아 부모님 먹여 사는데, 이젠 계집아이까지 데려다 먹여주려고 합니까!"

(죽어라고 산열매 따곡, 약초 캐어당 풀안 어멍 아방 베 불게 멕이당 보난, 이젠 지집아의 끄장 드려왕 멕여주젠 헴수광!)

다시 둘째 아들이 들여다보며 말한다.

"그러니 뼈 빠지게 일해봐도 소용이 없어!"

(경호난 죽저살저 일호여도 소용이 엇어!)

이번엔 셋째 아들이 들여다보면서 빙그레 웃었다.

"쓰러지는 집에 사람이 들어온 건 하늘이 도와주는 좋은 일인데, 형님들 왜 그래요?"

(멜라지는 집의 사름이 들어온 건 하늘이 도웨는 좋은 일인디,

성님들 무사 경헴수광?)

아들들은 약초 더미에서 더덕을 꺼내 삶았다.

"어머니 아버지는 지금까지 살면서 많이 먹었으니 더덕 모가지나 드세요"

(어멍 아방은 이제끗장 살멍 하영 먹어시난 더덕 야게기나 먹읍서)

큰아들이 말하며 윗부분을 잘라 부모에게 드리고 살찐 가운데 토막은 자신이 먹었다. 가믄장이에게 꼬리 쪽을 떼어서 주었다. 둘째 아들도 형을 따라 그렇게 했다.

"서러운 어머니 아버지 우리들을 낳고 키우려고 얼마나 애를 쓰고, 이제 살면 몇 해를 살겠습니까?"

(설룬 어멍 아방 우리덜 난 키우젠 ᄒ난 얼마나 공이 들고, 이제 살민 멧헬 살거우꽈?)

셋째 아들이 말하며 양쪽 끝을 잘라 살찐 가운데 토막은 부모에게 드리고, 나머지 양쪽 끝 중에서 살이 많은 쪽을 가믄장이에게 주었다.

저녁으로 삶은 더덕을 먹은 후, 가믄장이가 더덕을 삶았던 솥을 깨끗이 씻고 보따리에서 쌀을 꺼내 하얀 쌀밥을 지어 내놓았다. 집 식구들은 깜짝 놀랐다. 평생 한 번 먹을까 말까 하는 쌀밥을 처음 보는 여자가 쉽게 했기 때문이다.

큰아들과 둘째 아들은 '이는 100년 묵은 여우가 우릴 잡아먹으려고 하는 거야(이는 벡년 묵은 여시가 우릴 잡안먹젠 흐는 거라)'라고 생각하며 화를 벌컥 냈다.

"네년은 꼬리 아홉 개 달린 백여우가 틀림없다. 어디 우리 손에 죽어봐라!"

(네년은 꼬리 아옵 둘린 벡여시가 틀림읏다. 어듸 우리 손에 죽어봐라!)

그렇지만 셋째 아들은 밥 한 그릇을 부모님에게 드리고, 자기도 한 숟가락을 맛있게 먹었다.

"형님들, 무슨 백여우 말입니까! 우릴 잡아먹으려 했으면 우리 없을 때 부모님을 먼저 잡아먹었겠지요. 안 그렇습니까? 그렇게도 먹고 싶었던 쌀밥인데, 쌀밥, 맛만 좋습니다!"

(성님들, 무신 벡여시 말이우꽈! 우릴 잡안 먹젠 흐여시민 우리 엇인때 어멍 아방 몬저 잡안 먹엇실테주. 아니우꽈? 경 먹고팠던 곤밥인디, 곤밥, 맛만 좋수다!)

그제야 형들도 의심을 풀고 밥을 허겁지겁 먹었다.

가믄장이와 셋째 아들은 태어날 때 이미 삼승 할망이 인연을 맺어놓은 터라 당장 그날 밤 맑고 깨끗한 물 한 그릇 떠놓고 부부의 인연을 맺었다.

어느 날 가믄장이가 남편에게 약초를 캐던 곳을 물어 찾아갔다. 먼저 큰아들이 캐던 곳에 누르스름한 게 있어 파보니 물컹한 똥이었다. 둘째 아들이 캐던 곳은 지네와 뱀들이 득실거렸다. 남편이 캐던 곳을 파보니 둥글둥글한 돌들이 나왔다. 겉에 묻은 흙을 털고 보니 모두 금덩이들이었다.

금덩이들을 가져다 팔아 놓고 커다란 기와집을 짓고, 논밭을 사고, 소와 말들을 사들이다 보니 금방 큰 부자가 되었다. 어려운 동네 사람들을 음으로 양으로 도와주고, 거지들이 찾아오면 잘 먹여주고 재워주곤 했다.

부모를 다시 만난 가믄장이

하루는 가믄장이가 남편에게 말했다.
"서방님, 우린 이처럼 잘살고 있지만, 나를 낳아준 부모는 틀림없이 거지 되어 이 골목 저 골목 돌아다니고 있을 것이니, 부모를 찾아보아야겠어요. 그러니 거지들을 오게 하여 하루라도 배불리 먹도록 하는 건 어떨까요?"
(양, 우린 영 잘살아도 제를 나아준 설룬 우리 어멍 아방은 틀림엇이 게와시 되언 이 올레 저 올레 돌암실건디, 어멍 아방 촞아봐사쿠다. 경호난 게와시 잔치나 혼번 호는거 어떵허쿠광?)
"그럽시다. 우리가 이만큼 살게 된 건 전부 당신 복 때문이니, 이젠 그 복을 나누어야 하지요"

 (경호주. 우리가 영 사는 건 믄 이녁 복이난, 이제 그 복을 나누어사주)

 부부가 거지들을 위해 100일 동안 잔치를 한다고 사방에 소문을 내었다. 소문은 바람을 타고 금방 퍼져나갔다. 잔치 일이 가까이 올수록 전국에서 거지들이 몰려왔다. 동네는 거지들로 넘쳐났고, 잔치는 100일 동안 이어졌다.

 거지가 된 아버지와 어머니가 오기를 애타게 기다렸지만 오지를 않았다. 100일째 되는 날 저녁때였다. 한 눈먼 거지 부부가 지팡이 하나에 의지하여 대문 안으로 들어섰다. 그것을 본 가믄장이는 하인에게 일렀다.

 "저기 지금 들어서는 눈먼 거지 부부가 와서 앉으면 음식을 절대로 주지 말라"

 (저긔 막 들어산 봉ᄉ 게와시가 왕 앚거들랑 음식을 절대로 줭은 아녀뒌다)

 부부 거지는 마당 한구석에 앉아 이제나저제나 음식이 오기만을 기다렸다. 옆자리에서는 맛있게 먹는 소리가 나는데 도무지 음식을 줄 생각을 하지 않는다.

 어느새 다른 거지들은 맛있게 다 먹고 돌아가는데 부부 거지만 남아 주린 배를 움켜잡으며 울기만 했다. 꼬르륵~! 뱃속에서 나는 소리에 더욱 처량하기만 했다.

　이때 가믄장이가 하인을 시켜 부부 거지를 방으로 모셔 오게 하였다. 한 상 가득 진수성찬을 차려 먹게 하니 부부 거지는 허겁지겁 먹으며 눈물을 비 오듯 솟았다.

　가믄장이가 눈물을 흘리는 부부에게 눈먼 사연을 물었다.

　"어떻게 하다 이리되었습니까?"

　(어떵ᄒ단 영 뒈엇수광?)

　"우린 본디 거지이었어요! 둘이 만나 살며 삼승 할망이 딸 셋을 점지하여 주었는데, 은장아기, 놋장아기, 가믄장아기 이렇게 셋을 낳았지요. 막내딸 가믄장이가 복덩이라. 그 아이를 낳고 나서 천하 부자로 살았는데, 우린 막내딸이 복덩인 줄도 모르고 내쫓았다가 그만 딸들도 잃고 눈이 멀고, 집안이 망해 거지가 되어 이처럼 한 지팡이에 의지하고 동냥하며 삽니다"

　(우린 본칫 게와시엿주! 둘이 만낭 살멍 삼싱할망이 ᄄᆞᆯ 식성제를 점지 ᄒ여신디, 은장아기, 놋장아기, 가믄장아기주. 막내ᄄᆞᆯ 가믄장이가 복뎅이라. 그 아의를 난후젠 살렴이 퍼젼 천하부제로 살아신디, 우린 막내ᄄᆞᆯ이 복뎅인줄도 몰랑 내조치엇단 그만 ᄄᆞᆯ들도 일흐고 눈도 멀엉 집안이 망헨 게와시되언 영 ᄒᆞᆫ 지팡이에 의지ᄒ연 동냥바치로 살암십주)

　가믄장이가 술잔을 들어 부부에게 권하며 말했다.

　"설운 어머니, 아버지! 이젠 제 목소리도 잊어버렸습니까?

딸 가믄장이에요! 이 술잔을 받고 눈을 크게 떠서 날 보세요! 나를 봐!"

(설룬 어멍 아방아! 이젠 똘 목소리도 잊어수광? 똘 가믄장이우다! 이 술잔을 받앙 눈을 왕 떵 날 봅서! 날 봐 마씸!)

"뭐? 뭣이라고! 막내딸 가믄장이라고!?"

(뭐? 무스거! 막내똘 가믄장이라고!?)

놀란 거지 부부가 눈을 꿈틀거리며 손을 허공에 벌렸다.

그때였다. 눈이 번쩍 뜨였다. 화들짝하게 떠진 눈으로 보니 가믄장이가 앞에 앉아 있지를 않은가.

"아이고, 가믄장아!"

부부가 와락 가믄장이를 껴안으며 또 눈물을 좔좔 흘렸다.

잘못을 뉘우친 거지 부부는 다시 눈을 뜨고 복덩어리인 가믄장이와 행복하게 살게 되었다. 가믄장이는 훗날 사람들의 운명을 맡아보는 삼공신(三公神)이 되었다.

삼공신이란 술·노름·도둑질에 집착하여 끊을 수 없는 것은 나쁜 전생 때문이고, 농업·상업·어업에 몰두하여 성공하는 것은 좋은 전생 때문인데, 이러한 인간의 전생업을 관리하고 풀어주는 신이다.

해녀 일을 알려준 가믄장이

어렵게 살아가는 아낙네들이 가믄장이에게 몰려들었다. 가믄장이가 굶지 않게 바다에서 먹을 것을 채취하는 법을 알려준다고 해서다.

"바다에 먹을 게 많이 있다고?"

(바당에 먹을 게 하영 잇덴ᄒ여?)

"그러게, 저 물속에 고기 말고 무슨 먹을 게 있다고 하는지?"

(게메, 저 물쏙에 바릇궤기 말앙 무신 먹을 게 잇덴 ᄒ는지?)

"내 말이. 그나저나 가보게"

(나 말이. 게고대나 강 보주)

아낙네들이 가믄장이에게 말했다.

"저 바닷속에 무엇을 가져다 먹는다고 해요?"

(저 바당쏙에 무스걸 ᄒ영 먹는덴 헴수광?)

가믄장이가 아낙네들에게 말했다.

"저 바닷속엔 먹을 게 많이 있습니다. 전복·해삼·소라·문어·고동·미역·톳·모자반을 채취하여 먹으면 살림살이가 나아질 건데…… 그 방법을 알려주겠으니 날 따라오세요"

(바당쏙엔 먹을 게 하영이서 마씀. 셍복·해슴·구젱기·물꾸럭·보말·메역·톨·물망들을 케어당 먹으민 살렴살이가 펜안ᄒ난 그 방법을 골아주쿠메 날 ᄄᆞ랑 옵서)

"바닷속에 어떻게 가는데?"

(바당쏙은 어떵 가멍?)

"네모난 옷감으로 소중한 부분만 가린 옷 입고, 뒤웅박 만들어 물 위에 띄워 두고, 숨 참고 바닷속에 들어가 해산물들을 잡아서 뒤웅박 망사리에 놓으면 됩니다"

(네모진 천 ᄒᆞ나로 소중헌디만 ᄀᆞ린 물소중이 입곡, 박으로 테왁 멘들엉 물 위에 띄원동, 숨 ᄎᆞᆷ앙 바당쏙에 들어강 해산물들을 잡앙 테왁망사리에 노민 뒈어마씸)

그날로부터 아낙네들이 가믄장이를 따라 바닷속으로 드나들며 물질을 배웠다. 바닷물에 들어가서 숨이 차면 잠시 물 밖으로 나와 "호잇, 호~잇!" 참았던 숨을 내쉬곤 했다.

농사도 지으며 바닷속에 들어가 전복·소라·해삼·문어를 잡고 미역·톳 등 해산물을 채취하면서 풍요롭게 살기 시작했다. 사람들은 살림살이가 조금씩 펴지게 되고 가믄장이에게 고마워했다.

아낙네들이 바닷속을 드나들다 보니 바닷바람과 햇빛에 그을린 피부가 가무잡잡했지만 싫지 않았다. 오히려 아낙네들은 바다에만 가면 흥이 났다. 노래를 부르며 가믄장이에게 고마워했다.

이물에랑 이사공아 고물에는 고사공아

물 때 점점 늦어나 진다

이여도 사나 잇

요네 상착 부러나지면/할루산에 곧은 목이 없을소냐

이여도 사나 이여도 사나

져라 져라 져라 배겨라

물로나 뱅뱅 돌아진 섬에/우리 줌수덜 저 바당에/들어가서 물질허며

한푼두푼 벌어논 금전/사랑허는 낭군님 용돈에 다들어간다

이여도 사나 이여도 사나

흔착 손에 테왁*을 심엉/흔착 손에 비창**을 심엉

흔질 두질 들어 가니/줌복을 딸까 구쟁길 딸까

이여도 사나 이여도 사나

져라 져라 쿵쿵 지어라/

이여도 사나 이여도 사나

* 망사리를 떠 있게 하는 말린 박.
** 전복 따는 연장.

앞이 묽은 서낭님아/우리 줌수덜 가는 디나

물건 좋은 여끗으로/득달허게 해여나 줍써

이여도 사나 이여도 사나

요물 아래 은과 금은 꼴렸건만/높은 낭게 열매로구나

이여도 사나 이여도 사나

우리 어멍 날 날적에/무신 날에 날 낫던가/일천 눈물 일천 시련 다 지와신고

이여도 사나 이여도사나

우리 배에 선도사공/뱃머럭만 구쟁기 생복/좋은 딜로 득달 허게 노아나 줍서

이여도 사나 이여도 사나

차라 차라 쿵쿵 지어라/

이여도 사나 이여도 사나

잘잘가는 참나무 배냐/질질가는 소나무 배냐/오동나무 요 배로구나

이여도 사나 이여도 사나

우리나 섬에 제주도에/가이나 없는 좀녀덜아

비참헌 살림살이/요만하면 넉넉하다

이여도 사나 이여도 사나

물에 들민 숨비질 소리/산엔 가민 우김새 소리

가름엔 들민 하기새 소리/귀에 쟁쟁 울리엄서라

이여도 사나 이여도 사나

어떤 사름 팔제 조앙/고대광실 높은 집의/진담뱃대 물고 앉곡

해녀 팔젠 무신 거라/혼백 상지 등에 지곡

이여도 사나 이여도 사나

총각 차라 물에 들게/양석 싸라 섬에 가게

우리 선관 가는 디랑/메역 좋은 여끗으로

놈의 선관 가는 디랑/감테 좋은 홍동개로

이여도 사나 이여도 사나

- 해녀 노젓는 소리 -

서천꽃밭의 꽃감관
한락궁이

산 넘고 물 건너며 서쪽으로 한없이 가다 보면 저승이 있고, 저승의 한쪽에 온갖 꽃들이 만발한 꽃밭이 있다. 그곳이 서천꽃밭이다.

이 꽃밭의 꽃들은 우리가 흔히 아는 제비꽃이나 할미꽃, 혹은 진달래나 개나리꽃이 아니다. 수리멜망악심꽃, 환생꽃, 웃음 웃을 꽃, 울음 울을 꽃, 싸움 싸울 꽃, 피 오를 꽃, 오장육부 기를 꽃, 선심꽃, 생불꽃을 비롯해 이승에서는 볼 수 없는 기묘한 꽃들이 피어 있는 꽃밭이다.

환생 꽃은 검은색, 노란색, 빨간색, 파란색, 하얀색의 다섯 빛깔의 종류가 있고 각각 죽은 사람의 뼈와(뼈 오를 꽃) 살(살

오를 꽃), 피(피 오를 꽃), 숨(숨 오를 꽃), 혼을 살려낸다. 꽃에 주는 광천못의 물에 피가 섞이면 이 꽃들은 시들어 버린다.

서천꽃밭의 꽃들은 광천못에서 떠 온 물로 자라나는데, 광천못에서 물을 떠다 꽃에 주는 것은 죽은 아이들이다. 이들을 서천꽃밭의 동자들이라고 불렀다.

이 꽃밭은 죽은 이들의 집이면서 동시에 생명이 시작되는 곳이었다.

서천꽃밭에는 동서남북과 중앙에 각각 푸른 꽃, 흰 꽃, 붉은 꽃, 검은 꽃, 노란 꽃이 피어난다. 꽃은 색깔에 따라 각기 다른 수명과 행복의 운을 지니며, 삼승 할망은 피어난 꽃의 색깔에 따라 인간 세상 사람들 아기의 생명과 운명을 점지하였다.

이 꽃밭에는 훌륭한 꽃감관이 있다. 정성껏 꽃밭을 가꾸며 이따금 불길한 부엉이가 울어대면 소리를 질러 쫓기도 하는 꽃감관이다. 아버지 사라도령의 뒤를 이어 꽃감관(監官)이 된 소년 '한락궁이'가 바로 그 꽃감관이다.

사라도령과 원강아미

한 마을에 김진국이란 부자와 임진국이란 가난뱅이가 살았다. 김진국은 잘 입고 잘 먹으며 살고, 임진국은 밥 한번 배불리 먹기가 어려웠다. 그렇지만 두 사람은 아주 친한 친구였다. 나이가 들어갈수록 더 사이좋게 지내니 동네 사람들은 신기해하면서도 둘의 우정을 부러워했다.

그런데 두 사람에게는 같은 걱정거리가 있었으니, 늦도록 자식이 없는 것이었다.

"어이, 김진국 아직도 소식 없어?"

(어이, 짐진국 아직도 소식 엇언?)

"그러는 임진국 자녠 소식이 있나?"

(경흐는 임진국, 이녁은 소식 잇언?)

"전생에 무슨 죄를 많이 지어 자식 복이 이리도 없을까……"

(전셍에 미신 줴를 하영 짓언 주식복이 영 엇인지……)

"그러게 말이야, 원 무슨 죄를 지었는지……"

(게메, 원 무신 줴를 짓언 신고라……)

"그래도 자녠 부자이니 먹고사는 데 걱정이라도 없지. 난 부지런히 일을 해도 재산 모으기는커녕 입에 풀칠하기도 어려운 가정형편이니…… 세상 살맛이 없네"

(경흐여도 이녁은 부제라 먹고사는디 즈들것도 엇지. 난, 부지런흐게 일 흐여도 제산 제기는커녕 입에 풀칠흐기도 어렵도록 가난흐니…… 시상 살맛이 웃언)

"부자면 무슨 소용인가. 물려줄 자식 하나 없는데"

(부제면 무신 소용이라. 물려줄 주식ᄒ나 엇인디)

"세상에 사는 낙이 없어"

(시상에 사는 낙이 읏언)

"그러지 말고 우리 이름난 산과 큰절에 찾아가 자식 낳게 해달라고 빌어볼까?"

(경ᄒ지마랑 우리 이름난 산이영 큰절에 춫아강 주식을 점지해두렌 빌어보카?)

두 사람은 의논 끝에 이름난 산과 절을 찾아가 신령님과 부처님에게 자손을 보내주십사 기도를 드리기로 했다.

김진국과 임진국은 기도를 드리러 가는 길에 서로 약속하였다.

"이봐, 임진국. 만약 우리가 자식을 얻는다면 서로 사돈 하기로 하세"

(이봐, 임진국. 우리가 주식을 얻으민 서로 사둔 ᄒ기로 ᄒ여)

"거 좋은 생각일세. 그래 사돈 하세. 나중에 딴말 없는 것이네"

(아, 좋지. 경ᄒ여 사둔 ᄒ여. 냉중에 똔 말 엇어)

"물론이지. 사돈! 하하!"

(경ᄒ고말고. 사둔! 하하!)

둘은 서로 웃으며 길을 재촉했다.

이름난 산과 절을 찾아 두 사람은 각자 공양을 올리며 소원을 빌었다. 부자인 김진국은 준비해 가져온 황금을 올렸다. 가난한 임진국은 집에서 제사용으로 틈틈이 모아두었던 얼마 되지 않는 쌀을 가져와 정성껏 신령님께 올렸다. 기도를 마친 두 사람은 가벼운 마음으로 집에 돌아왔다.

기도한 정성이 통해서인지 얼마 후에 두 사람의 아내에게 각각 태기가 있었다.

"이봐, 임진국. 우리 기도가 이루어졌네. 이제 그토록 고대하던 자식을 보게 되었으니 얼마나 기쁜가?"

(이봐, 임진국. 우리 기도가 이루어저신게. 이젠 경 지달리던 조식을 보게 돼어시난 얼메나 기쁘지 아념서?)

"좋고말고! 이젠 나도 아빠가 되니 아유, 좋아. 하하"

(좋고말고! 이젠 나두 아방이 돼난, 아유 좋아. 하하)

"임진국, 우리 약속 잊지 마라. 사돈 하기로 한 약속, 꼭 지켜야 하네"

(임진국, 우리 약속흔 거 잊어불지마라. 사둔흐기로 흔 약속, 똑 지켜사 흐여)

"내 걱정은 말고 자네나 꼭 지키게. 나중에 가난하다고 모른 척하지 말고"

(나 걱정은 말안 이녁이나 똑 지켜. 냉중에 가난흐다고 몰른 척 흐지 말고)

"여보게, 날 그렇게 못 믿어. 우리 우정이 몇 년인데"

(이 사람, 날 경 못 믿엄서. 우리 우정이 멘 년인데)

"하하하"

"허허허"

둘이 좋아하는 모습을 보고 마을 사람들이 이구동성으로 말하며 두 사람을 축복하였다.

'입이 헤 벌어진 게 그렇게도 마음이 흡족할까?'

(입이 헤싹흔 게 경도 코삿ᄒ카?)

어느덧 열 달이 되자 김진국과 임진국 아내가 아이를 낳았다. 한날한시에 아이를 낳았는데, 가난뱅이 임진국은 아들이고 부자인 김진국 아이는 딸이었다.

남자아이는 '사라도령', 여자아이는 '원강아미'라 불렀다.

한날한시에 태어난 사라도령과 원강아미는 친하게 지냈다. 나이가 들면서 둘이 보는 눈길이 점차 그윽해지더니 서로 사랑에 빠지고 말았다.

그 사실을 눈치챈 김진국과 임진국은 기뻤다.

"한날한시에 태어난 것도 신기한데, 자기네들끼리도 좋아하는 눈치니……"

(ᄒᆞᆫ놀ᄒᆞᆫ시에 난 것도 신기ᄒᆞ디, 이녁네끼리도 좋안ᄒᆞ는 눈치니……)

"아마도 천생연분인가 보네 그려"

(아맹ᄒ여도 천생연분인가 봄서)

"우리 약속대로 사돈 맺음세"

(우리 약속ᄒ데로 사둔맺주)

"아무렴. 그렇게 하세"

(경ᄒ곡말곡. 경ᄒ주)

둘은 기도하러 가면서 약속한 대로 사라도령과 원강아미를 혼인시키기로 하였다.

집에 돌아온 김진국은 아내에게 임진국과 사돈 맺기로 한 것을 말했다.

"딸을 가난한 집에 보내겠다니 정신 있소 없소. 귀하게 얻은 딸을 가난한 집에 시집보내어 고생시키겠다니 당신 정말 미쳤구려, 정말!"

(똘을 가난ᄒ 집의 보네켄허니 정신 잇수광 엇수광. 귀ᄒ게 얻은 똘을 가난ᄒ 집의 보넹 고생시키젠ᄒ다니 이녁 정말 미쳤구나, 양!)

아내가 딸을 가난한 집에 시집보내기를 내켜 하지 않았으나, 김진국은 거기에 개의치 않았다.

"재산이란 금방 있다가도 없는 것, 그런 소리 마오"

(제산이란 금방 싯다가도 웃어지는 것. 경ᄒ 소릴마라)

사라도령과 원강아미는 마침내 양가 부모와 동네 사람들의 축복 속에 결혼하여 부부가 되었다.

서천꽃밭의 꽃감관 한락궁이

서천꽃밭으로 가는 사라도령과 원강아미

부잣집 귀한 딸로 부러울 것 없이 살던 원강아미는 가난한 집에 시집와 처음에는 무척 힘들었다. 그러나 살아보니 불편하긴 해도 못 살 것은 아니었다. 무엇보다도 갈수록 새롭게 솟아나는 남편과의 정이 큰 힘이 되어 행복하기만 했기 때문이다.

단꿈 같은 날이 이어지며 몇 년 세월이 훌쩍 흘렀다.

어느 날 사라도령은 이상한 꿈을 꾸었다. 하늘나라 사자가 나타나 말을 전한다.

"사라도령, 도령은 본래 하늘나라 사람인데 죄받아 지상 세계에 내려왔으나, 이제 죗값을 다 치러 옥황상제께서 도령을 서천꽃밭 꽃감관으로 임명하였소. 그러니 날이 밝는 대로 길 떠날 준비를 하시오"

(사라도령, 도령은 본체 하늘나라 사름인데 줴를 지언 지상 시상으로 내려 와신디, 이젠 줴값을 다 무치시난 옥황상제께서 도령을 서천꽃밧 꽃감관으로 임명ᄒ여서. 경ᄒ난 놀이 붉으민 질을 떠나사커라)

깜짝 놀라 깼는데, 꿈이 생시처럼 생생하였다. 그 꿈 이야기를 아내 원강아미에게 하니 아내가 깜짝 놀랐다.

"나도 같은 꿈을 꾸었어요. 남편이 이제 서천꽃밭으로 떠나야 한다면서……"

(지도 ᄀ튼 꿈을 꾸엇수다. 서방이 서천꼿밧으로 떠나사 ᄒᆞ다며……)

사라도령이 모르는 척 날을 보내자 꼭 같은 꿈을 며칠 계속 꾸었다.

"사라도령, 상제께서 죄를 용서하시고 특별히 그대를 꽃감관으로 부르시거늘, 빨리 따르지 않으면 죽음을 면치 못할 것이오. 내일은 꼭 떠나야 하오"

(사라도령, 상제께서 줴를 용서헤연 특별히 이녁을 꼿감관으로 불르는데, ᄒᆞ저 따르지 아녀민 죽음을 면치 몯ᄒᆞ여. 닐은 똑 떠나사 ᄒᆞ여)

다음 날 아침, 사라도령은 아내 원강아미에게 말했다.
"꼭 같은 꿈을 매일 꾸니 아무래도 떠나야겠소"
(똑ᄀ튼 꿈을 멘날 뀜시난 아멩헤도 떠나사ᄒᆞ커라)
사라도령은 더 이상 하늘의 명을 거역할 수가 없었다.
남편이 길 떠날 준비를 하자 아내는 가슴이 미어터졌다.
"서방님 나도 따라가겠소. 서방님만 바라보며 사는데 서방님이 떠나면 난 어떻게 해요. 그리고 뱃속의 아이는…… 흑흑"
(이녁이언 ᄀ치가커라. 이녁만 붸려만 보멍 사는디 이녁이 가블민 난 어떵 허란 말이우꽈. 경ᄒᆞ곡 벳쏙의 아이는…… 흑흑)
끝내 아내는 무슨 일이 있어도 같이 가겠다고 울며 매달렸다.

사라도령도 사랑하는 아내를 두고 갈 수 없었다. 아내를 데리고 떠나려니 문제가 있었다. 아내의 몸이었다. 아이를 가져 출산이 두어 달밖에 안 남았기 때문이다.

그러나 서로 헤어져서는 살 수 없었던 두 사람은 간단히 짐을 챙겨서 함께 길을 나섰다. 사라도령의 아내가 따라온 것을 본 하늘나라 사자가 혀를 끌끌 찼으나, 어쩔 수 없는 일이라며 그냥 함께 가도록 하였다.

자현장자 하인이 된 원강아미

사자를 따라 서천꽃밭을 향하는데 그 길이 가도 가도 끝이 없고 험악하기가 이루 말할 수가 없었다. 춥고 배고프고 고달픈 길이었다.

사자는 발걸음도 가볍게 살랑살랑 걷는데 사라도령과 원강아미는 매우 힘들었다. 특히 임신한 몸의 원강아미가 겪는 고통은 헤아릴 수 없었다. 사라도령이 부축도 했지만, 발걸음은 무겁고 더디기만 했다.

"사자님, 얼마나 남았습니까?"

(사자님, 얼메 남앗수광?)

"혼자 왔으면 석 달 열흘이면 도착할 것을…… 아내를 데리고 이렇게 걸어서는……"

 (혼차 와시민 싯 둘 열흘이민 갈 걸…… 각시를 데령 영 걸엉은……)

그렇게 힘들여 걷다 어느 날 마침내 원강아미가 길가에 털썩 주저앉고 말았다.

"여보, 나는 더 이상 걷지를 못하겠으니 당신 혼자 가세요"

 (양, 제는 더는 걷질 못허크난 이녁 혼차갑서)

"그게 무슨 말이요? 그 고생을 하며 여기까지 왔는데, 나만 가라니……"

 (그게 무신 말이라? 경 고생ᄒ멍 여기꼬장 와신디, 혼차 가라니……)

"더 이상 걷지를 못하겠어요"

 (더는 걷질 못허쿠다)

"조금만 힘내구려. 내가 업어서라도 갈 테니 그런 말 하지 마오"

 (ᄒ쏠만 심내어. 나가 업엉이라도 가커메 경흔말 ᄒ질마라)

그러면서 원강아미를 부축했다. 그렇게 길을 나섰지만 얼마 못 가서 사라도령도 기진맥진하여 길가에 주저앉고 말았다.

날은 저물어 가고 인가라고는 눈을 씻어봐도 보이지 않는 곳이라 사라도령은 막막하기만 하여 먼 하늘만 바라보았다.

서천꽃밭의 꽃감관 한락궁이　　151

그때 어디선가 개 짖는 소리가 들려왔다.

"여보, 힘냅시다. 개 짖는 소리가 들리는 걸 보니 그리 멀지 않은 곳에 집이 있는 모양이오"

(이녁, 심내어. 개 주끄는 소리가 들렴시난 경 멀지 아녕 집의 잇인 모냥인게)

사라도령은 다시 힘을 내어 아내를 부축하여 소리가 나는 쪽으로 발걸음을 옮겼다. 천근만근 무거운 발걸음을 조금씩 옮기며 걷기를 두어 시간. 이미 어둠 자락이 두껍게 내려 눈앞을 분간하기도 힘들었다. 다시 털썩 주저앉으려는데 가까운 곳에서 개가 짖었다.

사라도령과 원강아미가 마지막 힘을 내며 소리 나는 쪽으로 얼마를 걸어가니 집이 보였다. 높은 담장이 둘러쳐진 커다란 기와집이었다.

"여보, 집이에요. 이젠 살았어요. 우리 여기서 쉬었다 갑시다"

(여보, 집인게. 이젠 살아서. 우리 여긔서 쉬엇당 가주)

사라도령은 집을 보자 날 듯이 기뻐하며 아내에게 말했다. 그때 아내가 말했다.

"서방님, 들어가기 전에 부탁이 있습니다"

(양, 들어사기 전에 굴을말 잇수다)

"뭔데 말해보구려"

(무스건데 말ᄒ여)

"서천꽃밭에 가려면 얼마나 가야 할지 모르지요. 저와 함께는 도저히 그곳에 갈 수 없습니다. 그러니 저를 이 집에 하인으로 팔고 가세요. 그 돈으로 가는 길에 비용으로 쓰며 가겠다고 약속해 주세요"

(서천꼿밧디 가젠ᄒ민 얼메나 가사홀지 몰르난. 나영 ᄒ듸 거기ᄭ장 가질 못ᄒ여마씸. 경ᄒ난 날 이 집에 ᄃ사리로 풀앙갑서. 그 돈으로 가는 질 노자로 쓰멍 가켄 약속ᄒ여 줍서)

"그게 무슨 소리요. 당신을 하인으로 팔고 가라니. 그렇게는 할 수 없소!"

(그게 미신 소리라. 이녁을 ᄃ사리로 풀앙 가라니. 경홀수 엇어!)

"그러다가는 우리 둘은 물론이고, 뱃속의 아기까지 죽고 맙니다. 제 말을 들어주지 않으면 이 자리에서 꼼짝도 안 하겠습니다"

(경ᄒ다간 이녁광 지는 물론 벳쏙의 아희ᄭ장 죽어마씸. 지 말 안들어주민 이 자리서 꼼짝들삭도 아녀쿠다)

"아니 된다 하지 않았소!"

(아니뒌덴 ᄒ여도!)

한동안 둘은 입씨름을 벌였다.

원강아미의 태도는 단호했다. 자신을 그 집에 팔지 않으면 그 자리에서 그냥 쓰러져 죽겠다는 것이었다. 사라도령은 일단 집으로 들어가서 쉬면서 다시 생각해 보자고 했다.

사라도령은 아내와 함께 대문 앞에 갔다. 수십 칸이나 되며 하인이 백 명이 넘게 보이는 큰 집이었다.

사라도령이 하룻밤 자고 갈 것을 부탁하려고 대문을 두드렸다. 그러자 문지기가 나오며 매몰차게 말했다.

"이 집이 뉘 집인지 알아서 들어오려느냐. 어서 나가시오"

(이 집이 누귀 집인지 알안 들어오젠헴시냐. 재기 나가불라)

"모르오나 날이 어두워 그러니 하룻밤 자고 가게 해주십시오"

(몰으쿠다마는 놀이 어둑언 ᄒ난 ᄒ룻밤 장 가게 ᄒ여줍서)

"이 집은 자현장자의 집이요. 손님을 안 받는 집이니 다른 데로 가보시오"

(이 집은 자현장자 집이라. 나그넬 안 받는 집이난 다른델 가보주)

"아내가 아기를 가진 몸으로 몇 날 며칠을 걸어서 이제는 조금도 움직일 기운이 없습니다. 제발 주인어른을 만나게 해주십시오"

(각시가 애길가정 몸으로 멘 날 메틀을 걸언 이젠 ᄒ쏠도 움직일 그신이 엇수다. 제발 주인어른을 만나게 ᄒ여줍서)

문지기가 사라도령의 간곡한 청을 거절 못 하고 두 사람을 데리고 자현장자의 방 앞으로 갔다.

"주인님, 지나가는 길손이 딱한 사정을 말하며 하룻밤 재워 달라고 합니다"

(주인님, 지나가는 나그네가 뚝훈 ᄉ정을 말ᄒ멍 ᄒ룻밤 장 가게 ᄒ여드렌 헴수다)

그러자 방문이 벌컥 열리며 자현장자가 노한 음성으로 말했다.

"네, 이놈! 지나가는 사람을 들이지 말라 했거늘 너도 쫓겨나고 싶은 모양이구나"

(느, 이늠! 나그넬 들여놓지 말렌ᄒ여신디, 늬도 쫓겨나고픈 모양이구나)

"장자님, 저는 서천꽃밭으로 가는 사라도령입니다. 아내와 함께 가는데 만삭의 아내가 지쳐 곧 쓰러질 지경입니다. 하룻밤만 쉬었다 가게 해주십시오"

(장자님, 제는 서천꼿밧으로 가는 사라도령이우다. 각시랑 ᄀ치 감신디 애기를 가진 각시가 그신이 엇언 곧 쓰러질 지경이우다, 경ᄒ난 ᄒ룻밤만 쉬엇당 가게 ᄒ여줍서)

"조금만 가면 쉬어갈 집이 있으니 그리로 가시오"

(ᄒ꼼만 가민 쉬언 갈 집 이시난 그듸로 가시오)

자현장자가 딴 데로 가라며 낯을 찌푸리는데 원강아미가 나서며 말했다.

"저를 하인으로 사십시오. 열심히 일하겠습니다"

(날 두사리으로 삽서. 열심히 일 허쿠다)

원강아미를 살펴본 자현장자는 깜짝 놀랐다. 비록 원강아미가 만삭의 몸이지만 절세미인이었기 때문이다. 원강아미를 한 번 더 위아래로 자세히 살펴보더니 인심 쓰듯 말했다.

"뭐라고? 하인으로 사라고?"
(무스거? 드사리로 사라고?)

"예, 그렇습니다"
(예, 맞수다)

"그래 몸값으로 너는 1,500만 원, 뱃속의 아기는 50만 원이다. 그래도 하겠느냐?"
(경흐민 몸값으로 닌 삼벡냥, 벳소곱 애기는 열냥이다. 경흐여도 홀테냐?)

"예, 그리하겠습니다"
(예, 경헙주)

"좋다. 집에 하인이 백여 명이 있어 쓸데가 없지만 내 특별히 청을 들어주마"
(좋아. 집엔 드사리가 벡여 명 잇언 쓸데가 웃지만 나가 특별히 그 말을 들어주쿠라)

사라도령은 원강아미가 하인으로 사달라는 말에 기가 막혔다.

"여보, 안 될 말이오. 차라리 그냥 갑시다"
(이녁, 무신 소릴 흐는거라. 차라리 그냥 가게)

"서방님, 아무 말 마시고 오늘 밤 자고 내일 아침 떠나세요"

(양, 아모 말마랑 오늘 밤 장 닐 아적 떠남서)

"여봐라. 사라도령은 사랑방에서 쉬게 하고, 저 여인은 부엌으로 데려가라"

(여봐라, 도령은 사랑방에 쉬게ᄒᆞ곡, 저 여즌 정지로 ᄃᆞ라가라)

사라도령과 헤어진 원강아미

잠시 후 사라도령에게는 손님상을 차려주고 하인이 된 원강아미에게는 부엌 구석에서 물에 식은 밥을 말아서 주었다.

사라도령은 기가 막혔다. 아내의 신세가 처량하여 눈물을 흘리다 사라도령은 자현장자에게 말했다.

"이 마을 풍습은 어떤지 몰라도 우리 마을 풍습은 서로 이별할 때 한 상에 앉아 먹게 합니다"

(이 ᄆᆞ슬 풍십은 어떵ᄒᆞ는지 몰르쿠다마는 우리 ᄆᆞ슬 풍십은 서로 갈라살뎬 맞상을 출려줘 마씀)

그 말에 불쌍한 생각이 들었는지 둘이 같이 식사를 하도록 했다.

식사가 끝난 후 다시 사라도령은 사랑채로 들게 하고 원강아미는 하인들이 자는 행랑채로 보내려 하자, 사라도령이 말했다.

"우리 마을 풍속은 비록 하인이라도 부부가 이별할 때는 한 방에서 자게 합니다. 그렇게 해주세요"

(우리 무슬은 아명 드사리라도 부부가 갈라살덴 훈방에서 자게 흡니다. 경흐게 흐여줍서)

"그 마을 풍속은 이상도 하구나. 내 크게 인심을 쓰니 그리 하시오"

(그 무슬 풍십은 우상흐구나. 내 크게 인심을 쓰크메 경흐시오)

방에 나란히 앉아서 생각하면 생각할수록 자신들의 신세가 기가 막혀 눈물이 비 오듯 쏟아질 뿐이었다. 한참을 울다가 원강아미가 말하였다.

"서방님, 제 걱정 마시고 하늘에서 맡기신 꽃감관 일에 최선을 다하세요. 뱃속의 아기는 제가 부끄럽지 않게 잘 키우겠습니다. 그러니까 가기 전에 뱃속의 아기 이름을 지어주세요"

(서방님, 경 즈들지 말안 하늘에서 맡긴 꽃감관 일이나 잘헙서. 벳쏙의 애기는 지가 늠 부치럽지 않게 잘 키우쿠다. 경흐니 가기 전에 아희 일름이나 지어줍서)

"아이 이름이라…… 만일 아들을 낳거든 한락궁이라 하고, 딸을 낳거든 한락데기라고 하구려"

(아의 일름이라…… 만일 아돌랑 낳건 할락궁이엔 흐곡 똘랑 낳건 할락데기엔 흐여)

"그러면 아이에게 줄 증표나 주세요"

(경호민 아희에게 줄 본메나 줌서)

그 말에 사라도령은 품속에서 참빗을 꺼내어 두 동강을 냈다. 그리고 서로 한 쪽씩 나누어 가졌다. 그런 다음 둘은 눈물을 흘리며 서로를 껴안았다. 다시 만날 날을 기약하다 보니 어느새 날이 밝았다.

"몸 건강히 지내며 아이를 잘 낳기를 바라오. 그리고 우리 언젠가는 꼭 만날 거예요"

(몸 성히 지내멍 아희를 잘 낳아사 ᄒ여. 경호고 우린 언젠간 또시 만날거라)

"부디 걱정하지 말고, 먼 길에 서방님이나 건강하세요"

(하다 즈들지 맙서. 먼 질에 이녁이나 건강헙서)

사라도령은 아내를 남겨두고 집을 나섰다. 떼어지지 않는 발걸음을 한 발 한 발 옮기며 돌아오지 못할 길을 떠났다.

자현장자의 속셈

다음 날 아침부터 원강아미는 일을 시작했다.
자현장자는 꿍꿍이 속셈이 있었다.
"아이를 낳을 때까지는 간단한 허드렛일을 하여라"
(아를 몸가를 때ᄁ진 간단ᄒ 허드렛일이나 ᄒ라)

장자의 말대로 원강아미는 간단한 일이나 하며 날이 흘러갔다.

마침내 원강아미가 아이를 낳고 보니 아들이었다. 원강아미는 사라도령 말대로 아이 이름을 한락궁이라 했다.

아이를 낳고 며칠이 된 때였다. 하루는 원강아미가 부엌에서 아이에게 젖을 주고 있는데 자현장자가 찾아왔다. 살짝 눈웃음 지으며 은근하게 말한다.

"애 키우며 집안일 하려고 하니 힘들지. 이제 자질구레한 일은 그만두고 내 둘째 아내가 되어라. 그러면 호강하며 살게 될 거야"

(아를 키우멍 집안일 ᄒ젠 ᄒ난 심들지. 이젠 ᄃ사리 노릇 그만ᄒ영 나 첩각시로 살라. 경ᄒ민 호강ᄒ멍 살게 뒈주)

원강아미는 그 말에 깜짝 놀라 멍했다.

자현장자가 자신을 하인으로 받아준 것도, 자신에게 힘든 일을 시키지 않은 것도 이 때문이라는 것을 문득 깨달았다.

"아니 그게 무슨 말입니까. 저는 비록 노비지만 엄연히 남편이 있는 몸입니다. 그렇게는 할 수는 없습니다"

(양, 그게 미신 말이우꽈. 전 비록 ᄃ사리우다만 엄연히 남펜이 잇인 몸이우다. 경훌수 엇수다)

"뭐라고? 이런 고약한 걸 봤나, 내가 너를 생각해서 은혜를 베풀어 주었거늘!"

(무싱거? 이런 궤약흔거 봤나. 나가 널 생각ᄒᆞ연 은혜를 베풀언 주단 보난!)

자현장자는 화를 내고서 부엌에서 나가버렸다.

다음 날부터 원강아미의 시련은 시작됐다.

온갖 힘든 일들을 쉴 새 없이 떠맡기기 시작했다. 여자들이 하는 집안일은 물론이고 남자들도 하기 힘든 일이 이어졌다. 여자로서는 도저히 견디기 힘든 일이었다. 원강아미의 몸은 아주 수척해져서 금방이라도 쓰러질 것 같았다.

그러던 어느 날 다시 자현장자가 원강아미를 찾아왔다.

"어때, 그동안 생각 좀 해봤느냐? 괜한 고집 피우지 말고 내 두 번째 아내가 되어라. 그렇지 않으면 앞으로 며칠도 못 버티고 쓰러지고 말걸"

(어떵, 그세 생각 ᄒᆞ쏠 헤봐시냐? 괜흔 고집 피우지마랑 나 첩각시가 뒈라. 경ᄒᆞ지 아녀민 메틀 못 강 쓰러지고 말걸)

원강아미는 너무나 억울하고 분했다. 까짓것 그대로 죽으면 그만이라는 생각이 들었으나, 어린 한락궁이 때문에 차마 그럴 수 없었다.

"좋습니다, 하지만 아직은 때가 아닙니다. 이 마을은 몰라도 우리 마을 풍습은 아이가 태어난 후 열다섯 살이 되면 그때 재혼을 하도록 했습니다. 그렇지 않으면 뜻밖의 부정이 타서 사고로 죽게 된답니다. 그러니 아이가 자랄 때까지만 기다려 주세요"

(좋수다. ᄒ지만 아직은 아니우다. 이 므슬은 모르뒈 우리 므슬 풍십은 나은 애기 열다섯 살 뒈여사 몸허락을 흡주. 경ᄒ지 아녀민 부정탕 우리 둘 다 허망ᄒ게 죽어마씸. 경ᄒ난 아희가 클때ᄭ장 지달려줍서)

자현장자는 화가 났으나, 죽는다는 말에 찜찜하여 그 말을 따르지 않을 수 없었다.

원강아미의 중노동은 계속되었다. 몸은 지치고 힘들지만 한락궁이가 커가는 모습을 보며 온갖 서러움을 견디어 냈다.

한락궁이가 대여섯 살이 되자 자현장자는 온갖 힘든 일들을 시키기 시작했다. 새끼를 꼬고 나무를 해 오는 일 따위를 시키는데, 도저히 아이가 감당하지 못할 많은 분량을 시켰다. 한락궁이가 시킨 일을 마치면 일이 부실하다고 생트집을 잡아 밥을 굶기가 일쑤였다.

하루는 자현장자가 한락궁이에게 좁쌀 한 가마를 주면서 말했다.

"저 뒷산에 가서 나무를 베어내 밭을 만들고 이 좁쌀을 뿌려라. 오늘 안에 끝내지 못하면 큰 벌을 받을 줄 알라"

(저 뒷산에 강 낭을 베언 밧을 만들언 이 좁씨를 뿌리라. 오늘

안에 모치지 못ᄒᆞ민 큰 벌을 줄거난 경 알라)

한락궁이가 산에 올라가 나무를 베고 밭을 일구는데 너무 힘들고 벅찬 일이라 이를 악물고 했지만 결국 힘에 겨워 주저앉아 버렸다.

"이 일을 어쩌지……"

(이 일을 어떵ᄒᆞ코……)

그때였다. 갑자기 큰 산돼지들이 나타나 나무들을 들이받고 땅을 파헤치기 시작했다. 그러고 나니 순식간에 밭이 일구어졌다. 한락궁이는 그 밭에 얼른 좁쌀 한 가마를 다 뿌리고 돌아왔다.

"시킨 일을 다 했습니다"

(시킨 일 다 ᄒᆞ연마씸)

자현장자는 깜짝 놀랐다. 어른도 하기 힘든 일을 한락궁이가 끝냈다는 말을 믿지 못했다. 하인을 보내 확인해 보니 과연 밭이 일구어져 있었다. 그러자 장자는 다시 한락궁이에게 말했다.

"어허, 오늘은 좁쌀 씨를 뿌릴 날이 아닌데 잘못 뿌렸구나. 가서 좁쌀을 다시 모아 오너라. 한 알이라도 흘려서는 안 된다!"

(어허, 오늘은 좁씨를 뿌릴 늘이 아니라 잘못 뿌렷저. 강 좁씨를 다시 모앙 오라. ᄒᆞ톨이라도 흘리민 아녀뒌다!)

한락궁이는 어이가 없어 장자를 한 번 쏘아보고는 밭으로 갔다.

그런데 이게 웬일인가. 밭에는 새까맣게 개미떼가 좁쌀을 물어다 한곳에 모아두고 있었다. 한락궁이는 그 좁쌀을 가마니에 넣어서 돌아왔다. 자현장자가 놀랐음은 물론이다.

"흠, 보통 녀석이 아니야. 아무래도 그대로 뒀다가는 후환이 있을 거야"

(음, 보통 놈이 아니로구나. 아맹ᄒᆞ여도 그냥 뒷당은 뒤탈이 이실거라)

아버지를 찾아 나선 한락궁이

어느새 세월이 흘러 한락궁이 나이가 열다섯 살이 되었다.
기회만 벼르고 있던 자현장자는 이제 한락궁이가 다 컸다면서 소를 몰고 밭을 가는 일을 시켰다. 열다섯 살 아이의 몸으로는 감당하기 힘든 것이었으나, 한락궁이는 눈물을 참으며 일을 해냈다.
그 모습을 본 자현장자는 음흉한 웃음을 지으며 원강아미를 찾아갔다.
"이제 네 아들이 열다섯 살 되어 소를 몰아 밭을 가니 약속을 지켜야겠다"

(이젠 느 아들이 열다섯 살 뒈언 쉐를 몰안 밧을 갈암시난 약속 지켜사커라)

원강아미는 이 핑계 저 핑계로 겨우 피하고 있었지만, 자현장자가 끈질기게 찾아와 말하니 점점 피할 도리가 없어져 갔다.

그러던 어느 날 한락궁이가 산으로 나무를 하러 갔는데 커다란 나무 밑에서 웬 낯선 노인들이 바둑을 두고 있었다. 가까이 가니 한락궁이에게 말했다.

"애야, 왜 아버지를 찾지 않느냐?"

(애야, 무사 아방을 춧지 아념시니?)

"……?"

"이따가 집에 가다 보면 계곡에 물 먹는 흰 사슴을 볼 것이니 그 사슴을 타고 아버지를 찾아가거라. 그리고 메밀가루 한 되에 소금 한 되를 섞어서 범벅을 꼭 가지고 가라"

(싯당 집에 가당보민 내창에 물먹는 헤양흔 사슴을 볼 거난 그 사슴을 탕 아방을 춧앙가라. 경후곡 모멀ᄀ르 흔 뒈에 소금 흔 뒈를 석경 범벅을 꼭 아졍 가라)

말을 마치자마자 노인들이 순식간에 사라져 버렸다.

한락궁이가 나무를 하여 짊어지고 내려오다 계곡을 보니 정말 노인의 말대로 흰 사슴이 물을 먹고 있었다. 한락궁이는 사슴을 데려다 집 주변에 몰래 숨겼다. 그리고 어머니에게 말했다.

"어머니, 제 아버지는 누구입니까? 어디에 계십니까?"

(어멍, 제 아방은 누구꽈? 어듸 잇수광?)

아들의 뜻밖의 물음에 원강아미는 흠칫 놀랐지만 무심한 척 말했다.

"뭔 말이고? 네 아버지는 자현장자이시다!"

(무스거옌 골암시니? 아방은 자현장자여!)

"거짓말하지 마세요. 산에 나무하러 갔더니 웬 노인들이 바둑을 두다 저를 보고는 왜 아버지를 찾아가지 않느냐고 합디다. 제발 제 아버지가 누구인지, 어디에 있는지 말씀해 주세요!"

(그짓말 맙서. 산에 낭 호레 가신디 웬 하르방들이 바둑을 두단 날 보멍 무사 아방을 춫앙가지 아념시니 헙디다. 제발 아방은 누게며, 어듸 이신지 골아줍서!)

드디어 올 것이 왔음을 안 원강아미가 말했다.

"궁아. 이제 너도 다 컸으니, 네 아버지에 대해서 알려줄 때가 되었구나. 숨기려 하여 숨겼던 게 아니다. 그래, 네 아버지는 보통 사람이 아니시다. 저 하늘나라에서 오신 사람으로 지금은 저승세계 서천꽃밭에서 꽃감관을 하고 계신 훌륭한 사람이시다. 네 아버지를 찾아 떠나거라"

(궁아, 이젠 느도 몬 커시난, 늬 아방을 골아줄 때가 뒈엇저. 숨

기젠ᄒ연 숨긴게 아니어. 경ᄒ난, 느 아방은 보통 사름이 아니다. 하늘나라에서 온 사름으로 이젠 저승시상 서천꼿밧에서 꼿감관을 ᄒ고 이신 훌륭한 사름이어. 느 아방을 춧앙 가라)

원강아미는 눈물을 삼키며 품속에서 쪼개진 빗을 한락궁이에게 내밀었다. 순간 한락궁이의 눈이 빛났다.

"네 아버지가 남기신 증표다. 이것을 가지고 아버지를 찾아가거라!"

(느 아방이 남긴 본메여. 이걸 ᄀ정 아방을 춧앙가라!)

"어머니, 꼭 아버지를 찾겠습니다. 그렇지만 제가 떠나면 어머니는……"

(어멍, 똑 아방을 춫으쿠다. 경ᄒ디 지가 떠나민 어멍은……)

"내 걱정은 말거라. 네 할 일은 아버지를 찾아가는 거야"

(날랑 ᄌ들지 말라. 늬 홀 일은 아방을 춫는 거여)

"어머니, 내일 새벽에 길을 떠나겠습니다. 한 가지 부탁이 있습니다. 메밀가루 한 되에 소금 한 되를 섞어서 범벅을 만들어 주세요"

(어멍, 닐 새벡에 질 떠나쿠다. ᄒ가지 골을말 잇수다. 모멀ᄀ르 ᄒ 뒈에 소금 ᄒ 뒈를 석겅 범벅을 멘들어 줍서)

"그건 걱정 말고 한숨 푹 자둬라. 먼 길을 떠나야 할 터이니……"

(그걸랑 ᄌ들지마랑 ᄒ숨 푹 자라. 먼 질을 떠나사 홀 거

난……)

다음 날 꼭두새벽에 한락궁이는 어머니가 만든 범벅을 가슴에 품고 남몰래 집을 나섰다.

"어머니, 아버지를 찾고 꼭 돌아오겠습니다. 몸 건강히 계십시오"

(어멍, 아방을 춫앙 똑 돌아오쿠다. 몸 건강히 잇언심서)

"내 걱정은 말고 누가 보기 전에 빨리 가거라"

(나 즈들지마랑 누게 보기 전에 흔저가라)

집을 빠져나온 한락궁이는 숨겨두었던 흰 사슴을 타고 아버지를 찾으러 떠났다.

다음 날 아침 자현장자는 한락궁이가 집을 떠난 것을 알았다.

"제 녀석이 뛰어봤자 벼룩이지. 얼마나 갔을라고?"

(늬늠이 뛰어봐도 베룩이지. 얼메나 가코?)

장자는 즉시 천리동이 개와 만리동이 개를 시켜 한락궁이를 잡아 오게 하였다.

천리동이 개는 하루에 천 리를 가고, 만리동이 개는 만 리를 갔다. 개들이 얼마나 사나운지 맹수도 당할 수 없었다. 혹시라도 도망치는 하인이 있을라치면 두 마리 개가 나서서 단숨에 하인을 물고 돌아오기 때문에 하인들은 감히 도망칠 생각을 하지 못했다.

 천리동이 개가 천 리를 훌쩍 뛰어 한락궁이에게 다다르니 흰 사슴을 타고 가던 한락궁이가 메밀범벅을 던져주었다. 범벅을 받아먹은 천리동이가 얼마나 짰던지 천 리 밖으로 물 마시러 간 사이 한락궁이를 태운 흰 사슴이 어느새 천 리 밖으로 달아났다. 사실 흰 사슴은 하루에 오천 리를 달렸던 것입니다.

 다시 만리동이 개가 만 리를 달려 한락궁이를 쫓아오니 남아 있던 범벅을 던져주었다. 만리동이도 범벅을 먹더니 짜서 만 리 밖으로 물 마시러 간 사이 한락궁이를 태운 흰 사슴은 만 리 밖으로 멀리멀리 달아났다.

 천리동이와 만리동이 개가 그냥 집에 오자 자현장자는 불같이 화를 내며 원강아미를 핍박했다. 하지만 이미 한락궁이가 떠날 때 결심을 한 원강아미였다.

 자현장자가 온갖 좋은 말과 태도로 구슬리고 달랬지만 원강아미는 끝까지 절개를 지켰다. 분노한 자현장자가 원강아미를 죽이고는 집 뒤 대나무밭에 던져 까마귀밥이 되게 했다.

아버지를 만난 한락궁이

한편 자현장자의 사나운 개들을 기지로 내쫓은 한락궁이는 서쪽으로 길을 가다 보니 뽀얀 강물이 나타났다. 사슴에서 내려 강에 서니 무릎까지 물이 찼다. 그 강을 건너자 노란 강물이 또 나타났는데 허리까지 찼다. 강을 건너니 목까지 차는 빨간 강물이 다시 나타났다. 허우적거리며 그 강을 건너자 기진맥진하여 쓰러졌다.

얼마 후 정신을 차리고 둘러보니 낯선 세상이었다. 아름다운 연못가였는데 나무와 풀들이 신비로웠다. 처음 보는 풍경에 어리둥절하고 있는데 어린아이들의 말소리가 들려왔다. 한락궁이는 얼른 연못가 나무 뒤로 숨었다.

"빨리 물을 뜨고 가자. 너무 오래됐어"

(재기 물 떵 가게. 너무 오래연)

"그래, 빨리 안 가면 꽃들이 시들어 버리지"

(기어, 재기 안 가민 고장들이 시들주)

아이들이 물을 뜨고 있을 때 한락궁이가 나무 뒤에서 나왔다.

"말 좀 묻겠는데……"

(말 좀 물으키어)

"누구세요?"

(누게과?)

"나는 한락궁이라 하는데, 너희들은 누구며, 여기가 어디지?"

(난 할락궁이렌 흐는디, 늬들은 누게며, 여긴 어디니?)

"여긴 광천못이에요. 우린 서천꽃밭에 물을 주는 아이들이에요"

(이딘 광천못이고, 우린 서천꼿밧듸 물 주는 아희들이우다)

"서천꽃밭이라고!"

(서천꼿밧이라고!)

"왜 그리 놀라세요?"

(무사경 놀람수과?)

"나는 서천꽃밭의 꽃감관을 만나러 왔는데 꽃밭으로 데려다 주어요"

(난 서천꼿밧듸 꼿감관을 만나젠 와시난 꼿밧으로 드려가주라)

"우리를 따라오세요"

(우릴 뜨랑 옵서)

한락궁이는 물을 뜨고 가는 아이들의 뒤를 따라갔다.

얼마를 갔을까, 꽃의 모양과 색깔이 참으로 가지가지인 꽃밭이 나타났다. 꽃향기들이 진동했다.

한 동자가 한락궁이를 꽃밭 가운데 있는 기와집으로 안내하였다.

"꽃감관님, 한락궁이라는 분이 감관님을 찾아오셨습니다"
(꼿감괌님, 할락궁이엔ᄒᆞ는 사름이 감관님을 촛안왓수다)

"뭣이, 한락궁이라고!"
(뭐, 할락궁이라고!)

꽃감관이 방문을 열며 외쳤다.

"어머니는 누구냐?"
(어멍은 누게냐?)

"어머니는 원강아미입니다"
(어멍은 원강아미이우다)

"혹시 어머니가 증표를 주지 않더냐?"
(혹시 어멍이 본메를 줫을텐데?)

"여기 있습니다"
(여기 잇수다)

한락궁이가 품속에서 반쪽 빗을 꺼내었다. 꽃감관이 품속에서 얼른 반쪽 빗을 꺼내어 맞추어 보니 꼭 들어맞았다.

꽃감관이 한락궁이를 와락 껴안았다.

"아들아! 내가 네 아버지란다"
(아들아! 나가 늬 애비다)

"아버지!

한동안 그렇게 시간이 갔다.

얼마 후 꽃감관이 물었다.

"그런데 네 어머니는?"

(경혼디 늬 어멍은?)

"어머니는……"

(어멍은……)

한락궁이는 자현장자가 어머니와 자기를 몹시 괴롭힌 사연을 하나하나 이야기하였다. 꽃감관 눈에 눈물이 맺혔다.

"그게 모두 이 아비 탓이로구나. 미안하구나. 혹시 오다가 강물 세 개를 건넜느냐"

(그거 문딱 이 애비 탓이어. 미안ᄒ다. 혹시 오당 강물 싯을 건너시냐)

"예, 그런데요?"

(네, 경혼디 마씸?)

"그 강물들은 보통 물이 아니다. 사람이 죽을 때 원한이 사무쳐 쏟은 눈물이 서린 강물이란다. 아무래도 네 어머니에게 무슨 일이 생겼을 게 분명하다. 이러고 있을 때가 아니다"

(그 강물들은 보통 물이 아니어. 사름이 죽을 때 원혼이 사무천 쏟은 눈물이 서린 강물이어. 아멩헤도 느 어미에게 무신 일이 셍긴게 틀림엇저. 영 잇을 때가 아니어)

꽃감관은 한락궁이를 데리고 꽃밭으로 갔다. 꽃밭에는 신기한 꽃들이 가득했다.

"이 꽃은 보통 꽃들이 아니란다. 인간 세상 사람들의 마음을 움직이고, 생명까지도 좌우하는 꽃들이지. 사람들의 온갖 감정이 이 꽃들에 달려 있단다. 내가 뼈 붙는 꽃과 살이 오르는 꽃, 피를 흐르게 하는 꽃과, 숨을 쉬게 하는 꽃, 울게 하는 꽃과 웃게 하는 꽃, 착한 마음을 불러오는 꽃과 나쁜 마음을 불러오는 꽃을 꺾어줄 테니 그것을 가지고 어머니한테로 돌아가도록 해라. 오늘은 늦었으니 여기서 자고 내일 아침에 가라"

(이 고장은 보통 고장들이 아니어. 사름 시상 사름덜의 마음을 움직이고 목숨꼬지도 좌우ᄒᆞ는 고장들이어. 사름덜의 몬 감정이 이 고장들에 둘련잇저. 나가 뻬오를 고장과 술 오를 고장, 피 오를 고장, 숨 틀 고장, 울음 고장과 웃게 ᄒᆞ는 고장, 착ᄒᆞ마음 고장과 수레멜망 고장을 주크메 그걸 ᄀᆞ정 어미에게 돌아가라. 오늘은 늦어시난 여기서 장 닐 아적에 가라)

자현장자를 벌한 한락궁이

다음 날 한락궁이는 아버지에게서 받은 꽃을 간직하고 인간 세상으로 떠났다.

서천꽃밭에서 하루를 묵은 동안 인간 세상에서는 벌써 3년이 지났으며, 전에 타고 왔던 흰 사슴은 어디 갔는지 보이지 않았다. 한락궁이는 할 수 없이 걷기 시작하였다. 산을 넘고 물을 건너서 갖은 고생 끝에 석 달 열흘 만에 자현장자 집에 도착했다.

깜짝 놀란 자현장자가 노발대발하며 호통을 쳤다.

"겁도 없이, 죽으려고 왔구나. 집을 나가 3년이 넘어서야 돌아왔단 말이냐. 네, 이놈! 죽음을 면치 못하리라"

(겁도 엇이, 죽젠 오랏구나. 집 나강 3년 넘언 돌아오다니. 늬, 이늠! 죽음을 면치 못ᄒ리라)

그러자 한락궁이가 말했다.

"죽이든 살리든 마음대로 하세요. 그렇지만 우리 어머니를 보게 해주십시오. 어머니는 어디 계십니까?"

(죽이든 살리든 ᄆ음대로 헙서. 경ᄒ지만 우리 어멍을 보게 헤줍서. 어멍은 어디 잇수광?)

"네 어미는 내 말을 거역한 죄로 죽어 저 대나무밭에 까마귀밥이 된 지 오래다. 이제는 네 차례다. 여봐라, 어서 저 녀석을 형틀에 묶어라"

(늬 어멍은 나 말을 뜨르지 아년 줴로 죽언 저 대왓밧디 가냐귀밥이 된 지 오래다. 이젠 늬 ᄎ례다. 여봐라, 어서 저 늠을 형틀에 무끄라)

하인들이 장자의 명령을 받고 모여들려 할 때였다. 한락궁이가 말하였다.

"잠깐, 장자님 제 말씀 좀 들어보십시오. 제가 서천꽃밭에 가서 신기한 꽃들을 얻어 왔습니다. 한 번 보면 100년 살고 두 번 보면 1000년 사는 꽃입니다. 한번 보지 않겠습니까?"

(ᄒᆞ쑬십서, 장자님 제 말 ᄒᆞ꼼 들어봅서. 제가 서천꽃밧디 강 신기ᄒᆞᆫ 고장들을 얻언왔수다. ᄒᆞᆫ 번 보민 벡년 살고 두 번 보민 천년 사는 고장이우다. ᄒᆞᆫ번 보질 안으쿠광?)

오래 산다는 말에 자현장자가 반신반의하면서 말했다.

"그래, 어디 한번 보자"

(기라. 어디 ᄒᆞᆫ번 보주)

"장자님 가족 모두 오라고 하세요"

(장자님 식술 ᄆᆞᆫ 오렌헙서)

"여봐라, 가서 마님을 비롯하여 식구들을 데려오너라"

(여봐라, 강 마님이영 식술을 ᄆᆞᆫ 드려 오라)

자현장자는 호기심에 식구들을 모두 모이게 했다.

한락궁이는 먼저 웃음꽃을 꺼냈다. 그러자 자현장자와 가족들이 갑자기 참지 못하고 배를 움켜쥐고 대굴대굴 구르며 웃기 시작했다.

그것을 본 한락궁이가 이번에는 울음꽃을 꺼내서 보였다. 자현장자와 가족들이 웃음을 멈추고 땅을 치며 대성통곡하기 시작했다. 이때 한락궁이가 악한 마음을 불러일으키는 꽃을 꺼내 보이자 서로 눈에 살기를 띠며 노려보더니 싸우기 시작했다. 미친 듯이 서로 헐뜯고 싸우다 자현장자와 가족들은 그 자리에서 쓰러져 죽고 말았다. 물론 그 자리에 있던 천리동이 개와 만리동이 개도 서로 맞붙어 싸우다가 함께 죽어버렸다.

살아난 어머니 원강아미

 원수를 갚은 한락궁이가 즉시 대나무밭으로 달려갔다. 가보니 어머니의 시신은 뼈만 앙상하게 흩어져 있었다. 원한이 사무쳤는지 머리에는 동백나무가, 가슴에는 오동나무가 자라 있었다.
 한락궁이는 한참 동안 눈물을 흘리며 통곡했다. 한참 후 흩어진 뼈들을 한데 모아 서천꽃밭에서 가지고 온 환생꽃들을 꺼냈다.
 먼저 뼈가 붙는 꽃을 뼈 위에 뿌리니 뼈들이 절그럭거리며 서로 맞붙었다. 이어 살이 오를 꽃을 뿌리니 살이 뽀얗게 피어오르고, 피가 흐르게 하는 꽃을 뿌리니 몸에 발그레 피가 돌기 시작했다. 숨을 쉬게 하는 꽃을 뿌리니 "휴~"하며 숨이 트였다.
 "어머니!"
 한락궁이가 큰 소리로 외쳤다. 그러자 어머니가 깜짝 놀라서 눈을 뜨며 일어나 앉았다. 어안이 벙벙한 듯 잠시 사방을 둘러보더니 아들이 앞에 와 있음을 깨닫고 부둥켜안았다. 눈에 눈물이 흘러내렸다.

한참을 그러고 있다가 어머니가 한락궁이에게 자초지종을 물었다. 한락궁이는 아버지를 만난 일부터 차근차근 이야기했다. 잠시 후 어머니에게 물었다.

"어머니 몸에 동백나무와 오동나무가 자랐으니 웬일입니까?"

(어멍 몸에 돔박낭과 오동낭이 자라시난 무신 일이우꽈?)

"내 원한이 사무쳐서 자란 것이란다. 앞으로 동백나무에 열매가 맺거든 기름을 짜서 여인들 머리에 바르게 하고, 오동나무는 어머니를 잃은 아들의 상장(喪杖)을 만들도록 해야겠구나"

(나 원혼이 사무청 자란 게여. 앞으론 돔박낭에 여름이 둘리민 지름을 짱 여즈들 머리에 브르게 ᄒ고, 오동낭은 어멍이 죽으민 아들의 방장대를 멘들게 ᄒ여사켜)

서천꽃밭 꽃감관이 된 한락궁이

어머니를 되살린 한락궁이는 집안의 하인들을 불러 모았다. 그리고 말했다.

"여러분들을 못살게 굴던 자현장자는 죽고 없습니다. 이제는 여러분들이 이 집의 주인입니다. 부디 서로 돕고 사랑하며 행복하게들 사세요"

(여러분들을 몬살게 ᄒ던 자현장자는 죽언 엇수다. 이젠 여러분들이 이 집의 주인이라마씸. 제발 서로 도웨곡 스랑ᄒ멍 행복ᄒ게 삽서)

그러면서 한락궁이는 착한 마음을 불러오는 꽃을 사람들에게 뿌려주었다.

한락궁이는 어머니를 모시고 아버지가 계신 서천꽃밭으로 떠났다. 석 달 열흘 만에 한락궁이와 원강아미가 서천꽃밭에 도착했다.

"여보! 고생했구려!"

"시방님!"

사라도령과 원강아미가 부둥켜안으며 통곡하였다. 생이별을 한 지 15년이 넘어 서로 만났으니 그 쌓인 한과 그리움을 어찌하랴……

옥황상제는 원강아미를 사라도령과 함께 살도록 하였다.

"한락궁이는 장차 서천꽃밭의 최고 책임자로 삼을 것이다"

그 말대로 한락궁이는 자라서 어른이 된 후에 서천꽃밭의 최고 감관이 되어 꽃밭을 다스리게 되었다.

그는 지금도 서천꽃밭에 살면서 인간 세상에 갖가지의 꽃씨를 보내주고 있다. 눈에 보이는 꽃씨와 눈에 보이지 않는 마음의 꽃씨를 보내주면서 사람들의 마음이 곱고 아름답게 되도록 보살펴 주고 있다고 한다.

서천꽃밭의 꽃감관 한락궁이

바람운과 지산국

 설문대 할망이 제주 섬을 만든 후 신들이 제주 섬을 탐내어 여기저기서 신들이 태어날 때 바람운도 제주 땅 설마국(雪馬國)에서 태어났다.
 태어날 때부터 비범한지라 자라면서 천문학과 지리학에 막힘이 없어 훤히 알았다. 그러니 그 재주를 비길 만한 사람이 없었다.
 또한 활을 쏘는 재주가 신기에 가까웠다. 화살 하나를 쏘면 땅에서 삼천 군병이 솟아나고 또 하나를 쏘면 삼천 군병이 사라지니 모두가 놀라기도 하고 두려워하기도 했다.
 일문관 바람운은 키가 크고 몸이 듬직했다. 얼굴은 각졌으며 두툼한 입술에다 붕어눈을 부릅뜨고 있었다. 삼각 수염에 주먹 상투를 틀고 망건을 쓰고 그 위에다 동물의 털로 만든 벙거지를 썼다. 모자는 큰 명주를 매고 왕구슬이 주렁주렁 매달려 있는 가죽으로 끈을 띠었는데 보기에도 찬란했다. 옷치장은 오방색(청색·흰색·적색·흑색·황색) 바지저고리를 입고 붕어눈을 치뜰 때 날카롭게 빛나는 눈빛 모습이 참으로 위풍당당했다.

고산국과 지산국을 만난 일문관

어느 날 일문관 바람운은 산 넘고 바다 건너 만 리 밖 홍토나라에 고산국이라는 미인이 있다는 소문을 들었다. 만나보고 싶은 생각이든 바람운은 구름을 타고 순식간에 홍토나라로 갔다. 그렇지 않아도 요즈음 꿈에 아름다운 여인이 나타나 마음이 설레고 있었다.

홍토나라에 도착한 바람운이 여인들을 보니 모두 미인이라 놀랐다. 지나가는 사람에게 고산국이 어디 사느냐고 물어 찾아갔다.

집 앞에 도착해 보니 아름다운 아가씨가 빨래를 널고 있었다. 얼굴이 동그스름하고 속눈썹이 긴 데다 눈매가 야들야들

하고 입과 코가 그려놓은 듯 예쁜 여자였다.

"말 좀 묻겠습니다. 여기가 고산국이 사는 집입니까?"

(말 좀 무릅주. 이듸가 고산국이 사는 집이우꽈?)

"예, 그런데 어디서 온 누구입니까?"

(예, 경흔디 어듸서 온 누게과?)

"저는 제주 한라산 설마국에서 온 일문관 바람운입니다"

(난 탐라 할락산 설매국에서 온 일문관 바람운이우다)

"무슨 일로 왔는지요?"

(무신 일로 옵데강?)

"고산국을 만나러 왔는데, 고산국은 어디 있습니까?"

(고산국을 만나젠 왓인디, 고산국은 어듸 잇수광?)

"제가 고산국인데, 무슨 일로 저를 찾아오셨습니까?"

(지가 고산국인디, 무신 일로 날 츷아왓수광?)

"당신에게 청혼하려고 찾아왔습니다"

(이녁신디 흔듸살겐 ᄒ젠 츷아왓수다)

"……"

고산국도 위풍당당한 바람운이 싫지 않았다. 더구나 간밤에 꿈자리가 묘하여 아침부터 마음이 설레고 있었다.

단 한 번도 얼굴을 마주한 적이 없던 남녀는 만나자마자 서로를 알아보았다. 미리 서로의 꿈에서 나타났기에 만나자마자 사랑하게 된 것이다. 서로 반해버린 둘은 그날 부부의 인연을 맺었다. 둘은 신혼부부로 매일 달콤하게 시간 가는 줄 모르게 보내고 있었다.

하루는 한 미녀가 나타났다.

몸매가 호리호리하고 얼굴이 갸름하며 잘 익은 복숭아처럼 볼그스름하였다. 별빛처럼 초롱초롱한 눈망울에, 윤기가 자르르 흐르는 까만 머릿결을 찰랑거리는 모습에 숨을 쉴 수 없을 만큼 아름다운 여자였다.

그 여자는 고산국보다도 몇 배나 더 뛰어난 천하절색이었다.

바람운은 지산국을 보는 순간 심장이 쿵쾅거렸다. 숨을 쉴 수 없을 만큼 아름다운 지산국의 미모에 넋을 잃고 말았다. 숨을 크게 들이마셨지만, 정신이 헛갈렸다.

바람운은 "어쩜 저리 아름다울까?" 속으로 생각하며 고산국에게 물었다.

"저 아가씨는 누구라?"

(저 비바린 누게라?)

"제 동생 지산국입니다"

(지 동승 지산국이우다)

지산국은 일이 있어 집을 떠났다 오랜만에 돌아온 것이었다.

지산국도 가슴이 쿵 하며 내려앉았다. 어디에서 본 적도 없는 위풍당당한 바람운의 기상에 흠뻑 빠져들었다. 몸이 가볍게 떨리고 심장이 두방망이질을 해댄다.

 둘은 서로 인사를 나누고 사이좋게 지냈다. 겉으로는 서로 예의를 지키며 처제와 형부로 행동했으나 속마음은 그렇지 못했다.

도망친 바람운과 지산국

 지산국을 만난 후부터 바람운은 기운이 쑥 빠지고 나오는 건 한숨뿐이었다. 가슴은 타들어 가기만 하였다. 한순간도 지산국을 잊을 수가 없었다. 용맹한 영웅의 기상은 어디로 사라져 버리고 못 보면 그립고 만나면 괴로워 심심이 불안했다.

 지산국 역시 마찬가지이다. 혼자 속으로 바람운을 사랑할 뿐 겉으로 표현을 못해 괴로운 마음뿐이었다. 그러나 둘은 서로가 그리워서 괴로워하고 있는 것을 몰랐다. 둘은 좋아하면서도 서로 만날 때마다 불안하고 두려워 냉정하게 대하기만 했다.

 둘은 천상배필로 이미 정해진 영혼의 동반자였으므로 그저 바라보며 속앓이만 할 뿐이었다.

 날이 갈수록 가슴속의 괴로움은 깊어만 갔다. 낮에는 한숨만 쉬며 해를 넘기고 밤에는 잠을 자지 못해 엎치락뒤치락하면서 날을 하얗게 밝히곤 했다. 그리움으로 인하여 식욕을 잃었고 얼굴은 파리해져 갔다. 마침내 몸을 지탱할 기력이 없어졌다.

그러던 어느 날 바람운은 더 참지 못하여 마지막 결심을 하였다. 고산국이 잠시 집을 비운 사이 지산국을 불렀다.

"지산국!"

바람운이 부르는 소리에 지산국은 가슴을 두근거리며 얼른 바람운에게 달려갔다.

둘은 서로 보자마자 누가 먼저라고 할 것 없이 달려가 서로 포옹했다. 바람운은 하려는 말은 입안에서 안 나오고 눈물만 뚝뚝 떨어졌다. 지산국의 얼굴에서도 눈물이 줄줄 흘렀다. 소리쳐 울지 못하자 가슴속을 더욱 답답하기만 했다.

마침내 바람운이 말했다.

"지산국을 처음 보는 순간 사랑했어요!"

(지산국을 체얌 본 순간 스랑ᄒ여부런!)

"저도 처음 본 순간부터 사랑했습니다!"

(지도 체얌 본 순간부터 스랑헨마씸!)

"우리 함께 살기로 합시다. 나랑 설마국으로 갑시다!"

(우리 ᄒᆞᆫ듸 살기로 ᄒᆞ여. 나영 설매국으로 가주!)

드디어 두 사람은 도망을 가기로 하여 구름을 타고서 바람운이 태어난 제주도로 달아나 버렸다.

서로 헤어진 고산국과 바람운

고산국이 집에 돌아와 보니 바람운이 없었다. "이 양반이 어디 갔지?" 고개를 갸우뚱거리며 집 안 곳곳을 둘러보았지만, 어디에도 남편이 보이지를 않았다. 혹시 동생 지산국이 아는지 묻기 위해 지산국의 방문을 열어보니 지산국도 없었다. 둘이 집에 없자 더욱 의아해하다 문득 의심이 났다.

고산국 역시 신인이라 바람운과 동생의 행동을 짐작할 수 있었다.

고산국은 마지막 방법으로 밝은 하늘에 기도하여 영기(靈旗)를 내어 드니 깃발은 앞바람에도 불구하고 한라산을 향해 세차게 펄럭였다. 고산국이 나부끼는 깃발을 따라 제주 한라영산에 도착했다.

한라산 산속을 여기저기 살펴보니 산속 깊은 곳에 움막집이 보였다. 살그머니 다가가 보니 의심했던 대로 바람운이 동생 지산국과 사랑놀이에 빠져 있었다.

"이놈들, 천하에 죽일 놈들!"

고산국이 쌍심지를 돋우며 큰소리를 쳤다.

고산국이 들이닥치자 바람운과 지산국은 놀라 잠시 멍했다.

화가 난 고산국은 날카로운 화살을 쏘아 둘을 단숨에 죽이려 했다. 그러자 지산국은 얼른 도술을 부려 안개를 가득 피웠다. 안개가 짙어 검디검은 암흑이 휩싸고 있는 듯했다.

고산국은 정신이 아득했다. 하늘에 몇 번이나 기도를 드리고 도술을 부렸지만, 동생의 도술을 당할 수가 없어 검은 안개를 헤칠 길이 없었다.

고산국은 동생 지산국에게 소리쳤다.

"이 몰인정한 것아! 내가 아무리 너를 죽이려 했지만 차마 너를 죽이겠느냐. 죽을죄를 지은 네가 나를 이런 함정에 빠지게 할 수가 있느냐. 미안하지도 않단 말이냐? 이 안개를 거두거라"

(이 인정머리 웃인 것아! 나가 아멩 널 죽이젠 ᄒ여서도 추마 닐 죽이크냐. 죽을 줴를 진 느가 날 영혼 함정에 빠지게 ᄒᆯ 수가 이시냐. 미안 ᄒ지도 아녀ᄒᆞ냐? 이 으남을 거두라)

이때 바람운은 향나무 가지를 꺾어다가 바위에 꽂았다. 그러자 그것은 커다란 수탉이 되어 소리 높여 울었다. 이내 밤이 새면서 희미하게 동트면서 사방을 구별할 수 있었다.

안개가 걷히며 바람운과 지산국을 본 고산국이 소리쳤다.

"짐승 같은 바람운아, 이 나쁜 년아. 내가 처음 생각에는 너희들을 모조리 죽이려고 했지만, 그런다고 화가 풀리지 않을 것! 지금부터 남편도 아니고 동생도 아니다! 우린 남남이다. 나는 고향으로 가려 하니 남이 부끄럽고 하여 발 가는 데로 가겠다"

(짐셍 ᄀ튼 바람운아, 이 나쁜 년아. 나가 체얌생각엔 늬네덜 믄 죽이젠 ᄒ엿지만 경ᄒ다고 홰가 풀릴 것도 아니라. 이제부턴 남펜도 아니고 동승도 아니다! 우린 ᄂᆞᆷᄂᆞᆷ이다. 난 고향으로 가젠 ᄒᆞ난 ᄂᆞᆷ부치럽고ᄒᆞ니 발 가는 데로 가겠다)

마침내 고산국은 둘을 놔두고 한라산 남쪽으로 내려갔다.

바람운과 지산국은 고산국이 떠나자 아무런 거리낌이 없었다. 조바심 내며 살 필요가 없어 둘은 서로 보며 한바탕 크게 웃었다.

마을 경계를 나눈 바람운과 고산국

어느 날 둘은 움막집을 떠나 정착할 곳을 찾기 위해 한라산에 올라 이리저리 살펴보았다. 한라산 남쪽 미악산 봉우리가 좋아 내려와 흰 장막을 치고 그곳에 앉았다. 이때 지나가는 마을주민이 보였다.

"나는 설마국의 일문관 바람운이고, 이 사람은 홍토나라 지산국인데 비를 내리게 한다. 저 아래 보이는 마을이 어떤 마을인고?"

(난 설매국 바람운이고, 이 각신 홍토나라 지산국인디 비를 ᄂᆞ리게 ᄒᆞ다. 저긔 보이는 ᄆᆞ슬이 어떤 ᄆᆞ슬인고?)

"여기서 제일 가까운 곳은 웃서귀이고, 그 아래는 하서귀이며, 서쪽은 서홍골입니다. 그런데 서홍골에는 이미 신이 내려와 있습니다"

(이듸서 질 가찹은 곳이 웃서귀고, 그 아랜 하서귀이며, 서쪽은 서홍골이우다. 경흔디 서홍골은 이미 신이 내려완 잇수다)

그때 고산국은 한라산을 내려와 서홍골의 마을신이 되어 있었다.

바람운과 지산국이 웃서귀에 이르러 보니 자리를 잡고 있을 만한 곳이 아니었다. 바람운이 지산국에게 말했다.

"우리가 서홍골 신을 한번 만나보고 자리를 잡고 있을 만한 곳을 정하는 것이 좋겠습니다"

(우리가 서홍골 신을 흔번 만낭 대접받을딜 정하는게 좋크라)

바람운과 지산국은 서홍골 신을 찾아갔다. 그런데 서홍골 신은 고산국이라 바람운과 지산국은 난감했다. 고산국은 바람운과 지산국을 보자 화가 났다.

"얼굴도 두껍구나. 나를 찾아오다니?"

(늿짝도 두텁구나. 날 츳앙오다니?)

"우리가 싸워서 갈라졌지만, 언제까지 모른 척하면서 지내기보다 잘 상의하여 지냈으면 합니다. 우리도 이곳으로 내려왔으니 서로 경계를 정해 땅과 사람을 맡아보는 게 좋지 않을까요?"

(우리가 싸왕 갈라삿지만, 언제꼬장 모른축ᄒ멍 홀거 아니라 잘 상의헤영 살아시민 허쿠다. 우리도 이드로 느려 사시난 서로 그뭇을 긋엉 따영 사름을 마트민 좋지 안으쿠광?)

"인연을 완전히 끊었는데 상의가 무엇이오?"

(인연을 몬딱 끈차신디 상의가 무스거라?)

"그러지 말고 서로 경계를 나눕시다"

(경ᄒ지마랑 그뭇긋엉 나눕주)

그렇게 바람운이 간절히 사정하자 어쩔 수 없다는 듯 고산국이 경계 가르기에 나섰다. 고산국이 화살을 쏘니 담장 경계에 이르렀다. 바람운이 쏜 화살은 문섬 한가운데에 이르렀다.

고산국이 말했다.

"나는 이 담장 경계선을 경계로 서홍골을 차지할 터이니 당신들은 문섬 위로 서귀 위아래를 맡으시오. 그러나 앞으로 서홍골 사람과 서귀골 사람이 서로 혼인을 못할 것이니 그리 아시오"

(난 이 담곰을 그뭇으로 서홍골을 추지홀테니 이녁들은 문섬 우로 서귀 우알을 마트시오. 경ᄒ디 앞으론 서홍골 사름과 서귀골 사름은 서로 절혼을 못홀거난 경 알주)

고산국이 서홍골로 돌아간 뒤 바람운과 지산국은 아래 서귀 신목 윗가지에 내려앉았다. 그런데 사람이 찾아와 대접하지 않자 서귀 사람들에게 병을 내려 위태롭게 하였다.

사람들이 신이 내려앉은 것을 알고 당집을 지어 제사를 지내자, 마을이 비로소 평안해졌다. 그 뒤로 바람운과 고산국은 서귀 위아래 본향신이 되어 마을을 돌보게 되었다.

그때 먼저부터 서귀에 자리 잡고 있던 수진포의 금상황제 부인이 낯선 신이 내려앉은 것이 이상하여 찾아와 물었다.

"어떤 신인데 이곳에 왔습니까?"

(미신 신이 여길 와신고?)

"우리는 바람운과 지산국으로 서귀 사람을 다스리러 왔습니다"

(우린 바람운과 지산국이디 서귀 사름을 드스리젠 왓수다)

"내가 이미 아래 서귀 사람을 다스리고 있습니다"

(나가 이미 아래 서귀 사름을 다스리고 잇인디)

"아차, 몰랐습니다. 신인이 계신 줄 미리 알았으면 이러지 않았을 것입니다. 미안합니다"

(아고, 몰앗수다. 신인이 이신 줄 알앗시민 영 ᄒᆞ지 아녀홀걸. 미안ᄒᆞ우다)

바람운과 지산국이 용서를 빌자, 황제 부인이 웃으며 말했다.

"나는 힘이 약해서 동서로 오는 위험을 막지 못하게 되었습니다. 당신들이 여기 사람들을 다스리면, 나는 용궁으로 돌아가겠습니다"

(난 심이 약헤연 동서로 오는 위험을 막지 못ᄒᆞ연 사름을 다스

리질 못ᄒ게 되연. 이녁들이 이듸 사름덜을 다스리민 난 용궁으로 돌아가크라)

　황제 부인은 용궁으로 돌아갔다. 마침내 일문관 바람운과 지산국은 위아래 서귀포를 다스리며 사람들에게 위함을 받게 되었다.

저승사자 강림이

차사(差使)는 이 세상에서 죽은 사람의 넋을 저승세계의 염라대왕에게 데려가는 사람이다. 창백한 얼굴에 검은 입술과 날카로운 눈매를 가졌다. 그리고 키는 매우 크며 검은 두루마기에 갓을 쓰고 있다. 저승 명부와 붓을 항상 가지고 다니면서 명부에 적힌 죽은 사람을 확인했다.

스님을 따라간 삼 형제

옛날 옛적 해동국 남쪽의 동경국에 버무왕이 살았다.

으리으리하게 지은 기와집에 하인들 수십 명이 쉼 없이 넘나들며 버무왕 가족을 돌보았다. 수십만 평 논과 밭에서 거두어들인 곡식은 창고에서 넘쳐났다. 쌓여두기만 하니 썩어 버리는 것이 대부분이었다. 재물이 넘쳐나 풍족하게 살았다.

천하 부자로 사는 버무왕에게는 아들 일곱 형제가 있었다.

하루는 집 앞에 있는 커다란 팽나무 그늘에서 버무왕 아들 삼 형제가 장기를 두고 있었다. 그때 지나가던 스님이 삼 형제를 보더니 탄식하며 말했다.

"너희 삼 형제가 시원한 나무 그늘에서 장기를 두며 놀고 있지만, 얼굴 관상을 보니 열다섯 살에 죽을 팔자로구나"

(느네 식성젠 시원흔 낭그늘에서 장기 두멍 놀암주마는 늣 관상을 부난 열다숫 십오세에 저승으로 가키어)

삼 형제가 그 말을 듣고 두던 장기를 그만두고 집에 가 부모에게 물었다.

"아버지 어머니는 어찌 우리 삼 형제는 명과 복을 짧게 낳았습니까?"

(아방 어멍은 어떵ᄒ영 우리 식성젠 멩과 복을 쯔르게 납디강?)

"그거 무슨 말이니?"

(그게 무신 말이니?)

"우리 삼 형제가 골목 팽나무 아래서 장기를 두며 놀고 있으니 어떤 스님이 지나가다가 말하는데, 우리 얼굴 관상을 보니 열다섯 살에 죽겠다고 하며 갔습니다"

(우리 식성제가 올레 폭낭 알에서 장기 두멍 놀암시난 어떤 시님이 지나가단 말을 ᄒ데, 우리덜 눗 관상을 부난 열다숫 십오 세에 멩이 메기엔 ᄒ멍 간마씸)

아들들의 말을 듣자마자 버무왕은 하인을 불러 스님을 찾아 모셔 오도록 했다.

스님이 오자 버무왕은 시주를 하며 아이들의 사주팔자를 보아달라고 부탁했다. 그러자 스님은 아들 일곱 형제의 얼굴을 자세히 살펴보고는 버무왕에게 말했다.

"위로 넷은 사주팔자가 좋아 결혼하면 잘 살고, 아래로 셋은 사주가 나빠 열다섯 살까지만 살겠습니다"

(우으로 늬성젠 사주팔ᄌᆞ가 좋안 장개들언 잘 살곡, 알로 식성젠 ᄉᆞ주굿언 열다숫 십오세민 멩이 메기우다)

이 말을 들은 버무왕은 스님에게 삼 형제를 살릴 방법을 가르쳐 달라고 졸랐다. 스님은 마지못하여 버무왕에게 말했다.

"삼 형제가 우리 절에 와서 3년 동안 법당에 정성 들이면 명과 복이 늘어나겠습니다"

(식성제가 우리 법당에 왕 3년 법당 공양 ᄒ염시민 멩과 복이 잇어질꺼우다)

"죽음과 삶이 맞서고 있으니, 그리해서라도 명과 복을 늘려야지"

(죽움과 삶이 맞서시난, 경이라도ᄒ영 멩과 복을 잇어사주)

버무왕은 아들들에게 스님을 따라가 부처님에게 정성을 들이도록 했다.

과양생이 부부에게 죽은 삼 형제

삼 형제가 부처님에게 3년 동안 정성을 들였다.

삼 형제는 부모님이 보고파 안달이 났다. 그래서 스님에게 부모님을 만나러 다녀오겠다고 말하니 스님은 허락했다. 광양 땅을 지날 때는 특별히 조심하라고 당부하면서.

"광양 땅을 조심하며 가라. 조심하지 않고 가다간 우리 절에 와서 3년 정성을 들인 것인 아무 소용 없게 된다"

(과양따을 멩심ᄒ영 가라. 멩심 아니ᄒ영 가당은 우리 법당에 완 3년 공양ᄒ 것이 무궁ᄒ소가 뒈여진다)

광양 땅에는 과양생이 부부가 살고 있었다. 이 부부는 오고 가는 사람들의 재물을 빼앗을 뿐만 아니라 사람을 죽이기도 하였다.

절에서 나온 삼 형제는 고향인 동경국으로 부모님을 찾아 떠났다.

마음이 들떠 발길은 신나기만 했다. 산 넘고 물 건너가길 몇 날 며칠. 먼 길을 걸어오느라 발걸음은 무겁고 배가 몹시 고팠다. 기진맥진한 채로 걷다 보니 현기증이 일어 앞이 흐릿하기만 하였다.

어느 큰 기와집 앞 길가에 앉으니 서러움이 북받쳐 눈물이 그렁그렁했다. 그러다 보니 광양 땅을 지날 때는 조심하라던 스님의 말을 깜빡 잊어버렸다.

때마침 과양생이 아내가 대문 밖에 나왔다가 길가에서 우는 삼 형제를 보고는 집으로 들어와 쉬어가라고 했다. 삼 형제는 고마워하며 집으로 들어갔다. 과양생이 아내는 삼 형제가 가지고 있을 돈을 빼앗으려고 집으로 들어오게 한 것이었다.

과양생이 아내가 밥과 국을 주니 배가 고팠던 삼 형제는 허겁지겁 먹는가 하더니 이내 옆으로 쓰러져 버렸다. 과양생이 아내가 음식에다 독약을 넣었기 때문이다. 과양생이 부부는 잠에 든 삼 형제를 죽이고는 아무도 모르게 동네 연못에 시체를 던져버렸다.

원님의 명을 어긴 강림이

며칠 지난 후 과양생이 아내는 시체가 사람들에게 보일까봐 연못에 가서 보았다. 시체는 보이지 않고 못 보던 꽃 세 송이가 피어 있었다. 꽃이 몹시 마음에 들어 과양생이 아내는 꽃을 꺾어와 앞문, 뒷문, 부엌문에 걸어두었다.

그런데 드나들 때마다 꽃송이들이 거치적거렸다. 화가 난 과양생이 아내는 꽃송이를 손바닥으로 박박 비벼 화롯불 속에 탁탁 털어 넣어버렸다.

다음 날 이웃에 사는 할머니가 불씨를 얻으러 왔다가 화로 속에서 유리구슬 세 개를 발견했다.

"이게 무슨 구슬이지. 이리 와보라. 화로에 구슬 세 개가 있구나"

(이게 무신 구슬이라. 이듸 왕 보라. 화리에 구슬 싀게 잇저)

"어디 있는지 찾지 못해 하다 보니 화로에 떨어진 걸 몰랐어요"

(어듸 이신지 춪지 뭇헤연 ᄒᆞ단 보난 화리에 털어젼 이신걸 몰란마씀)

과양생이 아내는 구슬을 꺼내어 얼른 구슬을 꿀꺽 삼켜버렸다.

그 구슬을 삼킨 뒤 과양생이 아내는 배가 점점 불러오기 시작했다. 열 달이 되자 아들 세쌍둥이를 낳았다. 과양생이 부부는 금이야 옥이야 세 아들을 길렀다.

일곱 살이 되자 서당에 보내어 공부하게 하였더니 하나를 가르치면 열을 알아 선생이 혀를 내둘렀다.

열다섯 살에 과거시험에 삼 형제가 1등·2등·3등이 되었다. 과거 합격 깃발을 앞세우고 달려와 부모에게 절을 하는데 한참이 지나도 고개를 들지 않았다. 부부가 이상하게 여기며 자세히 보니 삼 형제가 모두 죽어 있었다.

과양생이 부부는 "이게 무신 일이냐?" 하며 소리 높여 통곡하다 아내가 기절하고 말았다. 잠시 후 정신을 차린 아내는 너무나도 억울하기만 하였다.

과양생이 아내는 광양 고을의 원님을 매일 찾아가 이유를 밝혀달라고 했다. 그러긴 석 달 열흘. 부부는 원님이 원인을 밝혀내지 못하니 더욱 분통이 터졌다.

하루는 과양생이 아내가 동헌 마당으로 뛰어 들어갔다.

"이 무능한 원님아, 이 마을 원님직을 사직하고 나가라. 다른 원님이 와 우리 아들 죽은 사건을 처리하도록 하겠다"

(이 무능흔 원님아, 이 므슬을 봉고파직ㅎ연 나가라. 다른 원님왕 우리 아둘 죽은 사연 처리ㅎ도록 ㅎ키어)

마침 그 말을 원님 부인이 들었다.

"서러운 원님아, 이 욕을 듣고 어떻게 살겠습니까? 사건 처리를 어떻게 했습니까?"

(설운 원님아, 이 욕을 들언 어떵 살쿠광? 스건 처리를 어떵 ㅎ엿수광?)

"이러지도 저러지도 못하고 있지. 무슨 방법이 있는지"

(영도 저영도 무신 방법이 이시커라)

"관에 소속된 아전 중 누가 영리합니까?"

(원에 소속된 아전 중 누게가 요망지우꽈?)

"열 아전 중 열다섯 살에 사령으로 들어와 열여덟 살에 아전이 된 강림이가 영리하지"

(열 아전 중 열다솟 살에 수령방 입참여 여레둡에 아전이 된 강님이가 요망지주)

"그러면 내일 아침부터 통지를 돌려 7일 동안 아침 식사 전에 열 아전을 들어오라고 하세요. 그러다 보면 어느 아전 한 사람이 뒤처져도 뒤처질 것이니 그때 늦게 온 아전을 형틀에 묶어놓고 단죄를 하되, 저승 염라대왕을 잡아 오겠느냐 여기서 목숨을 바치겠느냐 하고 있으면 저승에 가서 염라대왕을 잡아 오겠다고 말할 것입니다"

(경민 닐 아즉부터 통지를 돌령 일뤠꼬지 아적 전에 열 아전을 들언오렌 시켜봅서. 경헴시민 어느 아전 나가 늦어져도 늦게올거메. 그때랑 아전의 궐을 뽑앙 죽일팔로 돌령, 저싱 염내왕을 잽혀올티야 이싱서 목숨을 바칠티야 여시민 저싱 강 염내왕을 잽혀오켄 말 거우다)

부인 의견에 따라 원님은 열 아전에게 통지를 전달하여 놓고 뒷날 아침부터 동헌에서 지켜보았다.

첫날부터 모두 시간 맞춰 들어오더니 7일 마지막 날에는 강림이가 늦었다. 강림이는 매일 같은 시간에 원님에게 가다 보니 마음이 느슨하여 전날 과음하여 늦잠을 자다가 늦었다.

원님은 강림이를 형틀에 묶어 엄하게 늦은 이유를 추궁하였다. 곤장을 맞은 살가죽이 터져 피가 낭자했다. 강림인 곧 죽을까 봐 더럭 겁이 났다.

"원님, 제가 죽을죄를 지었지만, 살릴 길은 없습니까?"

(원님, 즈가 죽을줴를 지엇수다만, 살를 질은 엇수광?)

"그러면 저승에 가서 염라대왕을 잡아 올 것이냐, 여기서 죽을 것이냐?"

(경흐민 저싱 강 염내왕을 잽혀올티야, 여긔서 목슴을 바칠티야?)

"저승에 가서 염라대왕을 잡아 오겠습니다"

(저싱 강 염내왕을 잽혀오쿠다)

염라대왕을 잡으러 간 강림이

강림이는 원님에게 염라대왕을 잡아 오겠다고 했으나 근심 걱정으로 한숨만 나왔다. 저승을 어떻게 가며 또 어찌 염라대왕을 잡아 올 수 있으리 생각하면 할수록 난감하여 기운이 빠질 뿐이었다.

고민에 빠져 기운 없이 누워 있는 강림을 본 아내가 무슨 일이냐고 물었다. 강림인 그간 일을 모두 말해주었다. 그러자 아내가 방법이 있을 것이니 걱정하지 말라고 한 후 조왕신에게 7일 기도에 들어갔다.

조왕할머니에게 기도하길 7일 되는 날 밤, 아내가 설핏 잠이 들었는데 꿈결에 조왕할머니가 꿈에 나타났다.

"네 정성이 기특하구나. 남편 저승 가는 길이 바쁘니 빨리 떡을 만들어 주고 남편을 저승으로 보내라"

(느 정성이 기특ᄒ다. 남펜 저싱 갈 질이 급ᄒ난 뿔리 떡을 멘들엉 줭 남펜을 저승으로 보내라)

잠에서 깬 아내는 떡을 만들고는 방안에 틀어박혀 있는 강림에게 길 떠날 준비를 하라고 하였다.

"무슨 말이라? 저승을 어떻게 가며 어디로 가라고 하는 거라!"

(무싱거옌 골암서? 저싱을 어떵 가멍 어드로 가렌ᄒ는거라!)

"걱정 말고 빨리 이 옷 입고 갈 준비나 하세요"

(조들지말앙 혼저 이 옷 입엉 출리기나 흡서)

"이 옷은 언제 준비해 놓았지?"

(이 옷은 어느제 출려 놓아서?)

"벌써 이렇게 될 줄 알고 만들었어요"

(불써 영 흘 줄 알안 지어낫수다)

"참, 원님이 저승 가는 증명서나 주었어요?"

(춤, 원님이 저싱 본짱이나 줍디강?)

"여기 있어요"

(여긔 이서)

아내가 증명서를 보니 흰 종이에 검은 글씨로 쓰여 있지를 않은가.

"살아 있는 사람은 흰 종이에 검은 글이나, 저승 글을 이렇게 쓰여서 됩니까? 붉은 종이에 흰 글씨를 써야지요"

(셍인의 소지는 벡 종이에 검은 글이나, 저싱 글이야 어떵 이리 됩니꽈? 붉은 종이에 헤양훈 글을 써사주)

이때부터 사람이 죽으면 붉은 천에 흰색으로 글씨를 쓴 명정을 마련하기 시작했다. 또한 사람이 죽으면 수의를 입혔다.

아내와 헤어져 집에서 나왔지만 어떻게 저승에 가는 길을 찾아야 하는지 막막하기만 하였다. 강림이는 다리에 맥이 풀려 길가에 털썩 주저앉아 버렸다.

그때 길 건너편에 하얀 머리를 곱게 빗은 할머니가 걸어가고 있었다. 불현듯 할머니를 따라가고 싶었다. 일어나 주먹을 불끈 쥐고 할머니에게 갔지만 따라갈 수가 없었다. 속으로

'참, 이상하네. 건장한 내가 저 할머니 걸음을 따라갈 수 없으니……' 생각하며 계속 분주하게 걸었다.

한참을 가니 할머니가 서서 강림이가 오기를 기다리고 있었다.

"나는 너의 집 부엌을 지키는 조왕할머니가 된다. 네 아내의 지극정성이 기특하여 네가 가는 저승길을 도와주려고 왔다. 여기로 가다 보면 갈림길이 나온다. 가까이 가서 갈림길에 앉아 있으면 노인이 온단다. 노인이 가까이 오면 인사를 하렴. 그러면 저승 가는 길을 알 도리가 있단다"

(난 늬집 삼덕조왕할망 뒈여진다. 늬 각시흐는 지국정성이 기특흐연 늬 저싱 가는 질 도웨주젠 오랏저. 이듸로 가당 보민 공거릿질이 나오난 근당흐건 공거릿질에 앉아이시민 망년간 하르방이 올꺼여. 하르방이 근당흐건 인스를 드리라. 경흐민 알도리가 잇일 거여)

강림이가 고개를 숙여 "고맙습니다" 하며 인사를 하고 고개를 들어보니 홀연히 할머니가 사라져 보이질 않았다.

할머니가 말한 대로 가다 보니 갈림길이 보였다. 강림이가 길가에 앉아 있으니 건너편 길에 노인이 혼자 걸어가고 있는 게 보였다. 강림이는 뛰어가 노인에게 공손하게 인사를 하였다. 노인은 강림을 쳐다보며 말했다.

"나는 너의 집 마루방의 문신이다. 네 아내의 지극정성이 기특하여 네가 가는 저승길을 도와주려고 왔단다"

(난 늬집 일문전 뒈여진다. 늬 각시ᄒᆞ는 지극정성이 기특ᄒᆞ연 늬 저싱 가는 질 도웨주젠 오랏저)

그러면서 강림이에게 저승길을 가려면 일흔여덟 갈림길을 알아야 갈 수 있다며 갈림길을 알려주었다.

"강림아, 알려준 하늘과 땅이 합해질 때 들어가는 길부터 작은 개미 더듬이 하나만 한 좁고 비좁은 길까지 갈림길을 다 가면 길을 보수하는 사람이 길을 보수하다가 배고파 길옆에 앉아 있을 텐데, 그 사람이 저승 사람이고 길은 저승길이니 네가 가진 떡을 그 사람에게 내어놓으면 저승길을 가는 법을 알게 된단다"

(강님아, 그리쳐준 천지혼합시 들어살 질부터 조꿀락 ᄒᆞᆫ 게염지 뿔 ᄒᆞᆫ착만 ᄒᆞᆫ 좁짝ᄒᆞᆫ 질ᄁᆞ지 공거릿질을 몬 가민 질토래비가 질을 다끄당 베고팡 질에염에 앚앙 잇일건디, 그 질토래비가 저싱 사름이고 질은 저싱질이난 느가 ᄀᆞ진 떡을 그 사름신디 내노민 알아진다)

강림이는 고마워 노인에게 인사를 하고 고개를 들어보니 노인은 연기처럼 사라져 보이질 않았다.

강림이는 노인이 알려준 저승 가는 길을 찾아 걸었다.

길은 편한 길에서 점점 험한 길이 나타났다. 산 넘고 물 건너고 오르막과 내리막길이 구불구불 계속되었다. 한 사람이 지나가기도 힘들고 가시넝쿨에 돌무더기가 쌓인 험한 길을 헤쳐 나가길 수백 번. 정말 노인의 말대로 갈림길이 끝났는가 하면 또 나타났다. 그러다 보니 강림이는 기진맥진하여 쓰러졌지만 일어서서 계속 걸었다.

마지막 작고 비좁은 갈림길을 돌아 걷다 보니 눈앞에 넓은 들판이 나타났다. 어둠침침한 속에 검은 기운이 휩싸고 찬 기운이 소리 없이 스며들어 몸을 떨리게 했다. 강림이는 두 눈에 힘을 주며 살펴보니 들판에 희미하게 좁은 길이 보였다.

길에는 한 사람이 길을 보수하다 피곤했는지 길가에 앉아 쉬고 있었다. 강림이가 떡을 내어놓자 허겁지겁 먹으며 강림이를 보더니 각진 얼굴에 두툼한 입술을 벌리고 붕어눈을 부릅뜨고 삼각 수염에 흑두전립을 쓰고 남색 바지에 흰색 저고리를 입고 통행전을 차고 두루마기를 입어 미투리를 신었으며, 관장패는 등에 지고 죄인을 묶는 줄은 옆에 찼는데 위풍당당했다.

"어디 벼슬살이 합니까?"

(어디 관장살이 헴수광?)

"나는 이승 광양 원님에 소속된 강림입니다"

(난 이싱 과양 원님에 몸 받은 강님이 됩니다)

"팔자 나쁜 관원이로구나. 이승 관원님아, 어디 가는 길입니까?"

(팔즈 궂인 관장이로구나. 이싱 관장님아, 어딜 가는 질이우꽈?)

"저승 염라대왕을 잡으러 갑니다"

(저싱 염내왕 잽히레 감수다)

"그게 무슨 말입니까? 저승을 어떻게 갑니까? 죽어서 가면 모르지만, 가지를 못합니다"

(그게 무스거 말이우꽈? 저싱을 어떵 가쿠광? 죽엉 가민 몰르카, 가질 몯읍니다)

"저승 관원인 줄 알고 있으니, 저승 관원님아, 저승 가는 길을 알려주세요"

(저싱 동관인줄 알암시난, 저싱 동관님아, 저싱 가는 질을 그르쳐줍서)

강림이가 저승 가는 길을 가르쳐 달라고 애원을 하니 길을 보수하던 사람은 떡을 받아먹은 게 있어 조심스럽게 저승길과 염라대왕을 만날 방법을 알려주었다.

"모레 10시에 염라대왕이 성안의 아랫녘 둘째 부잣집 외동딸이 신병 들어 굿하는 데 내려옵니다. 다섯 번째 오는 가마가 염라대왕이 탄 가마이니 염라대왕을 잡아보시오"

(모릿날 스시민 염내왕이 성안 알엣 녁의 말잿 주부제칩 웨뚤 신벵들언 굿ᄒ는디 ᄂ려삽주. 다슷 번째 가메가 당ᄒ건 염내왕이 잇인 가메난 염내왕을 잽혀ᄇ서)

저승 길잡이 도움으로 저승길에 들어선 강림이가 걸어가다 보니 저승 포도청이 보였다. 포도청 성문에는 죽은 사람들의 혼백이 강림이에게 나도 데려가 달라며 길을 막고 울고불고 아우성을 친다.

강림이는 가지고 있던 떡을 잘게 나누어 사방으로 던지니 배고팠던 혼백들이 떡을 쫓아 흩어지면서 길이 트였다. 강림이는 재빠르게 성안으로 들어섰다. 아랫녘 둘째 부잣집 주변에서 염라대왕이 오기만 기다렸다.

염라대왕을 잡은 강림이

길잡이가 말한 날이 오자 요란하게 영기를 흔들며 수행원들을 거느린 가마가 오고 있었다. 마침내 다섯 번째 가마가 도착하자 강림이가 가마 앞에 떡 버티어 섰다. 수행원들이 강림에게 달려들며 호통을 쳤다.
"누구냐? 감히 앞길을 막다니!"
(누게냐? 감히 앞질을 막다니!)
"이승 심판관 강림이가 저승 염라대왕을 잡으러 왔다!"
(이싱 판관 강님이가 저싱 염내왕을 잽히려왔다!)
강림은 붕어눈을 부릅뜨고 삼각 수염을 날리며 우레 같은 소리를 질렀다.

수행원들이 멈칫하자, 강림은 무쇠 같은 팔을 휘두르고 발로 차며 수행원들을 쓰러뜨리고 가마를 열어 염라대왕을 붙잡았다. 염라대왕은 강림이 씩씩한 힘에 놀라고 탄복하였다.

"강림아, 나와 같이 둘째 부잣집 굿 상을 받아먹고 인간 세상으로 가자"

(강님아, 나ㅎ곡 ㄱ찌 말젯 ㅈ부제칩 굿상을 받아 먹엉 사름 시상 가게)

강림이는 염라대왕과 굿상에 앉아 먹다가 술에 취해 상 밑에 쓰러졌다.

잠시 후 정신을 차리고 보니 염라대왕이 온데간데없이 사라진 것을 알게 되었다. 이리 보고 저리 보아도 찾을 수가 없어 집 밖으로 뛰쳐나와 사방을 두리번거리는데 조왕할머니가 손짓했다.

"강림아, 염라대왕은 새로 변하여 굿 깃발을 단 큰 대나무 꼭대기에 앉아 있으니 큰 톱으로 대나무를 톱질하고 있으면 나타난다"

(강님아, 염내왕은 셍이로 벤ㅎ연 왕대 고고리에 앚아시난 대 톱으로 왕대를 싸암시민 나타날거여)

강림이가 톱을 들고 큰 대나무에 톱질하려고 달려드니 염라대왕이 나타났다.

"강림의 눈은 속일 수가 없구나. 알았으니 인간 세상으로 먼저 가 있으면 모레 10시에 동헌 마당으로 가겠노라"

(강님의 눈은 쏙일 수 엇구나. 알아시난 사름 시상으로 먼저 가시민 모릿날 스시에 동안 마당으로 느려사켜)

"그렇다면 증거로 도장을 찍어주세요"

(경흥민 어인타인을 마쳐 줍서)

염라대왕이 강림이 저고리에 저승 글을 쓰고 도장을 찍어주었다.

"염라대왕님, 올 때는 내 마음대로 왔지만, 갈 때는 내 마음대로 갈 수 없으니, 이승으로 가는 길을 알려주세요"

(염내왕님, 올 땐 나 ᄆ슴양 왓주마는, 갈 땐 나 ᄆ슴양 갈 수 엇이난 이싱 질을 ᄀ리처 줍서)

염라대왕이 하얀 강아지 한 마리와 떡을 주며 말했다.

"이 떡을 조금씩 흰 강아지에게 주며 강아지 꽁무니를 쫓아서 가라. 따라가고 있으면 이승에 갈 수 있다"

(이 떡 흐끔씩 그창 벡강셍일 주멍 강셍이 조롬 조깡 가라. 뜨라감시민 이승엘 가진다)

강림이가 강아지에게 떡을 주며 강아지를 뒤따라가다 보니 걸어온 길은 어둠 저편으로 사라져 보이질 않았다. 희미하지만 눈앞에 끝이 보이지 않는 구불구불한 길만 있을 뿐이었다.

강아지를 따라 이리 돌고 저리 돌길 수십 번 끝에 한 언덕을 올랐는데 갑자기 강아지가 언덕 밑으로 내달렸다. 덩달아 강림이도 강아지를 쫓아가려고 뛰어가다 발을 헛디디어 넘어지면서 돌부리에 걸려 넘어져 기절하고 말았다.

잠시 후 강림이가 눈을 번쩍 떠서 보니 하늘에 달과 별이 반짝거리고 있었다. 마치 꿈을 꾸다 깨어난 것처럼 멍하니 있었다. 잠시 후 주위를 살펴보니 넓은 들판에 누워 있는 걸 알았다.

마을을 찾아 걷다 보니 저 멀리 불빛이 보였다. 한달음에 내달아 가 보니 살던 고향집 뒷동산에 도착한 것을 알게 되었다.

강림이가 탐난 염라대왕

이승으로 돌아온 강림은 원님에게 염라대왕이 모레 오전 10시에 온다고 했지만, 원님은 믿지를 않았다.

"원님, 여기 저승 증표가 있으니 보세요"

(원님, 여긔 저싱 본메 이시난 봅서)

강림이가 두루마기를 벗고 저고리를 보였다. 원님이 보니 저승 글씨에 염라대왕 도장이 찍혀 있었다.

"음, 모레 10시에 염라대왕이 올 때까지 강림이를 옥에 가두어라. 만약 염라대왕이 안 오면 강림이 목을 베리라"

(음, 모릿날 스시에 염내왕이 올 때 끼장 강님일 옥에 가두라. 만약 염내왕이 아녀오민 강님이 야겔치켜)

원님은 강림이를 옥에 가두었다.

염라대왕이 온다고 한 날이었다. 서쪽 하늘로부터 짙은 먹장구름이 몰려오더니 스산한 바람이 불고 괴성 벽력이 울리며 동헌 마당에 염라대왕이 나타났다.

구척장신에 두 눈을 부릅뜨고 턱밑으로 길게 늘어뜨린 검은 수염이 바람결에 흔들리는 모습이 위풍당당하였다. 뒤에는 검은 갓을 쓰고 검은 옷을 입은 수행원들이 포승줄을 들고 있었다.

원님은 놀라 집 기둥 뒤로 숨어버렸다. 염라대왕이 보니 동헌 마당에는 아무도 보이지를 않고, 옥에 보니 강림이가 갇혀있어 강림이를 풀어주었다.

"날 잡아 오라고 한 원님은 어디 있느냐?"

(날 잽혀오렌헌 원님은 어디시냐?)

"모릅니다"

(몰르쿠다)

"이 집을 무너뜨리면 나타나겠구나"

(이 집을 헐어불민 나타날로구나)

염라대왕이 손으로 집 기둥을 가리키자, 기둥들이 흔들거리며 기왓장이 마당으로 떨어지기 시작하였다. 그때 기둥 뒤에 숨어 있던 원님이 벌벌 떨며 마당으로 나왔다. 원님을 보자 염라대왕은 언성을 높였다.

"무슨 일로 나를 잡아 오라고 했느냐"

(무신 일로 날 잽혀오렌 ᄒᆞ엿느냐?)

"광양 땅 과양생이 아들 삼 형제가 한날한시에 태어나고, 한날한시에 과거에 합격하여, 한날한시에 죽은 이유를 밝히려고 모셔 오게 했습니다"

(과양따 과양셍이 아들 식성제가 ᄒᆞ날ᄒᆞ시에 태어나곡, ᄒᆞ날ᄒᆞ시에 과거 급제ᄒᆞ연 ᄒᆞ날ᄒᆞ시에 죽은 절차를 뷃히젠 청ᄒᆞ엿수다)

염라대왕은 원님에게 과양생이 부부를 잡아 오도록 하였다.

"너희가 버무왕 아들 삼 형제를 죽이고 연못에 던져버려서 이런 일이 일어났는데 누구를 탓하느냐! 너희가 천벌을 받아야 하리라"

(느네가 버무왕 아들 식성제를 죽연 연못에 버려부난 영혼일이 셍긴 걸 누게 탓을 ᄒᆞ느냐! 느네가 천벌을 받아사 ᄒᆞ리라)

염라대왕은 과양생이 부부의 죄를 물어 수행원에게 저승으로 데려가라고 하였다. 그리곤 버무왕 아들 삼 형제를 살려서 동경국으로 부모님을 찾아가도록 했다.

염라대왕은 뚝심이 있고 용기가 있으며 지혜가 뛰어난 강림이가 탐났다.

"광양 원님아, 강림이 조금만 빌려주시오. 저승에 데리고 가서 일을 시키다가 보내겠습니다"

(과양 원님아, 강님이 ᄒᆞᆺᆯ만 빌립서. 저싱 강 부리당 보내커메)

"아니 됩니다. 이승 사람이 어떻게 저승에 가서 일을 합니까"

(아녀 뒙네다. 이싱 스름이 어떵 저싱 강 일을 홉니까)

"그렇다면 할 수 없지요"

(기영ᄒᆞ민 홀 수 엇주)

그렇지만 염라대왕은 계속 강림이가 탐났다. 속으로 언젠가 강림이에게 저승 세상의 일을 맡겨야겠다고 다짐하면서 저승으로 돌아갔다.

차사가 된 강림이

그 후 강림이는 아내와 행복하게 살다 죽었다. 염라대왕은 강림의 혼을 저승으로 불러들였다. 저승에 간 강림이는 염라대왕의 명을 받았다.

"인간 세상 사람이 죽으면 저승으로 데려오도록 하라"

(사름 시상 사름 맹이 다ᄒᆞ거들랑 저싱으로 드려오라)

강림이는 염라대왕의 분부대로 사람이 죽으면 장부에 기재하고는 염라대왕 앞으로 데리고 가서 염라대왕의 심판을 받게 하였다.

하루는 염라대왕이 강림이를 불렀다.

"동방삭일 잡으려고 아이 차사가 가면 어른이 되고, 어른 차사가 가면 아이가 되어도 잡아 오질 못하니 네가 가서 동방삭일 잡아 오너라. 그러면 널 나의 최측근으로 임명하마"

(동방색일 잽젠 후연 아희체수가 가민 어른이 뒈곡, 어른체수가 가민 아희가 뒈여도 잽혀오질 못하니 늬가 강 동방색일 잡앙오라. 경호민 닐 나 최측근으로 삼으켜)

동방삭이가 변신에 능해 수시로 몸을 변신하여 다니기 때문에 잡히질 않고 있었다.

염라대왕의 명을 받은 강림이가 이승 세계로 왔다.

이 마을 저 마을로 동방삭일 찾아다녔다. 한 마을에 이르니 수염이 하얀 노인 둘이 팽나무 그늘에 앉아서 이야기를 나누고 있었다.

"저 시냇물 건너에 있는 동방삭일 잡으려면 꾀로 잡아야지. 숯을 물에 씻고 있으면 동방삭이가 나타날 것인데 그때 재빨리 잡아야지"

(저디 시냇물 건넝 잇인 동방색일 잽젠 호민 꾀로 잽혀사후주. 숫을 물에 싯엄시민 동방색이가 나타낭 그때 확 잽혀사주)

강림이는 노인의 이야기를 듣고는 마을 건너 시냇물이 흐르는 산속으로 달려갔다.

강림이 시냇가에 앉아 검은 숯을 씻고 있는데 백발노인이 지나다 궁금하여 물었다.

"무슨 일로 검은 숯을 씻고 있느냐?"

(무신 일로 검은 숫을 싯엄시냐?)

"검은 숯을 100일만 씻고 있으면 백 숯이 되어 백 가지 약이 된다고 하니 씻고 있습니다"

(검은 숫을 벡일만 싯엄시민 벡숫이 뒈영 벡 가지 약이 뒌덴ㅎ난 싯엄수다)

"이놈아, 나 동방삭이 3000년을 살았지만 그런 말 들어본 일 없다"

(이놈아, 나 동방색이 3000년을 살앗주만 경흔 말 들어보질 몯ㅎ엿저)

"그렇습니까"

(경ㅎ우꽈)

강림인 빙그레 웃으며 옆에 차고 있던 붉고 굵은 줄로 재빠르게 동방삭일 꽁꽁 묶어버렸다.

"넌 누군데 날 묶느냐?"

(늬는 누겐데 날 무껌시니?)

"난 저승에서 온 차사 강림이다"

(나는 저싱에서 온 체스 강림이다)

"어떤 차사가 와도 날 잡아가질 못했는데 3000년을 살다 보니 너에게 잡히는구나"

(어떤 체스가 와도 날 잽질 못해신디 3000년을 살단 보난 늬신디 잽히는구나)

강림이가 동방삭일 잡아 염라대왕에게 데리고 갔다.

"역시 강림이가 최고다. 똑똑하고 담력 있는 너를 누가 따라올까. 앞으로 저승 세상의 모든 차사를 지휘 감독하라. 그리고 계속하여 인간 차사를 맡아라"

(역시 강님이가 최고여. 똑똑하고 담력이신 늬를 누게가 따라오커니. 앞으로 염라국의 믄 체스들을 지휘 감독하도록 ᄒ라. 경ᄒ곡 계속 인간 체스로 들어서라)

그 후부터 강림이는 염라대왕의 최측근으로 저승사자가 되었다.

사랑의 여신(女神)
산방덕의 눈물

산신의 딸 산방덕이

옛날 한라산 봉우리가 날아와 떨어져 산방산이 되었다.
한라산은 신선이 사는 영산(靈山)으로 사람이 함부로 오를 수 없었다. 만일 이를 어겨 억지로라도 오르려 하면 비구름과 천둥번개를 일으켜 오르는 것을 막았기 때문에 누구도 감히 침범하지 못했다.
이처럼 사람의 발길이 닿지 않게 되자, 한라산 이곳저곳은 온통 사슴과 노루의 세상이 됐다. 특히, 백록은 옥황상제가 키우는 사슴으로 한라산 산신이 지키고 있었다. 그 누구라도 백록을 잡는 자는 목숨이 살아남지 못했다.

어느 날 사냥꾼이 사냥하러 이 골짜기 저 등성이로 돌아다녔다. 그러다 한라산에 가면 안 된다는 것을 깜빡 잊고 한라산 정상 아래까지 갔다.

사슴들이 풀을 뜯고 있었는데 커다란 백록이 보여 급히 화살을 꽂아 백록을 향해 활시위를 당겼다. 그런데 화살은 "쌩!" 하고 날아갔지만, 사슴을 빗나가 하늘로 올라갔다.

"어이쿠! 어떤 놈이냐!"

빗나간 화살이 하늘 높이 올라가 낮잠을 자고 있던 옥황상제의 엉덩이를 맞혔다. 놀란 옥황상제가 내려다보니 웬 사냥꾼이 한라산 정상 근처에서 활을 쏘고 있지를 않은가.

저런 발칙한 놈이 있나! 화가 잔뜩 난 옥황상제는 순간 손에 잡히는 뾰쪽한 한라산 봉우리를 냅다 뽑아 던져버렸다. 봉우리가 뽑힌 자리는 움푹 파여 지금의 백록담이 되었고, 봉우리는 서남쪽으로 날아가 떨어졌다. 바로 지금의 산방산이다.

그 후 산방산에 산신령이 살았는데 산신령에게는 딸이 하나 있었다. 딸은 자랄수록 미모가 뛰어났다. 산방덕이라 이름 짓고 산신령은 산방덕이를 몹시 사랑했다.

산방덕이는 자라면서 산 아래 아름다운 인간 세상을 보면서 부러워하기 시작했다. 산 아래 보이는 형제섬과 가파도, 마라도, 송악산이 푸른 바다와 어울려 한 폭의 그림처럼 아름다웠기 때문이었다. 더구나 햇살 따라 달라지는 바다가 아름다웠고, 그 바닷속을 들락날락하는 해녀들이 신기했다.
"나도 사람으로 태어나 아름다운 인간 세상에서 살고 싶다"
(나두 사름으로 낭 아름다운 사름 시상에서 살아시민……)
산방덕이 마음속은 온통 이 생각뿐이었다.

사람으로 태어난 산방덕이

어느 날이었다. 그날도 산방덕이는 산 아래를 바라보고 있었는데 절벽 밑으로 사람들이 보였다. 그들은 산 아랫마을 사냥꾼들이었다. 아마도 사냥을 나왔다 돌아가는 모양이었다.
"여보게, 오늘 사냥은 틀렸네! 이처럼 눈이 펑펑 오고 있으니……"
(여보게, 오늘 사녕은 틀려신게! 영 눈이 팡팡 왐시난……)
"그러게 말이라. 멀쩡하던 하늘이 터진 모양이라. 원……"
(게메. 멀쩡ᄒ던 하늘이 터진 셍이라. 원……)
그때 한 사람이 산에 올라오는 것이 보였다.
"아니, 누가 이 눈보라에 산엘 오지?"
(어, 누게가 영혼 눈 속에 산엘 왐신고?)

"글쎄, 정신 나간 사람이지"
(게메, 정신 ᄉ나운 사름이주)
가까이 온 사람은 동네의 고성목이었다.
"아니, 자네 여기 무슨 일로 왔는가?"
(아니, 닌 이듼 어떵ᄒ연 완?)
"어머니가 다래를 먹고 싶다고 하여 구하려고 왔습니다"
(어멍이 ᄃ레를 경 먹고정 ᄒ난 구ᄒ젠 왓수다)
"그렇지만 이런 날씨에 다래라니……?"
(경ᄒ지만 영ᄒ 날씨에 ᄃ레라니……?)
"지성이면 감천이라 하는데 못 구하겠습니까?"
(지성이면 감천이옌 ᄒ는디 몬 구ᄒ카마씸?)
사냥꾼들은 고성목을 보고 혀를 찼다.
"쯧쯧!"
"아버지가 죽고 어머니마저 드러누워 몇 년이 되니…… 어머니 병환 시중에 장가도 못 가고……"
(아방이 죽고 어멍마저 들뤄넝 멘 년이 되니…… 어멍 벵 시중에 장개도 몯 가곡……)
"하늘이 내린 효자야, 효자!"
(하늘이 ᄂ린 효ᄌ라, 효ᄌ!)
사냥꾼들이 소리를 뒤로하고 고성목은 험한 산길을 걸어갔다.

산방덕이는 그들의 말을 엿듣다 고성목이 있는 쪽으로 눈길을 돌렸다. 눈보라 속에서 날카로운 비명이 들렸다.
"악!"
고성목이 한 치 앞을 분간 못 하는 눈보라에 발을 헛디뎌 그만 절벽 아래로 떨어진 것이다. 산방덕이는 비명소리가 난 쪽으로 달려갔다.

얼마나 흘렀을까? 고성목은 눈을 뜨며 희미한 사람의 모습을 보았다.
"이제야 정신이 드셨군요. 절벽에서 떨어졌습니다. 걱정하지 마세요"
(이제사 정신 돌아왓수가. 절벡에서 털어젓수다. 혼 시름놉서)
"고맙습니다. 생명을 구해준 은인이니 그 은혜 잊지 않겠습니다"
(고맙수다. 목숨을 살려준 은인이난 그 은헬 잊질 안으쿠다)
"별말씀을 다 하십니다. 그런데 어인 일로 이런 날씨에……"
(경 고찌맙서. 경흔디 어떤일이우꽈, 영흔 날씨에……)
"아, 예. 어머니가 병환 중이신데 갑자기 다래가 먹고 싶다기에…… 어머니 원이라면 무슨 일인들 못 하겠습니까?"
(아, 예, 어멍이 벵환 중인디 갑제기 드레가 먹고 싶덴ᄒ연…… 어멍 원이이엔 ᄒ는디 무신 일인들 몯ᄒ쿠광?)

고성목은 생명을 구해준 은인에게 산에 오게 된 사정을 말하였다.

낭자는 고성목을 남겨두고 어디론가 사라져 버렸다.
"이상한 일이다. 이런 눈보라 날씨에 아리따운 낭자 혼자 있는 것도 그러려니와, 저렇게 걸음이 빠르니……"
(우상흔 일이네. 영훈 눈보라 날씨에 곱들락훈 낭자 혼자 싯는 것도 경후곡, 정 걸음이 뽈르니……)
고성목이 무엇엔가 홀린 듯 주위를 살피는 사이 어느덧 해는 지고 어둠이 내리고 있었다.
"늦었으니 빨리 가야겠어"
(늦언 뽈리 가사주)
고성목은 자리를 박차고 일어섰다. 얼마 못 가서였다.
"어, 저게 무엇이지?"
(어, 저거 무스거지)
가만히 살펴보니 눈앞 나뭇가지에 바구니가 걸려 있었다. 다가가 보니 다래가 가득 담겨 있지를 않은가. 고성목은 하늘이 내려주었다고 생각하며 바구니를 들고 집에 돌아와 어머니에게 드렸다.
"어머니, 먹고 싶다던 다래가 여기 있으니 많이 드세요"
(어멍이 먹고 시펀 후던 두레가 여기 이시난 하영 듭서)

세찬 눈보라가 끊이지 않고 어머니의 병은 더 깊어만 갔다. 이젠 숨을 쉬기조차 어려웠다. 동네 의원이 100년 된 장생도라지만 있다면 어머니의 병을 고칠 수 있다고 했다.

고성목은 다시 100년 된 장생도라지를 찾아 눈 덮인 산길을 헤매었다. 바람은 살을 에는 듯 차가웠다.

"산방산 산신이시여. 제 소원을 들어주십시오. 자식 된 도리를 못 함은 불효가 아닙니까? 이 몸 백번 죽어도 좋으니, 어머니를 구할 100년 된 장생도라지를 내려주십시오!"

(산방산 산신님. 지 소원을 들어줍서. 즈식된 도리를 몯흐는 건 불효가 아니우꽈? 이 몸 벡 번 죽어도 좋으난 어멍을 구흘 벡년 된 장생도라질 느려 줍서!)

도라지를 찾아 헤매던 고성목은 추위에 쓰러져 의식을 잃고 말았다. 한참 후 정신을 차려보니 바위 밑에 누워 있었다.

"아니 낭자는?"

"그렇습니다. 여긴 지난번 누웠던 곳입니다. 도련님의 효성이 지극하여 하늘의 보살핌으로 목숨을 건지게 되었습니다"

(맞수다. 이딘 저번에 눠난디우다. 도련님 효성이 지극흐연 하늘이 보살편 목숨을 건젓수다)

"낭자, 고맙습니다. 두 번이나 은혜를 입었습니다. 무엇으로 보답해야 좋을지 모르겠습니다"

(낭자, 고맙수다. 두 번씩이나 은헬 입언 무스거로 갚아사 홀지

몰르쿠다)

"은혜라니요? 괜찮습니다"

(은혜라니요? 당치 아녀마씀)

산방덕이는 인간 세상이 고성목과 같은 착한 마음씨를 가진 사람들이 모여 산다고 더욱 믿게 되었다. 그럴수록 사람으로 태어나 인간 세상에 살아야겠다는 마음을 굳혔다.

날이 갈수록 인간 세상에 대한 사모의 정을 이겨내기가 어려웠다. 마침내 몸이 수척해지고 넋이 나간 것처럼 보였다. 그린 산방덕이를 보며 산신령은 걱정이 되었다.

"애야, 산방덕아, 어디가 아프냐?"

(애야, 산방덕아, 어듸 아팜시냐?)

"……"

"이 아비에게 말하렴. 어디가 아픈지, 뭘 먹고 싶은지. 내다 들어주마!"

(이 애비신듸 말ᄒ라. 어듸가 아픈지. 무스걸 먹고 시픈지. 나 다 들어주키어!)

"어디 아픈 것도 아니고, 뭐 먹고 싶은 것도 없습니다"

(어디 아판ᄒ는 것도 아니곡, 무스거 먹고 시픈 것도 엇수다)

"그럼 무슨 걱정이라도 있느냐. 원, 몸이 이래서 되겠느냐. 원, 쯧쯧……"

(경호민 무스거 즈들거라도 이시냐. 원, 몸이 영호여도 뒈커냐. 원, 쯧쯧……)

"인간 세상으로 나가 살게 해주세요"

(사름 시상으로 강 살게 호여줍서)

"뭐라고? 인간 세상으로 나간다고? 그건 안 된다! 정신 나간 소리 그만하렴"

(무싱거? 사름 시상으로 나가커라? 아녀뒌다! 히여뜩 혼 말 작작ᄒ라)

"아버지, 저를 인간 세상으로 보내주세요!"

(아부지, 절 사름 시상으로 보내줍서!)

"인간 세상이 얼마나 무서운 곳인 줄 몰라서 말하는구나"

(사름 시상이 얼메나 므습운 곳인 줄 몰란 골암구나)

"무서우면 얼마나 무섭겠습니까? 그곳에 가서 살게 해주세요!"

(므습으민 얼메나 므습우꽈? 거기 강 살게 호여줍서!)

"그렇게도 거기 가서 살고 싶으냐? 그러면 인간 세상에 가서 살아라. 나중에 날 원망하지 마라. 알겠느냐?"

(경 그듸 강 살고프냐? 경호민 사름 시상에 강 살라. 낭중에 날 원망ᄒ지 말라. 알암시냐?)

"예, 원망 안 할 것이니 걱정하지 마세요!"

(예, 원망 안 홀거난 즈들지 맙서!)

산신령은 사랑하는 딸 산방덕이의 청을 더 이상 거절할 수가 없었다.

산방덕이는 사람으로 환생했다.

산방덕이가 사람으로 변하여 인간 세상으로 나오는 순간, 갑자기 하늘이 어두워지더니 천둥 벼락이 내리치며 산방산에 동굴이 뚫어졌다. 바로 지금의 산방굴이다.

고성목과 결혼한 산방덕이

하루는 산방산 동쪽 번내 마을에 살고 있던 고성목이가 사냥하러 산방산을 올랐다. 사냥감을 찾아 이리저리 돌아다니는데 어디선가 희미하게 소리가 들려왔다. 가만히 귀를 기울여 보니 분명 사람이 앓는 소리가 틀림없었다.

고성목은 소리가 들려오는 쪽으로 잽싸게 발걸음을 옮겼다. 가까운 곳의 바위틈에 웬 처녀가 흠뻑 젖은 채로 가물가물 의식을 잃어가고 있었다. 고성목은 얼른 웃옷을 벗어 감싸안았다. 그리고 재빠르게 달려 동네로 내려왔다. 매우 짧은 시간을 다투는 일이었다. 살려야 된다는 생각뿐이었다.

고성목이 극진하게 보살피고 돌본 덕분에 처녀는 나날이 좋아지더니 얼마 가지 않아 건강을 되찾았다. 그 후 고성목을 오라버님이라 부르며 친남매같이 살았다. 산방산에서 주워 왔다 하여 마을 사람들은 이 처녀를 '산방덕이'라 불렀다.

산방덕이는 갈수록 세상에 드문 매우 아름다운 미인일 뿐만 아니라 착한 마음씨로 사람들의 칭찬이 자자했다. 열여덟 살이 되자 그 용모의 아름다움과 총명한 소문이 자자하여 사방 마을에 퍼져 나갔다. 더불어 청혼이 끊이질 않았다. 산방덕의 미모를 탐내어 틈만 있으면 접근해 보려고 하는 남자가 한둘이 아니었다.

하지만 이미 산방덕이는 고성목에 대한 사랑이 깊어져 결혼할 결심을 굳힌 지가 오래되었다. 고성목도 산방덕이를 좋아하고 있었다.

어느덧 둘 사이에는 사랑이 싹트기 시작했고 날이 갈수록 정이 깊어져 갔다. 드디어 길일을 택하여 온 마을의 축복을 받으며 둘은 결혼하였다. 모두 하늘이 내린 축복이라 하였고, 마을의 경사라 하였다.

결혼한 산방덕이는 행복하기만 했다.

남편이랑 알콩달콩 사는 재미에 얼굴은 더욱 환해져 가기만 했다. 그리고 남편 고성목은 잘생기고 힘도 장사이며 부지런하여 많은 재산을 모아 남부럽지 않게 살아가게 되었다. 사람들은 아내를 잘 얻은 덕분이라고도 하였다.

그런데 호사다마라 할까. 결혼한 후에도 아름다운 산방덕에 대한 소문은 그칠 줄 몰랐다. 소문이 불행의 시작이었다.

"고성목이가 매우 뛰어난 미인하고 떵떵거리며 산다며!"

(고성목이가 막 곱들락한 여즈영 떵떵거리멍 산덴ㅎ멍!)

"나도 그런 아내와 한번 살아봤으면……"

(나두 경헌 각시영 ᄒ반 살아봐시민……)

"무슨 복을 지었기에 저런 미인과 사는지……"

(무신 복을 짓언 정헌 곱들락한 여즈랑 살암신디……)

소문은 꼬리에 꼬리를 물고 퍼져 나갔으며, 마침내 관아에 있는 사또의 귀에까지 이 소문이 들어갔다.

음흉한 사또

어느 날 사또가 일부러 산방덕이를 보려고 마을로 가서 산방덕이를 보았다. 소문대로 산방덕이가 아주 뛰어난 미모라 사또는 입을 다물 줄을 몰랐다.

관아로 돌아온 사또는 하루 종일 산방덕이 생각으로 멍하니 하늘만 쳐다보았다. 일이 손에 잡힐 수가 없었다. 오로지 산방덕이를 빼앗을 궁리만 했기 때문이다.

"산방덕이를 둘째 아내로 만들어야겠다"

사랑의 여신(女神) 산방덕의 눈물

(산방덕일 첩각시로 삼아야지)

　사또는 고성목에게 어떤 누명을 씌워 없애고 산방덕이를 차지할까 궁리만 하였다. 부하에게 고성목의 비리를 낱낱이 조사하라고 시켰다. 비리가 있을 수가 없었다.

　하루는 고성목이를 집무실로 불러들여 말하였다.

　"내가 지난번에 마을에 가서 보니 마을에 흔적만 있는 길이 있더구나. 그 길을 혼자서 한날한시에 만들되, 9cm로 흙을 채우고 폭을 1.5m로 4km 길을 만들어 놓아라"

　(나가 지난번에 무을에 강 보난 무을에 흔적만 잇인 질이 잇어라. 그 질을 늬 혼차 훈날훈시에 다끄뒈, 석자보토에 다대잣넙이로 십 리 질을 빼라)

　고성목은 길을 만들어 놓으라는 사또의 말에 수심이 가득한 얼굴로 돌아왔다. 고민하며 잠을 설치길 며칠. 사또가 지정한 날짜는 다가오고 고성목은 속이 타기만 했다.

　그러다 하루는 얼핏 든 잠결에 길이 만들어진 꿈을 꾸고 깜짝 놀라 깨어났다. 혹시나 하는 마음으로 집밖에 나와 보니 정말로 폭 1.5m에 9cm로 흙을 채운 4km 길이 만들어져 있었다.

　사또는 고성목이가 길을 만들어 놓지 못했으리라 생각하며 지정한 날에 가서 보니 길이 반듯하게 만들어져 있는 걸 보고 놀라 그냥 돌아갔다.

　그 후에도 이런 일 저런 일을 시켜봐도 고성목이가 모두 처리하니 사또는 난감하기만 하고 애간장이 타들어 갔다.

  사또는 산방덕이를 차지할 좋은 생각이 도무지 떠오르지 않아서 고민하고 있었다. 생각 끝에 사또는 산방덕이를 빼앗기 위해 남몰래 간계를 꾸몄다. 고성목에게 사람을 죽였다는 살인죄를 씌워서 고성목을 감옥에 가두고 전 재산을 몰수해 버리고 말았다.
"이런 원통한 일이 어디 있습니까! 이유를 알려주세요!"
(영 원통헌 일이 어디 잇수광! 수정이나 골아줍서!)
"네 남편이 사람을 죽였으니 잡아 오라는 사또의 명이다!"
(늬 서방이 사름을 죽여시난 잡앙오렌 사또의 명이다!)
  산방덕이는 기가 막히고 원통한 나머지 기절하다시피 쓰러졌다가 이내 일어나 관가로 달려갔다. 죄 없는 우리 낭군이 사람 죽였다니 웬 말이오, 머리 풀어 산발하고 울부짖으면서.
"내 남편이 누굴 죽였다고 합니까? 마을 사람들에게 물어보십시오. 이런 억지가 어디 있습니까? 죄 없는 사람 죄 만들어 가두면 천벌을 받습니다. 내 남편을 풀어주십시오!"
  (지 남펜이 누겔 죽엿덴 헙디가? 무슬 사름덜신디 물어봅서. 이런 억지가 어디 잇수광? 줴 엇인 사름 줴 멘들언 가두민 천벌을 받아마씸. 지남펜을 풀어 줍서!)
"죄가 있고 없는 건 내가 알아 하는 것! 무엄하구나!"

(줴가 싯고 엇인건 나가 알안ᄒᆞ는 것! 무엄ᄒᆞ다!)

"내 남편 풀어주십시오!"

(즈 남펜을 풀어 줍서!)

"한 가지 방법이 있긴 있는데……"

(ᄒᆞᆫ 가지 방법이 잇긴 잇인디……)

"그 방법이 무엇입니까?"

(그게 무스것광?)

"내 둘째 아내가 되어주면 풀어주리라. 어쩌겠느냐!"

(나 첩각시가 뒈민 풀어 주키어. 어떵홀테냐!)

"뭐, 뭐라고요? 남편 있는 내게 둘째 아내가 되라고요? 안 됩니다. 그렇게 하면 천벌을 받습니다!"

(양, 무스거마씸? 소나이 잇인 예펜신디 첩각시가 뒈렌헴수광? 아녀뒙주. 경ᄒᆞ민 천벌을 받아마씸!)

산방덕은 눈물을 흘리며 애타게 부르짖었으나 사또는 막무가내였다. 계획적으로 산방덕이를 가로채려 했던 사또가 들어줄 리가 없었다.

사또의 음흉한 마음을 안 산방덕이는 기가 찼다. 산방덕이는 사또를 원망하며 관가를 뛰쳐나왔다.

사또는 틈만 나면 치근덕거리며 산방덕을 단념하지 않고 끈덕지게 달려들었다. 으리으리한 기와집에다 금은보화가 모두 산방덕의 것이니 함께 살지 않겠느냐고 갖가지 감언이설로 유혹의 손길을 멈추지 않았다.

산방덕은 사또가 어떤 수작을 걸어와도 무시했고, 그런 유혹에 넘어가지를 않았다. 그럴수록 고성목에 대한 부부의 정은 더욱 두터워지기만 할 따름이었다.

비통에 잠긴 채 눈물로 나날을 보내고 있었다.

산방덕이가 하염없는 눈물로 하루하루를 보내고 있을 무렵 관가에서 또 사람이 찾아와 갖은 위협과 감언이설로 산방덕이를 설득하려 하였다. 산방덕이가 사또의 청을 듣지 않으면 영영 남편을 볼 수 없을 것이라는 협박도 뒤따랐다.

"안 됩니다. 난 남편을 배신할 수 없습니다"

(아녀뒈여 마씸. 난 남펜광 갈라살 수 엇수다)

아무리 완강하게 산방덕이가 거부를 해도 사또의 협박과 공세는 계속되었다.

눈물로 하루하루를 보내고 있던 어느 날 산방덕이는 멀리서 사또의 부하들이 달려오는 것을 보았다. 이번에 잡혀가면 힘으로 눌릴 것이 분명했다.

산방덕은 인간 세상의 온갖 추악함을 개탄하며 인간 세상에 나온 것을 후회하였다. 인간 세상을 떠나기로 결심했다.

"아, 인간 세상에서 탐욕은 어디까지인가…… 아버지 말이

맞았구나! 아버지 말을 들었으면 이런 괴로움과 고통이 없었을 것을……"

(아, 사름 시상에서 탐욕은 어디꼬장인가…… 아방 말이 맞앗구나! 아방 말을 들어시민 이런 궤로움, 고통이 웃엇을 걸……)

산방덕의 마음은 비통하기만 하였다.

산방덕은 정든 집을 둘러보고 나서 소복으로 갈아입고 조용히 자리에서 일어섰다. 그리고 남편이 있는 곳을 향하여 섰다.

"당신을 만나 몇 년의 세월이 흘렀습니다. 그야말로 행복한 나날이었습니다. 100년을 함께 늙으며 고락을 같이하려 했으나 제가 이 세상에 있는 한 당신을 괴롭히는 길밖에 되지 않으니 이 몸이 없으면 욕심 많은 사또도 당신을 풀어주리라 생각합니다. 저를 죽은 사람이라 생각하여 잊어주기 바랍니다. 흑, 흑흑"

(이녁을 만낭 멘 년의 세월이 흘럿수다. 증말로 행복한 나날이었수다. 벡년을 해로ᄒᆞ멍 고락을 ᄀᆞ치ᄒᆞ젠 ᄒᆞ여신디 나가 이 시상에 잇인민 이녁을 궤롭히는 질박에 뒈지 아념시난, 나가 엇이민 욕심 많은 ᄉᆞ또도 이녁을 풀어 줄텝주. 날 죽은 사름이라 셍각ᄒᆞ연 잊어줍서. 흑, 흑흑)

산방굴로 돌아간 산방덕이

 잠시 후 산방덕은 하늘을 향해 하염없는 눈물을 흘리다가 산방산 산신인 아버지를 애타게 찾았다.
 "아버지, 저를 데려가 주십시오! 아버지 말을 안 듣고 인간 세상에 왔다가 이런 벌을 받고 있습니다"
 (아부지, 날 두려가줍서! 아방 말을 아녀들언 사름 시상에 왓당 이런 벌을 받암수다)
 산방덕이는 땅에 엎드려 계속 아버지 산신령에게 빌었다.
 "아버지! 딸의 어리석음을 용서하여 주십시오. 아버지 말을 안 듣고 이 어리석은 제가 인간 세상에 내려와서 죄 없는 사람을 옥에 가두게 하니 후회가 막심합니다. 인간 세상이 이렇게 흉악하고 힘들 줄 정말 몰랐습니다. 자기 혼자만의 욕망으로 남을 다치게 하거나 인명까지 빼앗는 것을 당연하게 여기는 인간 세상의 추악한 꼴을 보았습니다. 이제는 인간의 고락이 무엇인가를 뼈에 사무치도록 깨달았습니다. 아버지 원력으로 어진 남편 고성목을 살려주십시오. 고통받는 지아비를 위해서 제가 할 일은 저의 생을 거두는 길밖에 없는듯합니다. 미련한 이 딸을 벌하여 주십시오"
 (아부지! 똘의 어리석음을 용서ᄒ여줍서. 아방 말 아녀들언 이 어리석은 지가 사름 시상에 내련완 줴 엇인 사름을 옥에 가두게 ᄒ

니 하영 후회 됨수다. 사름 시상이 영 숭악호고 심들 줄 정말 몰란 마씸. 이녁 혼차만의 욕망으로 눔을 헤치거나 목숨꼬장 뻬앗는 걸 당연호게 생각호는 사름 시상의 추악호 꼴을 보앗수다. 아방의 심으로 남펜 고성목을 살려줍서. 고통받는 남펜을 위헤연 지가 홀 일은 제 목숨을 거두는 질박엔 엇인가 봄수다. 미련한 이 똘을 벌 호여줍서)

땅도 울고 하늘도 울 만큼 산방덕의 기도는 애절하였다.

그때 산방덕이 앞에 갑자기 백마가 나타나 엎드렸다. 산방덕이에게 타라는 듯 연신 고개를 등으로 돌렸다. 산방덕이가 백마를 타자 백마는 쏜살같이 달려 산방굴로 들어갔다. 사또 부하들이 뒤쫓아 굴 앞까지 이르렀으나 산방덕과 백마가 순간적으로 간 곳이 없이 사라져 버렸다.

"어떠냐! 이젠 인간 세상이 얼마나 무서운 세상인 줄 알겠느냐?"

(어떵호냐! 이젠 사름 시상이 얼메나 무섭은 시상인줄 알아지커냐?)

"예, 아버지 말 안 들었다가…… 이제는 알겠습니다"

(예, 아방 말 아녀 들엇단…… 이젠 알아지쿠다)

"내 말 안 들었으니, 이 굴속에서 죄를 참회하면서 살아라!!"

(나 말 아녀 들어시난, 이 굴 소곱에서 줴를 참회호멍 살아라!!)

"예, 흑, 흑흑!!……"

인간 세상이 죄악에 가득 차 있으리라고는 전혀 생각을 못했던 산방덕이는 다시 산방굴에서 사라져 버렸다.

잠시 후부터 산방굴 천정에서 맑은 물이 떨어지기 시작했다.

"똑, 또~똑"

한 방울씩 떨어지는 이 물은 자신의 불행과 인간 세상의 죄악을 슬퍼하며 흘리는 산방덕의 눈물인 것이다.

이 눈물이 모여 인간과 자연을 사랑하는 샘물이 되었다. 이 물방울은 억겁을 지난 오늘에도 떨어지고 있다.

옛날부터 이 물이 영험하다 하였다. 사랑하는 사람을 만나길 빌면 만날 수 있다 하고, 자식 없는 사람이 기도를 드리면 자식을 얻는다고 하여 소원을 비는 사람들의 발길이 지금도 끊이지 않고 있다.

산방굴에서 바라보는 풍광은 과연 천하절경이다. 굴 밖 탁 트인 시야로 보이는 용머리해안, 형제섬, 송악산, 가파도, 마라도가 푸른 바다와 어울리는 모습은 신이 주는 한 폭의 동양화다. 그 어떤 화가가 이런 풍경을 그려낼 수 있을까……

굴 안으로 살짝 들어오는 햇살 따라 황금빛으로 덮이며 가운데 계신 부처님이 신비스러움을 자아냈다. 그리고 "똑, 또~똑" 들려오는 청량한 물소리. 천정에서 방울방울 떨어지는 물이 샘 위에 떨어지는 소리였다. 천상의 소리가 틀림없다. 몸과 마음을 시원하게 하며 편안하게 한다.

  사랑하는 사람을 위해 끝까지 절개를 지킨 산방덕의 이야기는 우리에게 많은 생각할 점을 남겨주는 것만 같아 자꾸 산방굴을 바라보게 된다.

탐라인의 탄생 - 땅속에서 솟아난 삼신인(三神人)

제주 사람의 시조가 된 삼신인

설문대 할망이 제주 섬을 만든 후 하늘과 땅속의 신들이 제주에 살기를 원했다.

섬이 주는 풍경은 은하수에 닿을 듯 솟은 한라산을 중심으로 여기저기에 365개의 오름이 솟아 있어 포근하고 아늑하여 평화롭기만 하였다. 그리고 섬은 언제나 시원한 바다가 햇빛에 따라 파랗게 보이는가 하면 검푸르게도 보이고, 금빛 은빛으로 아롱거려 아름다웠다. 그러므로 우주의 모든 신들이 탐낸 것이다.

제주 섬에 내려가기 위해 옥황상제에게 청하는 신들이 날이 갈수록 늘어갔다. 옥황상제에게 새로운 고민이 생기기 시작했다.

"이 일을 어이할꼬? 틈만 나면 모두가 제주 섬에 내려가겠다고 하니……"

(이 노릇을 어떵ᄒ코? ᄒ쏠만 ᄒ민 모 탐라섬에 ᄂ려가켄ᄒ니……)

옥황상제는 머리를 싸매고 누웠다.

"옥황상제 마마! 어디가 편찮으시옵니까"

(상제 마마! 어듸 아프우꽈?)

"모두 제주 섬에 보내달라 아우성치니 걱정이구나. 이미 몇몇 신을 보내어 제주 섬을 지키도록 했는데도 저러니…… 이 자미궁은 어떻게 하라고 저 난리들인가. 설문대가 제주 섬을 너무 아름답게 만들어 놓았어!"

(모 탐라섬에 보내드렌 아우성이니 ᄌ들아점서. 이미 몇몇 신을 보내언 탐라섬을 지키렌 ᄒ엿는데도 저추룩ᄒ니…… 이 자미궁은 어떵ᄒ렌 저 난리들이라. 설문대가 탐라섬을 막 곱들락ᄒ게 멘들어 놔서!)

"옥황상제 마마, 사람을 살도록 하면 어떻겠습니까?"

(상제 마마, 사름을 살도록 ᄒ민 어떵ᄒ쿠광?)

"사람을 살게 한다고?"

(사름을 살게 ᄒ라고?)

　"그렇습니다. 사람들을 살게 하면 신들이 모두 가겠다고는 하지 않으리라 생각됩니다"

　(마자마씸. 사름을 살게ᄒ민 신들이 믄 가켄ᄒ진 아녀홀거라 셍각헴수다)

　"사람들이 제주 섬 여기저기에 살면 신들이 있을 공간이 그만큼 줄어드니…… 거 좋은 생각이로다. 내가 미처 그 생각을 못 했구나!"

　(사름덜이 탐라섬 이듸저듸에 살민 신들이 머물데가 그만큼 좁짝ᄒ난…… 거 좋은 셍각이구나. 나가 미처 그 셍각을 몯ᄒ연!)

　신하의 말을 듣고는 머리를 싸매고 누워 있던 옥황상제는 자리를 박차고 일어났다. 그리고 신하들을 모이도록 했다.

　"오늘 내가 그대들을 오도록 한 것은 지상의 제주 섬 때문이오. 모두가 틈만 나면 제주 섬에 내려가겠다고 하여 그동안 짐의 마음이 매우 아팠소. 그대들이 모두 떠나면 이 자미궁은 어떻게 하리 하는 걱정으로 말이오"

　(오늘 나가 이녁들을 오렌ᄒ건 지상의 탐라섬 때문이주. 믄 ᄒ꼼만 ᄒ민 탐라섬에 ᄂ려가켄 ᄒ연 그동안 나 ᄆ음이 막 아팟주. 이녁들이 믄딱 떠나블민 이 자미궁은 어떵홀까 즈들아전 말이라……)

　"옥황상제 마마! 마마에게 심려를 끼쳐 드린 신들의 불찰을 용서해 주십시오!"

(옥황상제 마마! 마마를 ᄌ들리게 ᄒᆞᆫ 신들의 불찰을 용서ᄒᆞ여 줍서!)

"제주 섬에 사람을 살도록 할 것이오. 사람들에게 제주 섬을 이 우주의 낙원으로 만들도록 할 것이니 그리들 아시오. 며칠 고민하다 내린 결정이니 그리 알고 앞으로는 제주 섬에 내려가겠다고 하지 마시오"

(탐라섬에 사름을 살렌 ᄒᆞ커라. 사름덜신디 탐라섬을 이 우주의 낙원으로 멘들렌 홀 거난 경들 아라. 메틀 고민ᄒᆞ단 ᄂᆞ린 결정이난 경 알안 이제랑 탐라섬에 ᄂᆞ려가켄 ᄒᆞ지마라)

"예, 분부대로 하겠습니다. 앞으로는 맡은 일에만 매진하여 자미궁을 비롯해 이 우주의 안녕과 질서 유지에 최선을 다하겠습니다"

(예, 말ᄒᆞᆫ데로 ᄒᆞ쿠다. 앞으론 마튼 일만 심썽 자미궁을 비롯해 이 우주의 안녕과 질서 유지에 최선을 다ᄒᆞ쿠다)

"고맙소. 내 뜻을 알아줘서!"

(고마와. 내 ᄆᆞ음을 알아줜!)

그날 밤, 옥황상제는 땅 신을 자미궁으로 불렀다.

"제주 섬에 사람을 살게 할 것이니, 세 신인(神人)을 땅에서 나오게 하라!"

(탐라섬에 사름을 살게 홀거난 싀 신인을 ᄯᅡ에서 나오게 ᄒᆞ라!)

"분부대로 하겠사옵니다!"

(말 흔데로 흐쿠다)

땅 신이 돌아가 며칠 되었다.

한라산에 구름이 자욱하더니 신령스러운 기운이 밤낮 며칠을 감돌았다. 그러던 어느 날 한라산 북쪽 모흥이란 곳(삼성혈)에 신기가 모여들더니 땅을 뚫고 세 개의 구멍에서 하얀빛이 하늘로 치솟았다. 잠시 후 하얀빛이 사라진 구멍 앞에 삼신인(三神人)이 우뚝 서 있었다.

삼신인은 제주 섬에 터를 잡았다. 스스로 맏이는 고을나(高乙那), 둘째는 양을나(良乙那), 막내는 부을나(夫乙那)라 불렀다. 삼신인은 체격이 몹시 크고 도량이 넓었다. 가죽옷을 입고 사냥을 하며 사이좋게 살았다.

세 공주를 탐라로 보낸 벽랑국 왕

어느 날이었다. 벽랑국 왕이 잠을 자다 신기한 꿈을 꾸었다. 바다 건너 멀리 떨어진 섬에 은하수까지 솟은 높은 산이 있는데 그 산을 신령한 오색 기운이 감돌고 하얀빛이 빛나더니 빛줄기가 왕에게로 오는 꿈이었다.

꿈에서 깨어난 왕은 곧 천기를 살피는 신하를 불렀다.

"지난밤 꿈에 바다 건너 어떤 섬에 하얀빛이 솟더니 빛줄기 세 개가 짐에게 왔소. 이것이 무슨 일인지 말해보시오"

(어치냑 꿈에 바당 건넝 어떤 섬에 헤양혼빛이 솟더니 빛줄기 싀개가 나신듸 와서. 이게 무신 일인지 말ᄒᆞ라)

"예, 마마. 여기서 멀리 떨어진 곳에 제주 섬이 있는데, 그곳에 삼신인이 땅속에서 태어났습니다. 그리고 빛줄기 세 개가 마마에게 쏟아진 것은 삼신인의 배필을 공주마마로 하라는 옥황상제의 뜻입니다"

(예, 마마. 이듸서 먼먼흔디 탐라라는 섬이 이신디, 거기서 싀신인이 따에서 태어낫수다. 경ᄒᆞ곡 빛줄기 싀개가 마마에게 온건 싀신인의 각시를 공주마마로 ᄒᆞ라는 옥황상제의 ᄆᆞ음이우다)

"오, 그러냐!"

(오, 경헴시냐!)

날이 밝자 왕은 신하들을 모이게 했다.

"지난밤에 짐이 신기한 꿈을 꾸어 하늘의 일을 맡아보는 신하에게 물었더니 바다 건너 제주 땅에 삼신이 땅속에서 태어났다고 하는구나"

(어치냑에 나가 신기흔 꿈을 꿘 천기를 마튼 신하신디 물으난 바당 건너 탐라라는 따에 싀신인이 태어낫덴 헴서).

"그러하옵니까?"

(기꽈?)

"그렇다. 더구나 삼신인의 배필로 공주를 보내라는 하늘의 이치가 내려졌다는구나"

(마자. 기영ᄒ곡 식신인의 각시로 공주를 보내렌 천기가 ᄂ려왓뎬헴서)

"이미 하늘의 이치가 정해졌다면 그리 따라야 하지 않겠습니까?"

(이미 천기가 경뒈시민 경ᄒ여사 ᄒ지 안으쿠광?)

왕은 잠시 생각에 잠겼다 다시 신하들에게 말했다.

"짐이 공주 셋을 두게 된 것도 그렇고, 공주 셋을 제주에 보내 삼신인과 인연을 맺어 좋은 나라가 되도록 도와주라는 하늘의 이치가 그러한데 어찌 안 따를 수 있겠는가?"

(나가 공주 싓을 둔 것도 경ᄒ곡, 공주 싓을 탐라에 보내연 삼신인과 인연을 맺언 곱닥한 나라가 되도록 도웨렌 ᄒ는 하늘의 이치가 경ᄒ디 어떵 아녀홀 수 잇어?)

"그렇게 하십시오"

(예, 마마. 경흡서)

왕은 공주들을 불렀다. 지난밤의 꿈 이야기와 신하들과 나눴던 이야기를 들려주고 물었다.

"공주들아, 너희들 생각은 어떠니?"

(늬들 생각은 어떵헴시니?)

왕은 공주들을 쳐다봤다.

"아바마마 말에 따르겠습니다. 부모님과 멀리 떨어져 가는 게 슬프나, 이미 하늘의 이치가 정해져 있는데 어찌 안 따르겠습니까"

(아부지 말에 뜨르쿠다. 어버이영 떨어정 먼먼흔디 강 슬프나, 이미 천기가 경뒈시난 어떵 아녀홀 수 싯수광)

왕은 공주들을 바라봤다. 왕도 사랑하는 공주들을 바다 건너 멀리 보내는 것이 슬펐으나, 공주들이 의젓하게 말하니 대견하였다.

다음 날 왕은 신하들에게 말했다.

"여봐라! 공주들을 제주 섬으로 보내도록 준비하라"

(여봐라! 공주들을 탐라 따으로 보낼 준빌흐라)

"예, 그리하겠습니다"

(예, 경흐쿠다)

그날부터 벽랑국은 분주했다. 공주들을 태우고 갈 배를 만들고 공주가 탈 가마를 만들었다. 또한 여러 곡식의 씨앗과 소와 말들을 준비하였다.

천기를 살피는 신하는 공주들이 떠날 길일을 살폈다.

"마마! 오늘이 좋겠습니다"

(마마! 오늘이 좋와마씸)

공주들을 보내기 위해 해안가에 왕과 신하들과 백성들이

모였다.

"공주들아! 세분 신인을 잘 모시고 아름다운 나라를 만들도록 하여라"

(공주들아! 싀분 신인을 잘 모셩 곱들락힌 나라를 멘들도록 ᄒ라)

"그렇게 하겠습니다"

(예, 경ᄒ쿠다)

"배를 띄우라!"

공주들을 실은 배는 파도를 헤치며 바다로 나갔다.

벽랑국 공주와 혼인한 삼신인

하루는 삼신인이 한라산에 올라가 쉬고 있었다. 그때 멀리 동쪽 해변으로 배 한 척이 들어오는 것을 막내 부을나가 보았다.

"형님들, 저기, 동쪽 바닷가에 배가 들어오고 있어요!"

(성들, 저기, 동이와당에 베가 들어 왐수다!)

"어디?"

(어듸?)

고을나가 말하는데, 양을나가 말했다.

"맞아, 저기 커다란 배가 보여!"

(경호네, 저듸 큰큰한 베가 보염신게!)
"어디서 오는 것일까, 우리 가보자!"
(어듸서 왐 신고이. 우리 강 보게!)

한라산에서 쉬고 있던 삼신인은 배가 오고 있는 동쪽 바닷가로 서둘러 달려갔다. 신인들이라 한걸음에 뛰어 어느새 바닷가에 도착했다.

바닷가에는 이미 배가 해안에 도착해 있었다. 배에는 자주색의 커다란 가마가 있고 소와 말, 나무상자들이 가득 있었다.

잠시 후 배에서 한 사람이 나와 삼신인에게 절을 하며 말했다.

"저는 바다 건너 벽랑국에서 온 사자입니다. 우리 왕이 세 분 공주를 이곳으로 보냈습니다"

(제는 바당건녕 벽랑국에서 온 사자우다. 우리 왕이 싯 공주를 여긔로 보냇수다)

"벽랑국에서 왔다고?"
(벽랑국에서 와서?)
"그렇습니다"
(마자마씸)
"어찌해서 공주들을 여기로 보냈는고?"
(무사 공주들을 이듸로 보내언?)

"우리 왕께서 하루는 꿈을 꾸었습니다"

(우리 왕이 ᄒᆞ를날 꿈을 꾸엇수다)

"그래서요?"

(경ᄒᆞ난?)

"우리 왕께서 궁궐 뒤뜰에 있는 정자인 자소각에 올라 사방을 둘러보다 서쪽 바다를 바라보았습니다"

(왕이 궁궐 뒤에 잇인 정자 자소각에 올란 사방을 붸려보단 서쪽 바당을 브레봐십주)

"그리고는?"

(경ᄒᆞ연?)

"그때 서쪽 바다에서 오색 빛 기운이 하늘로 솟는 것을 보게 되었습니다. 또한 그 상서로운 빛이 솟는 곳에 천하 명산이 있고, 그 산이 있는 곳에 삼신인(三神人)이 태어났음을 알게 되었습니다"

(그때 서쪽 바당에서 오색 빛 기운이 하늘로 올르는 걸 봐십주. 경ᄒᆞ곡 그 상서로운 빛이 올르는 곳에 천하 명산이 싯고, 그 산이 잇인 곳에 ᄉᆞ신인이 태어난 것을 알안마씸)

"그곳이 여기며, 삼신인이 우리란 말입니까?"

(그듸가 여긔고, ᄉᆞ신인은 우릴 말헴서?)

"그렇습니다"

(마자마씸)

"……"

"또한 우리 벽랑국에 세 분 공주가 있어 아직 배필을 정하지 않고 있는데, 공주의 배필이 삼신인이라 왕께서 말하시며 우리에게 세 분 공주를 모시고 이곳으로 가게 했습니다"

(기영ᄒ고 우리 벽랑국에 싓 공주가 잇언 아직ᄁᆞ장 짝을 정ᄒ지 아녀ᄒ연 잇인디, 공주의 짝이 싀신인이엔 왕께서 말ᄒ멍 우리에게 싓 공주를 모셩 일로 가렌 헷수다)

"공주가 우리의 배필이라 말하였소!"

(공주가 우리 짝이엔 말ᄒ여서!)

"예, 그렇습니다! 예를 갖추어 맞이하십시오"

(마자마씸. 예를 가촤 맞이흡서)

사람들이 가마를 배에서 내렸다. 사자가 가마를 열자, 미모가 뛰어나게 아름다운 공주 세 사람이 다정하게 나란히 앉아 있었다.

세 공주가 가마에서 걸어 나왔다. 참으로 아리따운 공주들이었다. 따스하게 내리쬐는 햇볕에 자태가 더욱 아름다웠다.

삼신인이 공주들에게 다가가 정성으로 맞이했다.

"벽랑국에서 멀고도 먼 이곳까지 오느라 고생 많으셨습니다"

(벽랑국에서 먼먼ᄒ 여기ᄁᆞ장 오젠ᄒ난 고생 많앗수다)

공주들은 하얀 이를 드러내며 활짝 웃었다.

"모든 게 하늘의 뜻이지요"

(믠딱 하늘의 뜻이우다)

목소리 또한 낭랑하여 마치 꾀꼬리 소리 같아 삼신인은 잠시 넋이 나갔다.

벽랑국에서 온 사자들이 배에 있는 나무상자들과 소와 말들을 내렸다. 삼신인이 나무상자를 열어보니 오곡의 씨앗이 가득했다.

삼신인이 공주를 맞이하자 사자가 다시 말했다.

"마마, 이제 저는 떠날 때가 됐습니다. 공주께서는 삼신인과 부디 행복하게 사시고 자손 대대로 번성하시길 기원합니다"

(마마, 이젠 제는 갈 때가 뒈언마씸. 마마께선 씩신인과 부디 행복하게 살멍 자손 대대로 번성ᄒ길 빌쿠다)

"알았습니다. 아바마마에게 잘 도착했으니 걱정 마시라고 전해주십시오"

(알안마씸. 아바마마에게 잘 와시난 즈들지말렌 굴아줍서)

"벽랑국 왕에게 전해주시오. 공주와 잘 살겠다고 말입니다"

(벽랑국 왕에게 굴아줍서. 공주와 잘 살켄헴젠 말이우다?)

"예, 그리하겠습니다"

(예, 경ᄒ쿠다)

말을 마치자마자 사자는 홀연히 구름을 타고는 동쪽 하늘로 사라져 버렸다.

이날 저녁 삼신인과 세 공주는 연못 앞에 제물을 정결하게 갖추고 목욕재계하여 하늘에 제사 지내고 서로 짝을 정했다.

연못 옆 동굴에 신방을 차리고 살기 시작했다.

공주를 실은 배가 닿은 서귀포시 성산읍 온평리 바닷가를 연혼포(延婚浦)라 한다.

지금도 세 공주가 도착할 때 함께 온 말의 발자국들이 해안가에 남아 있다. 또한 삼신인이 목욕한 연못을 혼인지(婚姻池)라 부르며 신방을 꾸몄던 굴을 신방굴(神房窟)이라 하고 그 안에는 각기 세 개의 굴이 있어 현재까지 그 자취가 보존되고 있다.

살 곳을 정한 삼신인

며칠이 꿈같이 지나갔다.

삼신인은 아름다운 공주를 맞이하여 마냥 좋기만 하여 늘 싱글벙글거리기만 했다.

하루는 고을나가 동생들을 불렀다.

"우리가 아내를 맞이했으니, 이제는 각자 살아야 하겠다. 언제까지 우리가 함께 살 수 없단다"

(우리가 각시를 맞아시난, 이젠 흘어정 살아사허켜. 언제꼬장

우리가 붙엉 고치살순 웃이난)

"형 말이 맞아요"

(성 말이 마진게 마씸)

"그렇게 하지요. 형님 뜻에 따르겠어요"

(경흡서, 성들 뜻에 뜨르쿠다)

"그런데 어디서 살아야 할까요"

(경흔디 어듸강 살아사 ᄒ코 마씸)

"한라산에 올라 활을 쏘아 화살이 날아간 곳에 각자 살기로 하자"

(한라산에 올랑 살을 쌍 하살이 ᄂᆞ아 간디서 각자 살기로 ᄒ게)

"거, 좋은 생각입니다. 그렇게 하지요"

(거, 좋은 생각이우다. 경흡주)

다음 날이었다. 한라산 중턱에 오른 삼신인은 막내 부을나가 먼저 활을 쏘았다. 화살은 한라산 북쪽 지역에 있는 바위에 떨어졌다. 이어 둘째 양을나의 화살은 서쪽에 떨어졌고, 맏이 고을나의 화살은 동쪽에 떨어졌다. 각자 쏜 화살의 거리가 비슷했다.

고을나가 말했다.

"화살이 떨어진 곳을 각각 제1도, 제2도, 제3도라 하자. 우리 각자 그곳에 오곡을 심고 소와 말들을 키우며 살자!"

(화살 털어진 듸를 각각 제1도, 제2도, 제3도라 ᄒᆞ게. 우리 흩어정 그듸 오곡을 심곡 쉐와 ᄆᆞᆯ들을 키우멍 살게!)

"제1도는 형님이, 제2도는 저가, 제3도는 막내아우가 살기로 하죠"

(제1도는 성이, 제2도는 나가 살곡, 제3도는 막내아시가 삽주)

"그러자!"

(경ᄒᆞ게!)

각자 거처할 곳을 정한 후 삼신인은 아내를 데리고 그리로 갔다. 아내가 가져온 오곡 씨앗을 뿌리고 소와 말을 키우기 시작했다.

그 후부터 제주 섬은 사람들이 번성하기 시작했고 탐라국이라 불렸다.

삼신인이 활을 쏜 지역을 사시장올악(射矢長兀岳)이라 하며 활이 명중한 돌을 한데 모아 보존하니 제주시 화북의 삼사석(三射石)이다.

그리고 탐라는 신라, 백제, 고구려뿐만 아니라 중국 일본 유구왕국과도 독립 국가로서 교류하고 소규모나마 물물을 교환하는 해상교역이 활발했다.

그 후 수천 년간 탐라국으로의 왕국을 유지하다가 고려시대에 합병됐다.

개과천선한 세민황제

옛날 옛적에 세민황제가 있었다. 욕심이 많고 탐욕스러워 백성의 재물을 빼앗길 좋아했다. 툭하면 재산 있는 사람에게 죄를 만들어 씌워서 붙잡아 옥에 가두고는 두들겨 패어 재산을 몰수하기에 여념이 없었다.

그런가 하면 얼굴이 좀 예쁜 여자들만 보면 무조건 데려다 노리개로 삼기 일쑤였다. 그러니 여자들은 길거리에 나서기가 두려웠다.

이처럼 포악한 짓만 하니 모두가 벌벌 떨었다. 백성들은 잔혹하게 착취를 일삼는 세민황제가 두려울 뿐이었다.

저승에 간 세민황제

세민황제가 하루는 잠을 자다 꿈을 꾸었는데 자신이 죽어 저승에 간 꿈이었다.

저승 세상을 가니 저승 세상에서 난리가 났다. 저승 세상 사람들이 세민황제에게 복수를 하겠다고 모두 들고 일어났기 때문이다.

저승차사를 따라 온 세민황제에게 사람들이 벌떼같이 몰려들었다. 차사가 겨우 사람들을 막으며 황제를 염라대왕에게 간신히 데려갔다. 염라대왕은 재판을 미루고 일단 황제를 감옥에 가두도록 하였다.

염라대왕은 고민에 빠졌다. 며칠 생각하고 있는데 염라대왕 앞에 사람들이 모여들어 원수를 갚게 해달라고 난리였다.

"염라대왕님, 몇백 번을 쳐 죽여도 시원찮을 저 세민황제를 엄벌로 다스려 우리의 억울함을 풀어주십시오"

(염내왕님, 몇벡 번 쳐 죽여두 시원찮을 저 세민황제를 엄벌로 다스련 우리의 억울함을 풀어줍서)

"저놈은 이승에 있을 때 우리에게 누명을 씌워 돈을 빼앗았습니다"

(저놈은 이싱에 잇일 때 우리신디 누멩을 씌윙 돈을 뻬사앗아수다)

"죄 없이 잡아서 두드리고 패서 죽였습니다"

(줴 엇이 잡안 두드리곡 뭇앙 죽엿수다)

"제 딸년을 노리개로 삼다 죽였습니다"

(즈 뚤년을 노리개로 삼다 죽엿수다)

"우리에게 포악한 짓만 하였으니, 원수를 갚을 수 있도록 하여주십시오"

(우리신디 포악흔 짓만 ᄒ엿스니 원쉬를 가푸ᄃ록해줍서)

염라대왕은 사람들이 말을 듣고는 세민황제를 불러 호통을 쳤다.

"너, 이놈! 이승에서 못 할 짓을 다 하였구나. 애매한 사람을 괴롭히고 죽이고 공짜로 사람의 돈을 빼앗고, 여자들을 희롱한 천하의 나쁜 놈이로구나"

(너 이놈, 이싱에서 몯홀짓만 햇구나. 애모흔 사름을 궤롭히고 죽이고 공걸로 사름의 돈을 뻬사앗곡, 여즈들을 희롱훈 천하에 나쁜놈이로구나)

"……"

"이승에서 못 할 짓 한 것만큼 착한 일을 하고, 못사는 사람은 잘살게 하고, 공짜로 빼앗아 먹은 돈을 전부 갚아주어라. 그렇게 하지 않으면 뱀이 우글거리는 데 살게 하겠노라"

(이싱에서 못홀짓 흔것만치 올은 일을 ᄒ곡, 몯사는 사름 잘 살게ᄒ곡, 날로 뻬사 먹은 돈 줴다 가파주거라. 기영ᄒ지 아녀민 베

염통에 살게 ᄒᆞ리라)

"착한 일은 하겠지만, 돈은 어디 있어서 갚겠습니까?"

(올은 일은 ᄒᆞ쿠다만, 돈은 어듸 이선 가푸우꽈?)

"너가 이승에서 빼앗은 돈을 전부 어떻게 했느냐, 뱀 지옥에 있으면서 뱀들에게 시달려도 좋으냐?"

(늬가 이싱에서 쳐 먹은 돈을 다 엇지ᄒᆞ엿느냐. 베염 지옥에 잇이멍 베염들에게 시달리게 ᄒᆞ여도 좋단말이냐?)

"이승에서는 정말 잘못하였습니다"

(이싱에선 ᄎᆞᆷ말 잘못 ᄒᆞ엿수다)

세민황제가 염라대왕에게 용서를 빌었다. 그리고 염라대왕에게 살려주면 이승에 가서 나쁜 버릇 고치고 착한 마음 가지고 살며 죄를 갚겠다고 하였다.

"이승에 가면 시장에 장 씨를 찾아가라. 장 씨가 돈을 많이 가지고 있으니 장 씨에게 빌려 썼다가 갚아주어라.

(이싱에 가민 시장에 장 씨를 ᄎᆞ장가라. 장 씨가 돈을 하영 가졍 잇이난 장 씨에게 빗젓당 가파주라)

염라대왕은 세민황제를 데리고 저승 금고에 갔다. 저승 금고는 사람들이 이승에서 한 일을 기록해 보관한 곳이었다. 세민황제도 자신의 저승 금고를 보았다. 금고에는 밥 한 숟가락밖에 없었다.

"어찌하여 제 금고에는 밥 한 숟가락밖에 없습니까?"

(어떵허연 지 저승궤엔 밥 훈 순가락밧게 엇수광?)

"너는 이승에서 남의 것만 빼앗아 먹고, 남에게 무엇을 주어본 적이 없다. 어쩌다가 어렸을 때 동네 노인에게 밥 한 숟가락 주었을 뿐이다. 살았을 때 사람을 많이 살리는 일을 해야 저승 금고에 재산이 많아지는 것이다"

(늬는 이싱에서 눔의 것만 뻬사앗안 먹곡, 눔신디 무스거 준일이 엇다. 어떵허단 어렷을 적에 무슬 늙은이신디 밥 흔적 준게 밧게엇다. 살엇을 때 사름을 살리는 일을 하영 허여사 저싱궤에 제산이 하영싯는 것이다)

"그렇다면 어떠한 것이 사람을 살리는 일입니까?"

(기영허민 어떵흔게 사름을 살리는 일이꽈?)

"배고픈 사람 밥 주고, 옷 없는 사람 옷 주고, 가난한 사람에게 돈을 주는 것이 사람 살리는 일이다. 그것이 많은 사람과 함께 사는 것이다"

(베곯작흔 사름 밥 주곡, 옷엇인 사름 옷 주곡, 가난흔 사름신딘 돈주는 게 사름을 살리고 어울령 사는 것이다)

"예, 잘 알았습니다"

(예, 잘 알앗수다)

"빨리 이승으로 나가서 많은 사람을 즐겁게 하고 돌아오너라. 시장에 있는 장 씨를 찾아가 보면 사람 살리는 일을 알 수 있을 것이다"

(혼저 이싱으로 강 많은 사름을 즐겁게 ㅎ영 돌아오너라. 시장에 잇인 장 씨를 촛앙강 보민 사름 살리는 일을 알아질꺼라)

"어떻게 하여 이승으로 갑니까?"

(어떵ㅎ영 이싱에 가코마씸?)

세민황제가 염라대왕에게 이승으로 돌아갈 길을 물었다. 염라대왕은 이승으로 가는 방법을 알려주며 신신당부했다.

"이 하얀 강아지를 따라가다 보면 길을 안내해 주겠다고 나서는 사람들이 나타나 같이 가자고 해도 듣지 말고 똑바른 길로만 가라. 그렇게 하면 김 차사가 갈림길에 있을 거니 그 차사에게 길을 물으면 된다"

(이 벡 강셍일 뜨랑 가당 보민 질을 고르쳐주켄 ᄒ는 사름덜이 나타낭 ᄀ치가겐헤도 듣지말앙 곧은 질로만 가라. 기영ᄒ민 김체수가 공거리에 잇일거난 그 체수신디 질을 물으라)

세민황제는 염라대왕과 헤어져 길을 나섰다. 앞에 걸어가는 하얀 강아지를 따라 걸어가다 보니 염라대왕 말대로 이 사람 저 사람들이 나타나 같이 가자고 유혹했지만 뿌리치고 똑바른 길만 걸었다. 그렇게 걸어가다 보니 갈림길이 보이고 한 사람이 있었다.

"김 차사가 됩니까? 이승으로 갈려고 하면 어떻게 가면 됩니까?"

(김체소 뒘수광? 이싱으로 가젠ᄒ민 어떵가코마씸?)

"누구세요?"

(누게과?)

"세민황제입니다. 염라대왕이 이리로 가서 차사에게 물으라고 해서요"

(세민황제우다. 염내왕이 여긔로 강 체수신디 물으렌 마씸)

"이리로 따라오세요"

(일로 뜨랑옵서)

세민황제가 김 차사를 따라 얼마쯤 가니 어떤 문을 열며 이리로 가면 된다고 하는데, 칠흑같이 어두워 아무것도 안 보였다.

김 차사는 어두운 속으로 들어가면 이승으로 갈 수 있다고, 빨리 가라며 황제의 등을 밀었다. 황제가 어두운 곳으로 떨어지며 허우적거리다 놀라 깨어났다. 보니 자신이 이불을 걷어차고 자다 깨어난 것을 알고는 숨을 크게 쉬며 안도했다.

장 씨를 만난 세민황제

다음 날 세민황제는 신하들에게 시장에 장 씨가 있는지 알아 오도록 했다. 장 씨가 시장에서 장사를 하며 살고 있는 걸 알았다. 그날 밤, 세민황제는 평복을 입고 장 씨를 찾아갔다.
 장 씨 가게는 사람들로 북적였다. 술을 시켜 한 잔 마시며 보니 가게에 있는 사람들 모두가 장 씨를 칭찬하며 입가에 웃음이 사라지질 않고 있었다. 며칠을 다니며 살펴보았다.
 장 씨는 술값을 다른 곳보다 덜 받고 사람들에게 친절하게 대했다. 그뿐만이 아니었다. 사람들에게 돈을 빌려주고 되돌려 받을 때는 이자를 안 받고 빌려준 돈만 받고 있었다. 배고픈 사람에게는 밥을 주고 옷이 없는 사람에게는 옷을 주었다.
 세민황제가 며칠을 계속 찾아가 보았지만, 장 씨는 변함이 없었다. 사람들이 여전히 장 씨를 칭찬하는 것을 보며 세민황제는 고개를 끄덕였다.
 어느 날, 세민황제가 장 씨에게 말했다.
 "돈 좀 빌려주세요"
 (돈 흐꼼 꿔 줍서)
 "그렇게 하지요. 얼마가 필요하세요?"
 (경험서. 얼메가 필요허우꽈?)
 장 씨가 선뜻 돈을 빌려주었다. 세민황제는 놀랐다. 알지도 못하는 사람에게 선뜻 돈을 빌려주는 장 씨의 마음에 감동받았다.
 "모르는 사람에게 돈을 주었다가 갚지 못하면 어떻게 하시렵니까?"

(몰르는 사름신디 돈을 주엇당 몰 가푸민 어떵허쿠광?)

"그렇게 궁핍하면 가져다 사용했다가 돈이 마련되면 갚으세요. 그러니까 돈이 마련 안 되면 언제까지라도 안 갚아도 되니 걱정하지 마세요"

(기영 가난ᄒ민 ᄀ경강 돈 셍기거든 가품서. 경ᄒ난 돈이 엇으민 언제ᄁ지 몯가파도 뒈난 ᄌ들질 맙서)

세민황제는 장 씨가 준 돈을 갖고 나오면서 장 씨에게 절로 고개를 숙였다. 그동안 보아온 장 씨가 하는 행동 하나하나 마음 씀씀이 하나하나가 수많은 사람을 살리고 수많은 사람의 삶을 즐겁게 하였구나, 하며 깊은 감명을 받으며 돌아갔다.

잘못을 뉘우친 세민황제

며칠 후 세민황제는 신하에게 장 씨를 불러오도록 했다.

장 씨는 신하를 따라가면서 포악한 세민황제가 왜 부르는지, 무슨 트집을 잡아 재산을 빼앗으려 할까, 별의별 생각이 다 들었다. 세민황제 앞에 가니 고개를 들 수 없어 푹 수그려 황제의 말만 기다렸다.

"고개를 들고 날 보라. 알아보겠느냐?"

(야가기 들엉 날 보라. 알아지커냐?)

장 씨가 고개를 들어 황제의 얼굴을 보고는 깜짝 놀랐다. 날마다 찾아와 술 한잔을 마시고 가다 며칠 전에는 돈을 빌려 간 사람이 아닌가. 순간 몸을 부르르 떨었다. 황제인 줄 모르고 일반 사람 대하듯 한 것을 트집 잡아 죄를 씌울 것 같아서다.

"황제 마마, 마마인 줄 모르고 막 대한 죄 용서해 주십시오"

(황제 마마, 마마인 줄 몰란 막 뒈흔 줴 용서ᄒ여 줍서)

"죄는 무슨 죄, 아니다. 네가 그렇게 많이 베푸는 걸 보아 네 마음을 안다. 너의 그런 행동과 마음이 나를 감동시켰구나. 나도 너처럼 사람 살리는 일을 하며 살려고 한다. 고맙다고 하려고 불렀으니, 마음을 편안하게 가지라"

(줴는 무신 줴, 아니여, 늬가 경 ᄒ영 적선ᄒ는 걸 봔 늬 ᄆ음을 안다. 늬 경훈 행동과 ᄆ음이 날 감동시켠 나도 늬추룩 사름 살리는 일을 ᄒ젠 헴저. 고맙덴ᄒ젠 불러시난, ᄆ음을 펜히ᄀ지라)

황제는 장 씨를 극구 칭찬했다. 그리고 자신이 저승에 다녀온 꿈 이야기를 하였다. 그러면서 지금부터는 백성들을 아끼고 백성들이 편안하게 살 수 있도록 하겠다고 장 씨에게 말했다.

황제의 칭찬과 고마운 인사에 장 씨는 떨떠름한 표정을 지었다.

"황제 마마, 저는 칭찬받기를 즐거워하지 않습니다. 오히려

부끄럽습니다"

(황제 마마, 지는 칭찬받는 걸 좋아ᄒᆞ지 아녀마씸, 오히려 부치러워 마씸)

세민황제는 장 씨의 말에 의아했다.

"그게 무슨 말인고. 네가 사람을 살리고 함께 살려고 하는 일이 장하기만 한 것을. 네 덕분에 나까지도 착한 마음을 가지고 착한 일을 하며 살면 저승에 가도 염라대왕에게 칭찬받을 것을"

(그게 무신 말이라. 늬가 늘량ᄒᆞ는 사름들신디 하영 베푸는 일이 장하기만 ᄒᆞᆫ데. 늬 덕분으로 나 ᄁᆞ지도 착헌 ᄆᆞ음을 먹언 착헌 일을 ᄒᆞ멍 살민 저싱에 강도 염내왕에게 칭찬 받을 건디)

장 씨는 더더욱 머리를 세차게 흔들며 황제에게 말하였다.

"소인은 원래부터 남에게 칭찬받으려고 하는 게 아닙니다. 제가 생각한 사람들을 살리고 함께 사는 일은 아직도 다 하질 못했습니다. 아직도 밥 굶는 사람, 옷 없어 떨며 지내는 사람, 잘 곳이 없어 길바닥에 누워 있는 사람이 가득합니다. 온갖 불쌍한 사람이 세상에 가득한데 어떻게 사람을 살리고 함께 살려고 했다고 할 수 있습니까? 저는 세상의 불쌍한 사람을 구제하지 못한 오늘이라도 저승에 간다고 해도 낯이 없어 염라대왕을 볼 수가 없습니다. 저는 아직도 하지 못한 일이 너무나 많아서 할 일이 태산같이 있으니, 여기에서 만족할 수가 없습니다. 사람은 나보다 못사는 사람들이 사람답게 살 수 있는 바탕을 마련해 주는 일에 헌신하다가 죽어야 합니다"

(소인은 원체부터 늡신디 칭찬 받젠 ᄒ는게 아니우다. 제가 생각ᄒ 사ᄅᆷ들신디 하영 베푸는 일은 아직ᄁᆞ장도 모 ᄒ질 몯햇수다. 아직도 밥업시굶는 사ᄅᆞᆷ, 옷엇언 박박터는 사ᄅᆞᆷ, 잘듸엇엉 질바닥에 눵이신 사ᄅᆞᆷ이 ᄀᆞ득ᄒ엿수다. 모 불쌍ᄒ 사ᄅᆞᆷ이 시상에 ᄀᆞ득ᄒ니 어떵ᄒ연 사ᄅᆞᆷ들신디 베풀고 살리는 일을 ᄒ엿덴ᄒ쿠광? 제는 시상에 불쌍ᄒ 사ᄅᆞᆷ을 구제ᄒ지 몯ᄒ 오늘이라도 저싱 간덴ᄒ여도 늧이어선 염내왕을 볼 수가 어시쿠다. 제는 아족도 ᄒ지 몯ᄒ 일이 하영잇언 훌일이 태산ᄀᆞ치 잇언 여긔서 ᄒᆞ꼼도 만족홀수가 엇수다. 사ᄅᆞᆷ은 이녁보단 몯사는 사ᄅᆞᆷ덜이 사ᄅᆞᆷ답게 살 수 이신 바탕을 마련해 주는 일에 헌신ᄒ당 죽어사 ᄒ합니다)

세민황제는 장 씨의 말에 크게 감명을 받았다. 또한 자신이 지금까지 사람들을 괴롭히고 포악하게 한 행동들이 부끄러워 얼굴이 달아올랐다. 그리고 나라의 불쌍한 사람들을 모조리 구제하여야 한다는 것을 마음에 사무치게 느꼈다.

"오늘부터 네가 내 곁에 있으면서 나와 같이 불쌍한 사람들을 살리고 함께 사는 세상을 만들어 나가도록 하자"

(오늘부터 늬가 나 조ᄁᆞ디 잇으멍 나영 ᄀᆞ치 불쌍ᄒ 사ᄅᆞᆷ덜을 살리멍 ᄀᆞ치 사는 시상을 멘들어 가게)

그날부터 세민황제는 완전히 달라졌다.

남의 재산을 빼앗거나, 억지로 누명을 씌워 처형하기만 하던 지난날의 모습은 어디에서도 찾아볼 수가 없었다. 아침에 일어나 밤에 잠자리에 들 때까지 사람을 돕고 사람을 살리는 일에만 심혈을 기울였다.

글자 한 획에
3000년을 산 소만이

부모가 없는 소만이

옛날 아주 먼 옛날 주년국 한 마을에 소만이가 살았다. 나이 서너 살 때 부모가 세상을 떠나 고아가 되었다. 이집 저집 걸식을 하며 살았다.

소만이는 품성이 착하고 성실하여 동네 사람들이 칭찬이 자자했다. 그런 소만이가 안쓰러워 모두가 자기 일처럼 도움을 주었다.

열다섯 살이 되었을 때 동네 사람들의 도움으로 이웃 마을 처녀와 결혼했다.

아내도 품성이 단정하고 손재주가 좋아 바느질을 잘하였다. 동네 이집 저집에 품팔이를 하여 끼니를 이으며 살았다.

그런데 며칠째 품앗이가 없어 굶주리고 있었는데 하루는 아내가 곱게 기른 머리를 자르고는 남편에게 주며 말했다.

"여보, 이렇게 놀면 어떻게 삽니까? 이 머리나 장에 가서 돈 15만 원에 팔고 아이들 먹고살 쌀이나 사고 오세요"

(양, 영 놀앙 어떵 살쿠광? 이 머리나 장에 강 돈 석량에 풀앙 아기덜 먹고 살을 쌀이나 상 옵서)

소만이는 시장에 가 아내가 준 머리를 15만 원에 팔았다.

돈을 받은 후 쌀을 사려고 가다 보니 사람들이 많이 모여 있는 곳이 보였다. 무엇인가 하며 보니 처음 보는 물건이었다.

"이것은 무엇이지요?"

(이건 무스거우꽈?)

"사냥총입니다. 이것만 가지면 먹고살 일이 있습니다"

(마제총이우다. 이것만 가지민 먹언 살 도레가 잇입주)

"정말이요? 얼마죠?"

(기꽈? 얼메꽈?)

"많이도 말고 15만 원만 받겠습니다"

(하영도 말곡 석냥만 받으쿠다)

소만이는 쌀을 사려던 돈 15만 원을 주고 덥석 총을 사고 집에 왔다.

한편 아내는 장에 간 남편 소만이가 쌀을 가지고 오면 아이들 먹일 생각만 하고 있었다.

언제면 오려나 하며 기다리고 기다리던 남편이 돌아오는데 쌀은 보이지 않고 웬 작대기 같은 걸 손에 들고 있는 걸 보고는 기가 막혔다.

"여보, 쌀은 어디 있으며, 그것은 무엇입니까?"

(양, 쏠은 어디 이심광, 그건 무신것광?)

"모르면 말하지를 마라. 이것만 가지면, 먹고사는 데 걱정이 없다고 하더라"

(몰으민 말 ᄒ질 말라. 이것만 가지민 먹언 살을 도레가 싯젠 ᄒ여라)

"……"

"내일부터 이것으로 산돼지도 잡고 노루도 잡으면 고기를 배부르게 먹을 수 있지"

(닐부터 이걸로 산톳도 잡곡, 노리도 잡으민 괘기를 실컷 먹을 수 잇주게)

해골을 땅에 묻어준 소만이

다음 날부터 소만이는 깊은 산속으로 들어가 산등성이를

오르내리며 산돼지나 노루, 산토끼를 찾았지만, 늘 허탕만 치고는 빈손으로 돌아왔다.

"서러운 남편님아, 산돼지는 고사하고 노루나 산토끼는 어디에 있어요? 어떻게 하여 이 불쌍한 아이들 먹여 살립니까!"

(설룬 남인님아, 산툿은커녕 노리나 산토께는 어디 잇수광? 어떵ᄒᆢ영 이 불쌍ᄒᆞᆫ 아의덜 먹연 살릴쿠광!)

"기다려요. 노루랑 산토끼 고기 가득할 때가 있을 테니"

(ᄀᆞ만 시라. 노리영 산토꼐 궤기 ᄀᆞ득ᄒᆞᆯ 늘 실거난)

아내에게 큰소리를 쳤지만, 매일 빈손으로 돌아왔다.

하루는 들판을 지나가다 잡초가 우거진 곳이 보여 발걸음을 옮기다 발에 뭔가 걸렸다. 지팡이로 잡초 사이를 헤집고 보니 해골이 보였다.

"아이쿠!"

기겁하며 얼른 그 자리를 비켰다. 그냥 지나가려고 했지만, 발걸음이 떼어지지 않았다.

"이게 무슨 일이지. 어떻게 하지?"

(이게 무신 일이라. 어떵ᄒᆞ지?)

잠시 망설이다 양지바른 곳에 해골을 정성스럽게 묻고 집에 돌아왔다.

그 후부터 소만이는 자꾸 그 무덤이 눈앞에 아른거려 일을 제대로 할 수가 없었다.

"아무래도 그 해골이 나에게 인연이 있는 모양이네"

(아멩흐여도 그 해골이 나신듸 태운 모양이네)

소만이는 집안에 무슨 일이 있거나, 어디를 가고 올 때마다 무덤에 가 인사를 정성스럽게 했다.

세월이 흘러 소만이가 서른 살이 되었다.

염라대왕이 소만이가 서른 살을 다 채우면 저승 세상으로 데려오라고 저승사자에게 말했다.

소만이가 잠을 자는데 하얀 백발노인이 꿈에 나타나 말했다.

"소만아, 어찌 그리 무심하게 잠을 자느냐? 네가 서른 살을 다 채우는 날 저승 염라대왕이 너를 잡아 오라고 저승사자를 보내려고 한다. 빨리 일어나 삼거리 내 무덤에 가서 내일 밤에는 병풍을 펴고 제사상을 준비하라. 맑은 음식을 정성껏 차려 놓고 향을 피워 네 이름을 쓰고 제사상 아래에 붙여두고, 백보 밖에 엎드려 있으라. 누가 불러도 대답하지 말았다가 한 번, 두 번, 세 번을 부르면 머리를 들고 대답하라. 그리고 네 아내는 날이 밝으면 무당을 청하여 집 밖에 대통기를 세워 저승 염라대왕을 오시라 하는 대시왕 맞이를 하라. 염라대왕 앞으로 쌀을 동이 가득하게 올리고 누런 황소를 앞세우고 액운을 막고 있으면 살 방법이 있으리라"

(소만아, 무사 경 무충ᄒ게 좀을 잠시냐? 느가 서른 술 만기뒈는 눌 저싱 염내왕이 느를 잽혀오렌 저싱체ᄉ를 보내젠 헴저. ᄒ저 일어낭 삼거리 나 무덤에 강 늴 밤에랑 펭풍을 옆둘르곡 젯상을 차령 준비ᄒ라. 묽은 음식 정성껏 출려놓곡 상을 피웡 늬 일름을 썽 젯상알에 부쪄뒁 벡 보 바껫디 엎데영 잇이라. 누게가 불러도 데답 말았당 ᄒ번, 두 번, 싀번을 불르건 머릴 들렁 데답ᄒ라. 기영ᄒ곡 늬 각시랑 놀이 새건 심방을 청ᄒ여당 바꼇딜로 백맷대를 세웡 저싱 염내왕을 청ᄒ영 대시왕 연맞이를 ᄒ라. 대시왕 염내왕 앞으로 쓸 둥의 ᄀ득게 올령 황밧갈쉐를 앞세웡 액운을 막암시민 알 도레가 이실거여)

퍼뜩 깨어보니 꿈이었지만 노인이 한 말이 귓가에 맴돌았다.
"빨리 일어나 가르쳐 준 대로 해야겠구나"
(ᄒ저 일어낭 경ᄒ여사 홀로구나)

소만이를 데리러 온 저승사자

저승사자가 소만이를 저승에 데려가려고 이승으로 왔다.
소만이가 사는 마을 근처 삼거리 근처에 왔는데 갑자기 배가 고팠다.
"갑자기 왜 배가 고프지?"

(무사 난디엇이 베가 고팜신고?)

속으로 생각하는데, 바람결에 향내가 코끝을 간질였다.

"어디서 오는 향내지?"

(어긔서 오는 상내지?)

저승사자는 주변을 두리번거리며 향내가 나는 곳으로 발길을 옮겼다. 삼거리 길가에 병풍이 둘러쳐지고 정성스럽게 음식을 차린 상이 있었다. 살펴보니 상을 지키는 사람도 보이질 않았다.

저승사자는 배가 고팠던지라 상에 차려놓은 음식을 정신없이 먹었다. 음식을 다 먹은 후 음식상을 살펴보는데 상 아래에 소만이 이름이 쓰인 백지가 붙어 있었다.

"어, 어라? 소만이……"

(어, 어라? ᄉ만이……)

저승사자는 소만이 이름을 보고는 놀라 순간 멍하니 상 위에 촛불만 바라볼 뿐이었다.

"내가 소만이 음식을 먹었구나. 저승사자가 남의 음식을 공짜로 먹으면 목에 걸리는 법인데…… 어떻게 하지?"

(나가 ᄉ만이 음식을 먹어버렸구나. 저싱체ᄉ가 눔의 음식을 공것으로 먹으민 목 걸리는 법인디…… 어떵ᄒ지?)

저승사자는 그저 눈앞이 캄캄하기만 했다.

"이왕 이렇게 된 거, 소만이 이름을 불러 알아봐야지"

(이왕 영 뒌 거 수만이 일름을 불렁 알아봐사주)

저승사자가 "소만아!" 하고 불렀지만 대답이 없다. "소, 소만아!" 다시 불러도 대답이 없자 한 번만 더 불러보기로 하여 "소만아!" 불렀다. 그때였다. 백 보 밖에서 "예" 하면서 얼굴을 들은 걸 보니 틀림없는 소만이었다. 소만이가 아니길 바라던 저승사자는 맥이 탁 풀렸다.

"소만이는 잡아갈 수 없고 소만이 집을 찾아가 봐야지"

(수만이는 잽힐 수 엇고, 수만이 집이나 춧앙가 봐사주)

저승사자는 얼른 그 자리를 뜨고 소만이 집으로 갔다.

소만이 아내가 집 울타리에 백맷대를 세우고 저승 염라대왕을 청하려고 동이에 쌀을 가득 올려놓고 대시왕 연맞이를 하며 누런 황소를 세워 액운을 막고 있었다.

"내가 소만이 음식을 날로 먹었으며, 소만이 집에선 액운을 막고 있으니 어떻게 소만이를 잡아갈 수 있으랴"

(나가 수만의 음식을 공것으로 먹어불곡, 수만이 집에선 대시왕 연맞이 굿을 ᄒᆞ염시난 어떵ᄒᆞ연 수만일 잽혀갈 수 있으리)

저승사자는 아무리 생각해도 소만일 데려갈 수 없어 난감하기만 했다.

"빨리 저승으로 가서 동조판관실에 들어가 저승 장부를 걷어보면 알 수 있겠지"

(뽈리 저싱으로 강 동즈판관실에 들어강 저싱 장적을 걷어보민 알 도레가 있겠지)

글자를 고친 저승사자

저승사자는 염라대왕이 동조판관을 대동하여 대시왕 연맞이 하는 소만이 집에 간 틈에 동조판관실에 들어가 저승 장부를 펼쳤다. 보니, 소만이가 서른(三十)에 수명이 끝나 있었다.
저승사자가 잠시 생각하더니 붓을 들고 삼십(三十)의 열 십(十) 자에 한 획을 그어 천(千) 자로 바꿔놓았다.

얼마 후 염라왕이 저승으로 돌아와 저승사자를 불렀다.
"소만이를 데려왔느냐?"
(스만이를 드려 왔느냐?)
"염라대왕님, 동조판관에게 물어보세요. 소만이는 수명이 끝나지 않았는데 어떻게 하여 데려오라 했습니까? 소만이는 서른 살에 수명이 끝나는 게 아니라 3000년을 살라고 했습니다"
(염내왕님, 동즈판관신디 물어냅서. 스만이는 정명이 아닌디 어떵 드려오렌 ᄒ엿수광? 스만이는 서른에 정명이 아니라 3000년을 살렌 햇수다)

"이게 무슨 말이냐? 3000년이라고?"

(이게 믜신 말이냐? 3000년이라고?)

"예"

"동조판관아, 어떻게 된 일이냐?"

(동ᄌ판관아 어떵 된 거니?)

동조판관이 얼른 저승 장부를 살펴봤다. 분명히 3000년이었다.

"염라대왕님, 소만이가 서른에 수명이 끝난 줄 알았는데 열십 자에 한 금이 그어져 있으니 3000년이 됩니다"

(염내왕님, 수만이가 서른에 정명인 줄 알아시디 열십제에 흔 그뭇이 비켜시난 3000년이 됨수다)

"허, 하마터면 큰일 날 뻔했구나. 수명이 남아 있는 소만일 데려올 뻔했구나"

(허, 흠마 큰일난 뻔ᄒ엿저. 정명이 남아 잇인 ᄉ만일 드려올 뻔ᄒ엿구나)

소만이는 해골을 정성껏 모신 덕분에 서른 살 수명이 3000년까지 이어져 살았다.

백마(白馬) 진상을 멈추게 한 양목사

제주도는 예로부터 말의 신(神)에 해당하는 별자리인 방성(房星)이 비치는 땅으로 알려져 왔다. 잘 달리고 튼튼한, 훌륭한 말들이 탄생하는 말의 고장인 제주도의 운명이 되었다 하겠다.

이 때문인지 옛날 제주도는 국마(國馬) 생산지로 매년 필요한 말들을 공급해 왔다.

한라산 기슭을 10개 구역으로 나눠 관리하는 10소장(所場) 체계를 갖추고 국가 차원의 말 관리를 했다. 즉 국영 목장을 설치하고 그 경계에 돌담인 잣성을 쌓아 연 일~이만여 마리의 말을 사육하여 나라에 바쳤다.

그러다 보니 폐해도 많았다. 매년 나라에 훌륭한 말들을 진상해야 하기 때문이다. 특히 백마 백 마리를 진상해야 하는데 백마를 구하는 게 여간 어려운 일이 아니었다.

또한 바쁜 농사철에도 백성들을 차출하여 말들을 키우고 돌보게 하고 집에서 기르던 말들마저 빼앗겨 생계를 어렵게 하여 아우성이 끊이질 않았다.

그뿐만 아니라 제주도에 부임한 사또들이 부를 축적하기 위한 수단으로 또는 중앙의 권력자들에게 바칠 뇌물로 백성들의 말들을 빼앗는 일이 허다하게 벌어졌다.

제주도로 온 양목사

그런 시절에 양목사가 제주도 목사로 부임했다.

양목사도 관례에 따라 말을 진상하려고 백마를 마장에 모았다. 그렇지만 백마 백 마리를 구하는 것도 여간 어려운 일이 아니었으며, 무엇보다도 백성들의 고충이 매우 어려운 것을 알게 되었다.

"백마 백 마리를 진상하느라 제주 백성이 곤경에 빠져 누구라도 탄식과 근심을 아니 할 수가 없습니다"

(벡물 벡 필을 바찌젠 제줏벡성이 곤경에 빠정 누게라도 탄식

광 주들지 아녈 수 엇수다)

나라에 진정을 올리고는 마부를 불렀다.

"지금까지 진상은 마부들이 백마를 몰아가서 바쳤지만, 이제부턴 내가 직접 나라에 바치도록 하겠다"

(이제꺼장 진상은 마보덜이 벡물을 물안강 바쪗주마는 이제부턴 나가 직접 나라에 바찌키여)

양목사는 백마 백 마리를 배에 싣고 한양으로 가 그 말들을 다 팔았다. 백마를 팔은 돈으로 물품들을 사고는 제주도로 돌아왔다.

나라의 진상 물품을 관리하는 감독관은 제주도에서 백마가 아니 오자 바닷길이 험해서 오는 게 늦는가 보다 했다. 그렇지만 아무리 기다려도 제주도에서 진상품이 오질 않았다.

감독관은 제주도 목사에게 빨리 진상품을 보내라고 독촉했다. 그래도 백마가 오지 않자, 감독관은 부하에게 제주도에 가 왜 백마를 진상 안 했는지 조사를 하라고 지시했다.

부하가 제주도에 와 몰래 다니며 조사를 하여보니 양목사가 백마 백 마리를 나라에 진상한다고 하고는 한양에 와서 말들을 팔아 그 돈으로 물품들을 사고는 제주도로 돌아온 것을 알았다.

부하의 조사 내용을 들은 감독관은 양목사가 한 짓이 괘씸

하였다. 임금에게 제주에서 백마 백 마리가 진상 안 됐다 하며 조사한 내용을 보고했다. 임금은 금부도사에게 양목사 목을 베어 오라고 했다.

양목사의 충언

한편 양목사도 금부도사가 자기를 잡으러 온다는 소식을 들었다. 부하를 불러 물었다.
"이 지방에 누구 배가 가장 빠른가?"
(이 고슬에 누게 베가 가장 뿌른고?)
"고동지 영감 배가 가장 빠릅니다"
(고동지 영감 베가 가장 좋으며 뿌루우다?)
"그러면 그 배를 즉시 화북 포구에 대라"
(경호민, 그 베를 재게 화북 포구로 데령하라)
양목사가 고동지 영감 배를 타고 화북 포구를 떠났다.
멀리 육지가 보일 때 배 한 척이 다가왔다. 금부도사가 탄 배였다.
"어디로 가는 배인가?"
(어딜 가는 베인고?)
금부도사가 묻자, 사공이 재빨리 말했다.

"제주 양목사가 탄 배입니다"

(제쥐 양목스가 탄 베요)

그때였다. 금부도사가 양목사가 탄 배로 훌쩍 뛰어 올랐다.

"양목사는 어디 있느냐!"

(양목스는 어듸 잇는냐!)

"여기 있다!"

(여긔 있다!)

양목사가 일어서며 말했다.

"임금의 명으로 네 목을 가지러 왔다"

(잉금의 멩으로 니 목을 가지러 왔다)

금부도사가 칼을 빼어 들고 양목사에게 달려들었다.

양목사도 얼른 칼을 들고 금부도사의 칼을 맞받아쳤다. 서로 칼 겨누기를 몇 번 하다 양목사가 고함을 치며 금부도사의 칼을 두 동강 내 버렸다. 금부도사가 어쩔 줄 모르며 양목사 앞에 무릎을 꿇었다.

"내가 이럴 줄 알았다. 금부도사는 들어라. 임금은 백성들을 잘살게 하려고 나라를 다스리며, 백성은 임금을 한마음 한뜻으로 모셔 한 가족같이 살아보려고 한다. 그런데 불쌍한 제주 백성은 매년 백마 백 마리를 올리라고 하니 다른 진상품들이랑 준비하려 하니 피해가 이만저만이 아니다. 굶는 제주 백성 생각하니 잠도 못 자고, 일도 손에 잡히지 않는다. 하다

하다 백마 백 마리를 한양으로 가져가 팔고 그 돈으로 제주 백성에게 필요한 물품을 사고 백성들을 도운 내가 큰 잘못을 한 것이냐? 네가 내 목을 베자고 하늘인들 무심하겠느냐? 그러니 부디 내가 한 말을 임금에게 잘 전해라"

(나가 이럴 줄 알앗주게. 금부도소는 들라. 잉금은 벡성들을 잘 살게ᄒ젠 나라를 다스리곡, 벡성은 잉금을 ᄒᆞᆫ모음 ᄒᆞᆫ뜻으로 모셩 ᄒᆞᆫ 가속 ᄀᆞ찌 살아 보젠ᄒᆞᆫ다. 경ᄒᆞ지만 불쌍ᄒᆞᆫ 제줏 벡성은 매년 벡몰 벡 필을 올리렌 ᄒᆞ니 또 진상품이영 출리젠 ᄒᆞ난 피해가 한한ᄒᆞ다. 굶는 제줏 벡성 셍각ᄒᆞ니 좀도 못 자곡, 일도 손에 젭히질 아념저. ᄒᆞ단ᄒᆞ단 벡몰 벡 필을 한양으로 ᄀᆞ졍간 풀앙 그 돈으로 제줏 벡성신디 필요ᄒᆞᆫ 물품을 상 벡성들을 도웬 나가 큰 잘못이더냐? 너가 나 목을 비잔들 하늘인들 무심ᄒᆞ겠느냐? 경ᄒᆞ니 부디 나가 ᄒᆞᆫ 말을 잉금에게 잘 전ᄒᆞ라)

무릎을 꿇어앉아 양목사의 말을 듣던 금부도사가 양목사가 하늘을 보는 순간 팔짝 뛰어오르며 양목사의 상투 머리를 잡아 돛대 줄에 꽁꽁 묶고는 사공에게 말했다.

"닻줄을 당기라!"

(벳댓줄을 ᄃᆞᆼ기라!)

사공이 떨리는 손으로 줄을 당기자 어느새 양목사는 돛대에 달아 매여진 몸이 되었다. 양목사는 하늘을 보며 길게 탄식하다 금부도사에게 말했다.

"빨리 내 목을 베어라"

(흔저 나 목을 비어라)

금부도사가 칼을 한 번 휘두르니 양목사의 목이 떨어졌다.

금부도사는 양목사가 백성을 아끼는 마음을 알았지만, 지엄한 임금의 명을 거역할 수가 없었기 때문이었다.

금부도사가 한양으로 돌아가 임금에게 양목사의 머리를 베어왔다고 보고하며 양목사가 한 말을 임금에게 모두 전했다. 임금은 양목사의 충언을 전해 듣고는 제주도의 백마 진상을 하지 못하도록 했다.

무당이 된 양반

신병이 들린 양반

옛날에 팔자가 세어 무당이 된 양반이 있었다. 나는 새도 떨어뜨린다는 양반 가문에 막내로 태어났지만, 팔자가 사나워 무당이 된 것이다.

열다섯 살이 되자 결혼하여 아내랑 행복하게 살아갔다.

그러다 한 해는 정월 초하루 설 명절을 지내고 처가에 세배를 갔다. 처가에서 하룻밤을 자고 아침에 말을 타고 집으로 돌아가는데, 말이 길을 잘못 들었다. 하지만 그 길로도 집에 갈 수 있기에 양반은 그대로 갔다.

얼마를 가니 고개를 넘게 되었다. 난데없이 북소리에 징 소리, 꽹과리 소리가 들렸다. 말 위에서 사방을 둘러보니 길가에 커다란 돌덩이만 있을 뿐 누구 한 사람도 없는데 양반의 귀에는 계속 소리가 들렸다.

소리는 돌 근처에서 나오는 것 같았다. 이상하다 하며 말에서 내려 심부름하는 하인에게 말했다.

"이 돌을 들어라"

(이 왕석을 일리라)

"이처럼 큰 돌을 저 혼자 어떻게 들릅니까?"

(영 큰 왕석을 즈 혼차 어떵 일리쿠광?)

"어허, 말하면 들어야지"

(어허, 골으민 들어사주)

하인이 용을 쓰며 돌을 들어내자, 무당이 굿할 때 사용하는 물건들이 있었다.

"아니, 저것은 무당이 가지고 다니는 무구들이니 가지고 가면 안 된다. 그냥 덮어라"

(아고, 저건 심방 가정 뎅기는 멩도난 앞엉가민 아녀뒌다. 그냥 더끄라)

돌을 제자리에 놓고 집으로 돌아왔다.

한데 그날부터 양반은 몸이 아프기 시작했다. 의원을 불렀

무당이 된 양반

지만, 고개만 갸우뚱거리다 돌아갔다. 음식을 먹고 싶지도 않고 몸을 움직이기도 싫었다. 점점 몸은 야위어 가고 갑갑하고 답답하기만 했다. 할 수 없이 무당을 불러 굿을 했다.

굿을 한 지 7일째 되는 날 무당이 양반에게 말했다.

"양반님아, 눈으로 본 거 말하세요. 본 게 있다고 말합니다. 빨리 말하세요"

(양반님아, 눈으로 본 거 골읍서. 본 게 싯덴 골암수다. 흔저 골읍서)

양반은 기진맥진한 상태로 있다가 무당이 말하자 처가에 갔다 오다 돌 밑에 있던 것을 보았던 게 생각났다.

"내가 설 명절 뒷날 처가에 세배 갔다 오다가 고개에 있는 커다란 돌 앞에 이르니 귓가에 이상한 소리가 들리기에 하인에게 큰 돌을 일으키라고 하여보니 무당이 굿할 때 사용하는 물건들이 있는 걸 봤네"

(나가 정월 추후루 뒷날 처가에 과세갓단 오단 고개에 잇인 큰 큰흔 왕석 즈끗디 가난 하도 귓가에 이상흔 소리가 들리난 두사리신디 왕석을 일르렌 흐연 부난 멩도 흔 벌이 이신걸 봣주)

"아이고, 양반님아. 가서 그 물건들을 모셔다가 굿을 하여야 살겠습니다"

(아이고, 양반님아. 강 그 멩도를 모사당 굿을 흐여사 살아나쿠다)

무당이 된 양반

287

"나를 일으켜 말에 태우라. 가게"

(날 일으켱 물을 테우라. 가게)

양반은 무당의 말을 듣고는 하인들과 함께 명도를 보았던 곳으로 갔다. 바위에 절을 하고는 바위를 들어내고 명도를 모시고 집으로 와 큰 굿을 하니 훈장의 언제 그랬느냐는 듯 자리에서 일어났다.

굿을 한 양반

어느 날 양반은 집 앞 팽나무 그늘에서 쉬고 있었다. 그런데 갑자기 굿을 하는 소리가 들렸다. "이게 무슨 일이지" 하며 자리에서 일어나 소리가 들리는 곳으로 가기 시작했다. 정신없이 소리를 찾아가다 보니 집에서 멀리 떨어진 산등성이 넘어 낯선 마을에 도착했다.

살펴보니 마을의 한 집에서 굿을 하고 있어 그 집 가까이 가니 신기하게도 귀에 들려오던 소리가 멈추었다. 양반은 망설임 없이 그 집 안으로 들어갔다.

"지나가는 나그네입니다"

(지나가는 나그네우다)

"들어오세요"

(안으로 올라옵서)

무슨 사유로 굿을 하는지 주인에게 물었다.

"아들 하나가 있는데 아프더니 곧 죽게 되어 굿을 합니다"

(아들 ᄒ나 잇인듸 아팜게만 곧 죽젠 이시저시헴시난 굿을 헴수다)

"저도 굿할 줄 아니, 굿이나 한번 할까요?"

(지도 굿 홀 줄 아난, 굿이나 흔번 ᄒ카마씸?)

굿거리를 해본 적도 없는데 자기도 모르게 이런 말을 하는 양반 자신도 속으로 놀라기만 했다.

"정밀이세요? 그렇디면 한번 하세요"

(기우꽈? 경ᄒ거들랑 흔번 ᄒ여줍서)

양반은 머뭇거리지도 않고 굿상 앞으로 나가 평소에 글을 많이 읽었던지라 글귀가 떠오르는 대로 그냥 읊으며 덩실덩실 춤을 추었다.

잠시 후 양반은 굿거리를 마치며 집주인에게 말했다.

"굿은 잘 마치세요. 사람들 시켜 저 지붕 가장 높은 곳을 파 보면 알아질 겁니다"

(굿일랑 잘 무칩서마는, 사름덜시켱 저 지붕 상ᄆᆞ르 밑을 파 보민 알아집주)

지붕을 파헤쳐 보니 아들 옷에 죽은 고양이가 있었다.

"저것을 가져다 불태우라"

(저걸 가져당 솔르라)

다 태우니 아들이 언제 그랬냐는 듯 일어나 걸었다.

집주인은 아들이 없어 걱정하다가 아들을 얻으려고 다른 여자와 살림을 차렸다. 하지만 그 여인은 아기를 갖지 못하고 있었는데, 아내가 떡하니 아들을 낳았다. 집주인이 아들과 아내만 사랑하니 여인은 화가 나 아내와 아들을 죽이려고 고양이를 죽여 아들의 옷가지에 싸서 그걸 지붕에 묻은 것이다. 그로부터 아들이 아프기 시작하여 곧 죽을 지경에 이른 거였다.

양반은 주인 아들이 걷는 것을 보고 그 집을 나왔다. 그때 집주인이 허겁지겁 달려와 훈장에게 말했다.

"어디 사는 큰무당입니까? 사는 곳을 조금 말해주고 가세요"

(어듸 사는 큰심방이우꽈? 사는디를 흐끔 골아둥 갑서)

양반은 사는 곳을 알려주고 집으로 돌아왔다.

몇 달이 지난 어느 날 양반이 사는 마을로 소와 말에 쌀과 명주를 잔뜩 실은 짐꾼들이 들어섰다.

"여기 김 씨라는 큰 무당이 사는 곳이 어디입니까?"

(여긔 김 씨라는 큰 심방이 사는 곳이 어딧광?)

"김 씨 무당? 우리 마을에 김 씨 무당이 없는데"

(김 씨 심방? 우리 무슬엔 김 씨 심방이 어신듸)

사람들은 양반이 다른 마을에 가서 굿을 한 줄 전혀 몰랐다. 그러니 마을 사람들은 김 씨 무당이 없다고 할 수밖에 없었다.

　양반은 집에 있다가 김 씨 무당을 찾는다는 동네 사람들 말을 듣고는 집 밖으로 나가 짐꾼들을 불렀다.

"무슨 일로 나를 찾느냐?"

(무사 날 촛암시냐?)

"우리 아들 살려준 은혜 갚으려고 왔습니다"

(우리 아둘 살려준 은혜 가프젠 완 마씸)

"어허, 이것을 받으려고 너희 집에 가서 굿을 한 게 아니다. 그러니 도로 가져가라"

(어허, 이걸 밧젠 느네 집에 강 굿 흔 거 아니여. 경ᄒ난 도로 ᄀ정가라)

"아이고, 그러지 말고 받으세요. 어떻게 가져온 것을 가져갑니까?"

(무싱거옌 골암수꽈, 경ᄒ지마랑 받읍서. 어떵 가정 온 걸 ᄀ정 가쿠광?)

　짐꾼들이 소와 말에 실려 있던 짐을 내려놓고 가버렸다.

　훈장은 "난 이젠 이 마을 떠날 때가 되었구나" 하며 일가친척들을 불러 가져온 짐들을 나누어 주고는 마을을 떠났다.

백성을 구한 양반 무당

마을을 떠나 양반이 다른 곳에서 무당으로 살아가던 어느 해였다.

제주도에 큰 가뭄이 들어 흉년으로 사람들이 고통을 받고 있었다. 기우제를 지내는 등 온갖 정성을 했으나 가뭄과 흉년을 극복하지 못했다. 굶어 죽는 백성들로 마을마다 울음이 끓이지 않고 있었다.

하루는 양반 무당이 관아로 사또를 찾아갔다.

"제가 기우제를 한번 지내보겠습니다"

(지가 비우젤 혼번 지내보쿠다)

"무엇이라고, 기우제를? 정말로 비가 내리도록 하겠느냐?"

(무스거, 비우젤? 촘말로 비를 오게 흐겟느냐?)

"기우제를 지내보면 압니다"

(비우젤 지내부민 압주)

"거짓말하면 네 목숨이 달아날 줄 알라!"

(그짓말 ᄒ민 니 목슴이 돌아날 줄 알라!)

"목숨은 하늘이 정한 것이니 마음대로 하십시오"

(목슴은 하늘이 정흔거난 무음대로 헙서)

"그렇다면 네가 한번 기우제를 드려보아라"

(경ᄒ민 느가 혼 번 비우젤 지내보라)

"7일 정성을 드릴 거난 그 사이 누구도 제단을 들여다보면 안 됩니다"

(일레 정성을 들일 거난 그 수이 누게도 제단을 들여당 보민 아녀뒘니다)

사또 앞에서 큰소리치고 관아에서 나온 양반 무당은 용연으로 가서 기우제를 지낼 제단을 준비했다.

용소에 천막을 치고 짚으로 용을 만들어 머리와 몸은 끈에 묶어 하늘로 치켜올리고, 꼬리는 용소에 담갔다. 그런 후 온 세상에 있는 신들을 모두 청하였다. 7일 동안 굿거리와 기도하는 소리가 들렸다.

"기우제를 전부 마쳤습니다"

(비우젤 몬 무찻수다)

"비는 언제 오겠느냐?"

(비는 언제 오커니?)

"내일 낮 열두 시가 되면 내립니다"

(닐 오시가 뒈민 올거우다)

"만약 비가 안 오면 약속대로 너의 목을 치리라"

(만약 비가 아녀오민 약조대로 니 목을 치리라)

"그렇게 하십시오"

(경헙서)

양반 무당은 사또에게 큰소리치고 집으로 돌아왔다.

뒷날 아침에 보니 하늘이 맑기만 했다.
관아에 있던 사또는 낮 열두 시까지 기다려 보고 비가 안 오면 양반 무당을 잡아 오라고 부하들에게 일러두었다.
열두 시가 가까이 되자 맑던 하늘에 검은 구름이 끼기 시작했고 열두 시가 되자 갑자기 뇌성벽력을 치며 장대비가 내리기 시작했다. 어느새 비는 메말랐던 땅을 흠뻑 적셨다.
순식간에 일어난 일이라 사또는 어안이 벙벙했다.
사람들은 농사를 지을 수 있어서 빗속에서 덩실덩실 춤을 추며 기뻐했다.
사또는 부하에게 기우제로 비를 내려 사람들을 살려낸 양반 무당을 불러오도록 했다.
"너는 이젠 무당 일을 그만하라. 가뭄에 굶어 죽어가는 사람을 살렸으니, 그보다 더한 큰일이 어디 있겠느냐. 그것으로 사람 살리는 일을 했으면 되었으니 무당 일을 그만하라"
(느는 이젠 심방을 그만 흐라. ᄀ뭄에 굶언 죽언가는 사름덜을 살려시난 영 큰일이 어듸 이시냐. 그걸로 사름 살리는 일을 ᄒ여시난 심방을 그만 흐라)
"……"
"우리 관아에서 네가 살 집을 지어줄 것이니, 그곳에서 살도록 하라"

(우리 관아에서 느가 살 집을 지어 주쿠메, 그듸서 살라)

사또는 양반 무당이 살던 곳에 4칸짜리 커다란 기와집을 지어주었다.

그리고 사또는 나라에 양반 무당이 기우제로 비를 내리도록 하여 가뭄에 굶어 죽어가는 사람을 살렸다는 상소를 올렸다.

나라에서는 백성을 살리도록 한 양반 무당에게 통정대부 품계를 내렸다.

양반 무당은 통정대부 품계를 받고 관아에서 지어준 집에 하인들을 거느리고 부자로 잘 살았다고 한다.

동지 벼슬을 제수받은
김동지 영감

소녀를 구한 김 사공

옛날 김 씨라는 사공이 살았다. 제주에서 첫째가는 사공이었다.

제주 관아에서는 매년 제주특산물을 한양으로 진상할 때마다 뱃길에 노련한 김 사공에게 물품을 진상하도록 했다.

어느 해인가 그때도 김 사공이 제주 진상품을 올리게 되었다. 진상품을 배에 싣고 고생 끝에 한양에 도착하여 진상 물품을 감독하는 관아에 넘겼다. 관아에서 나와 한양 서대문 밖을 나서니 날이 어두웠다.

　어둠 따라 불빛들이 아른대며 밤은 깊어만 갔다. 사람이 사는 곳은 보이지 않아 사공은 발걸음이 무겁기만 했다. 그래도 마을을 찾으려고 발걸음을 급히 옮기는데 어디선가 무슨 소리가 들려왔다.

　"어디서 나는 소리지?"

　(어듸서 나는 소리지?)

　외진 곳에 암흑 같은 밤에 웬 소리가 들리니 머릿결이 곤두섰다. 그래도 김 사공은 귀를 쫑긋하며 소리를 들어보니 사람이 우는 소리가 분명했다.

　"이상하다. 날은 캄캄한데 사람의 울음소리라. 무슨 사연이 있을까?"

　(궤이하다. 놀은 왁왁헌디 사름의 울음소리라. 무신 사연이 이신고?)

　김 사공은 의아하면서도 소리가 들려오는 곳으로 발걸음을 옮겼다. 숨을 죽이고 살금살금 발걸음을 옮겨 가다 보니 어린애의 울음소리가 들렸다. 가까이 갈수록 어린애의 울음소리가 분명했다.

　울음소리가 나는 곳에 가서 보니 대여섯 살로 보이는 계집아이가 논두둑 아래에 앉아 서럽게 울고 있었다.

　"너는 귀신이냐, 사람이냐. 귀신이면 썩 사라지고 사람이면 내 앞에 오너라"

(느는 구신이냐, 사름이냐. 구신이건 썩 사라지고 사름이면 나 앞에 나서라)

서럽게 울던 계집아이가 일어서서 말했다.

"전 귀신이 아니고 사람입니다. 한양 서대문 밖 허정승 딸입니다. 부모님 눈 밖에 나니 하인에게 시켜 가마에 태우고 죽으라고 여기에 놓고 가버려서 사람이 그리워 모든 일이 원통하고 서러워 이렇게 울고 있습니다"

(지는 구신이 아니고 사름이우다. 한양 서대문 박 허정싱 똘이우다. 아방 어멍신디 글리나나 드사릴 시켠 가메에 지를 노완 죽으렌 이듸에 낳 가부난 사름이 기려웡 몬 일이 칭원ᄒ고 설루완 영 울엄수다)

"그게 무슨 말이냐! 딸을 죽으라고 버리다니?"

(아고, 무신 말이냐! 똘을 죽으렌 부리다니?)

계집아이가 얼른 김 사공의 옷을 잡았다.

"나를 살려주세요"

(날 살려줍서)

김 사공에게 애원을 하였다.

"내가 이 마을 사람이면 너를 데려가서 살리겠다마는, 이 마을 사람이 아니니 어떻게 하면 좋으리?"

(나가 이 ᄀ슬 사름이민 느를 ᄃ령가 살리주마는, 이 ᄀ슬 사름

이 아니니 어떵ᄒ민 좋으리?)

"어디 사람입니까?"

(어디 사름이꽈?)

"나는 바다 건너 제주에 사는 사람이란다"

(난 바당 건넝 탐라에 사는 사름이여)

"그러세요? 그래도 나를 꼭 데려가 살려주세요!"

(기우꽈? 경ᄒ여도 날 똑 ᄃ령강 살려줍서!)

계집아이가 불쌍하였다. 하지만, 나라의 법을 어길 수가 없어 김 사공은 난처했다. 그땐 제주 사람은 육지에 못 살게 하고, 육지 사람은 제주에 살지 못하게 했었다.

이런 사정 때문에 김 사공은 난처하기만 한 것이다. 곰곰이 생각하던 김 사공은 계집아이를 데리고 가기로 했다.

"나하고 같이 가자"

(나ᄒ고 ᄀ찌 걸라)

배가 있는 나루터에 온 김 사공은 계집아이를 누가 볼까 봐 상자 안에 숨게 하여 상자를 지고 배에 올랐다.

배가 제주도가 가까워지자 '관원이 알면 엄벌을 받을 게 분명'하므로 상자를 배 밑 선창에 숨겼다.

무사히 제주에 도착한 김 사공은 계집아이가 있는 상자를 배에 두고 관아로 갔다. 사또에게 진상품을 잘 전달하고 돌아왔다고 보고하고 집으로 갔다. 한밤중이 되어 모두가 잠들었을 때 배에 있던 계집아이를 집으로 데려왔다.

"이 집에서 절대 밖으로 나가면 안 된다"

(이 집의서 절대 밧긔 나가민 아녀뒌다)

해녀가 된 소녀

세월이 흘러 어느덧 계집아이가 18세 아름다운 처녀가 되었다.

집에서만 지내니 너무 답답했다. 하루는 담장 밖을 보니 사람이 소를 몰고 가는 것이 보였다.

"사공님아, 저 소를 몰고 가는 건 무엇 하러 가며, 저 사람이 등에 진 것은 무엇입니까?"

(사공님아, 저 쉐를 몰앙 가는 건 무싱거흐레 가멍, 저 사름이 등에 진 건 무스거꽈?)

"밭에 농사지으러 가는 거며, 등에 진 건 쟁기란다"

(밧디 농수 지레 가는 거고, 등에 진건 잠대여)

또 하루는 방문을 열고 물었다.

"저기 바다에서 "호이, 호이~" 짧게 길게 들리는 소리는 무슨 소리입니까?"

(저듸 바당에서 "호이, 호이~" 조른 소여 진 소린 무신 소리우꽈?)

"그건 물망사리로 엮은 테왁을 가지고 전복·소라·해삼·미역을 채취하려고 해녀가 잠수하는 소리여"

(그건 물망시리 아끈테왁 비창을 가정 셍복·구젱기·해슴·메역 ᄒᆞ는 좀녀가 ᄌᆞᆷ수ᄒᆞ는 소리여)

"남자가 합니까, 여자가 합니까?"

(남ᄌᆞ가 ᄒᆞ우꽈, 여ᄌᆞ가 ᄒᆞ우꽈?)

"여자가 한다"

(여ᄌᆞ가 ᄒᆞᆫ다)

"사공님아, 그러면 저도 물망사리 테왁 비창에 해녀 옷을 해 주세요. 저도 한번 긴 숨비소리 짧은 숨비소리 하며 해녀 일을 하여보지요"

(사공님아, 경ᄒᆞ거들랑 지도 아끈 물망시리 테왁 비창에 물소중이 ᄒᆞ여줍서. 지도 ᄒᆞᆫ번 진 숨비 쉬곡 ᄌᆞ른 숨비 쉬멍 ᄌᆞᆷ녀질 ᄒᆞ여보쿠다)

"그러렴"

(경ᄒᆞ라)

김 사공은 허정승 딸이 집에만 있는지도 수년이 지났으므로 이젠 밖으로 나가도 괜찮으리라 하여 해녀 일을 해보겠다고 하니 허락을 했다.

김 사공이 해녀 옷과 물망사리, 테왁, 비창을 준비해 주니 허정승 딸은 바다로 가 해녀가 되어 해산물들을 잡아 오기 시작했다.
　하루·이틀·한 달·두 달·한 해·두 해가 지나갈수록 허정승 딸은 점점 상군 해녀가 되어갔다.
　물에만 들어가면 커다란 전복을 수북하게 잡아 왔다. 특히 전복 속에는 커다란 진주도 나와 어느덧 집에는 진주가 가득했다. 덩달아 김 사공도 활짝 웃는 소리가 떠나질 않았다.

부부가 된 김 사공과 소녀

　하루는 허정승 딸이 말했다.
　"사공님아, 제가 부모에게서 태어나 백년가약을 기다린 건 사공님과 인연이 있는가 봅니다. 우리 부부로 살지요"
　(사공님, 지가 부모 몸에 탄생ᄒᆞ연 벡년가약을 지다릴 건 사공님과 인연인가 봠수다. 우리 두갓세로 삽주)
　김 사공도 싫지 않았다. 그렇지 않아도 꽃 같은 허정승 딸을 보고 마음속으로 좋아하고 있었다.
　둘은 부부의 인연을 맺고 살기 시작했다.
　하루는 아내가 말했다.

"여보, 우리 집에 많이 있는 진주는 제가 재주 좋아서 한 일이 아니고, 하늘이 도운 일이 아닌가 합니다. 그러니 우리가 이 물건을 그냥 가져서는 아니 되겠습니다. 임금님에게 진상하면 어떻겠습니까?"

(양, 우리 집의 하영 잇인 진주는 지 제주 좋안 ᄒᆞ여진 일 아니고, 이건 천운으로 도웬일인가 ᄒᆞ염수다. 경ᄒᆞ난 우리가 이 물건을 기냥 고정되질 안뒈쿠다. 잉금님신듸 바찌민 어떵 허쿠광?)

"그렇게 하지. 좋은 생각이라"

(경ᄒᆞ주. 좋은 생각이라)

동지 벼슬을 받은 김 사공

김 사공은 아내의 말대로 진주를 임금님에게 진상했다.

"허, 이처럼 충실한 백성이 어디 있으랴? 이런 귀중한 진주를 자기만 쓰려고 욕심을 안 가지고 나라를 생각해서 한 일이니 이처럼 기특함이 어디 있으랴"

(허, 영 충실ᄒᆞᆫ 벡성이 어디 시랴? 이런 귀중ᄒᆞᆫ 진주를 이녁만 씨저 욕심ᄒᆞᆫ ᄆᆞ음을 아녀ᄒᆞ곡 나라를 생각ᄒᆞ연 ᄒᆞᆫ 일이니 영도 기뜩ᄒᆞᆷ이 어듸 이시리)

임금은 김 사공의 마음에 감탄하여 김 사공에게 말했다.

"어떤 벼슬이라도 좋으니 네 소원을 말하라"

(어떠한 베실이라도 좋으난 니 소원대로 말ᄒ라)

"제가 무슨 벼슬을 바랄 수 있습니까? 임금님의 명을 거역할 수 없으니 동지 벼슬이나 주십시오"

(지가 무신 베실을 바렐 수 잇수광? 잉금님의 멩을 거역홀 수 엇이난 동지 베실이나 줍서)

"기특한 마음이로구나. 네게 동지 벼슬을 내리노라. 그리고 아내에겐 부인 첩지를 내리노라"

(기뜩한 모음이로구나. 느에게 동지 베실을 내리노라. 경ᄒ곡 느 각시신딘 부인 첩지를 내리노라)

김 사공은 임금님에게 동지 벼슬을 제수받고 아내의 부인 첩지를 가지고 제주로 돌아왔다.

그 후 마을에서는 김 사공을 '김동지 영감'이라 불렀다. 김동지 영감 부부는 딸 아홉 자매를 낳고 잘 살았다.

• 이야기를 마치며 •

 이야기를 쓰기 전 가슴을 짓누르던 빗장을 열게 되어 마음이 가볍다.

 내 기억에서 잊혀져 간 제주신화 속으로 시간여행을 떠나게 하고, 내 입에서 사라지고 있던 제주어를 되찾게 해준 손녀 이지호가 너무나 고맙다.
 책 표제에 있는 '니지'는 손녀가 할머니와 할아버지를 동시에 부르는 우리 애칭이다. 손녀와 이야기를 나누는데 우리를 동시에 부르는 애칭으로 우리에게 선물해 준 '니지'. 우리는 흡족했다. 손녀와 눈높이를 함께할 수 있어서다.

 곱들락 ᄒ다. 요망지다. 하간거. 게메 이……
 제주어는 정겨운 맛으로 사람들의 마음을 훔친다.
 제주신화를 오래 기억하였으면, 제주어를 재미있게 사용했으면 한다. AI 시대에 무디어 가는 감성을 살리는 데 우리의 얼인 신화와 언어를 기억하고 입에서 입으로 오르내리는 것보다 더 좋은 것은 없다고 본다.

 책이 나오기까지 함께한 편집장 김병호 님, 편집 매니저 김재영 님과 모든 분께 고마움을 전해드린다.

탐라,
신들의
놀라운 세계

초판 1쇄 발행 2025. 4. 24.

지은이 이창윤
펴낸이 김병호
펴낸곳 주식회사 바른북스

편집진행 김재영
디자인 양헌경

등록 2019년 4월 3일 제2019-000040호
주소 서울시 성동구 연무장5길 9-16, 301호 (성수동2가, 블루스톤타워)
대표전화 070-7857-9719 | **경영지원** 02-3409-9719 | **팩스** 070-7610-9820

•바른북스는 여러분의 다양한 아이디어와 원고 투고를 설레는 마음으로 기다리고 있습니다.
이메일 barunbooks21@naver.com | **원고투고** barunbooks21@naver.com
홈페이지 www.barunbooks.com | **공식 블로그** blog.naver.com/barunbooks7
공식 포스트 post.naver.com/barunbooks7 | **페이스북** facebook.com/barunbooks7

ⓒ 이창윤, 2025
ISBN 979-11-7263-327-1 03810

•파본이나 잘못된 책은 구입하신 곳에서 교환해드립니다.
•이 책은 저작권법에 따라 보호를 받는 저작물이므로 무단전재 및 복제를 금지하며,
이 책 내용의 전부 및 일부를 이용하려면 반드시 저작권자와 도서출판 바른북스의 서면동의를 받아야 합니다.